TENTAZIONE ALFA

STORIA D'AMORE DI UN LUPO MANNARO MILIARDARIO

RENEE ROSE

LEE SAVINO

Traduzione di
ANNALISA LOVAT

Pubblicato negli Stati Uniti d'America

Midnight Romance

Traduzione italiana a cura di Annalisa Lovat

Questo e-book è opera di finzione. Anche se ci possono essere riferimenti a reali fatti storici o luoghi esistenti, i nomi, i personaggi, i luoghi e gli avvenimenti sono il frutto dell'immaginazione dell'autore o sono usati in maniera fittizia, e qualsiasi somiglianza con persone reali – vive o morte – imprese commerciali, eventi o locali è una totale coincidenza.

Questo libro contiene le descrizioni di molte pratiche sessuali e di bondage, ma è un'opera di finzione e, in quanto tale, non dovrebbe essere utilizzata in alcun modo come guida. L'autore e l'editore non saranno in alcun modo responsabili di perdite, danni, ferrite o morti risultanti dall'utilizzo delle informazioni contenute all'interno. In altre parole, non provate queste cose a casa, amici!

 Creato con Vellum

PREFAZIONE

CG: Catgirl è stata qui.

    King1: Ti vedo.

CG: Bel codice.

    King1: Ti finirò. Nessuna pietà per la gattina.

CG: Oooh, attento a come parli con me, tesoro.

—Conversazione tra l'hacker e Jackson King, CEO e fondatore di SeCure, 2009

CAPITOLO UNO

Benedetta ironia, Batman.

Da ragazzina, ho hackerato il sistema di una società e ho sventolato una virtuale bandiera di vittoria in faccia al CEO e fondatore dell'azienda. Nove anni dopo, sto per fare un colloquio per un lavoro qui. E non un lavoro qualsiasi. Infosec. In parole povere, sicurezza del sistema informatico. Se ottengo il posto, proteggerò la società contro gli hacker. Quelli come Catgirl, la mia vecchia identità su DefCon.

Quindi eccomi seduta qui, nella opulenta lobby della sede internazionale della SeCure, intenta a chiedermi se in qualche modo mi riconosceranno e mi faranno uscire di qui con le manette ai polsi.

Un gruppo di impiegati mi passa vicino. Ridono e parlano. Sembrano rilassati e felici, come se stessero andando in vacanza, non a sedersi alle loro scrivanie a farsi otto ore d'ufficio.

Cavolo, voglio questo lavoro.

Mi sono cambiata più o meno novantasette volte questa

mattina, e di solito non mi interessa tanto quello che indosso. Ma questo è il colloquio della mia vita e curare ogni minimo dettaglio è stata come un'ossessione. Alla fine ho scelto un completo nero lucido con gonna corta a tubino e giacchetta abbinata. Ho optato per niente calze – gambe nude – ma ho infilato ai piedi un paio di scarpe sexy con i tacchi alti.

Sotto alla giacca del completo ho messo la mia maglietta preferita da Batgirl. Mi sta attillata attorno ai seni e il pipistrello rosa shocking con gli strass si incunea perfettamente tra i risvolti del giacchino.

La combinazione grida 'genio informatico giovane, bella e trendy', mentre il completo in sé si attiene all'aspetto più conservatore dell'ambiente aziendale. Ero incerta tra tacchi o sneakers, ma alla fine hanno vinto i tacchi. Che è terribile, perché quando Stu, il mio contatto, scende da me, mi devo alzare con questi ai piedi. E camminarci.

Se la me-hacker-adolescente mi vedesse adesso, mi riderebbe in faccia e mi darebbe della "venduta". Ma anche lei era ossessionata come me dal fondatore/proprietario miliardario della SeCure, Jackson King. Un'ossessione che si è trasformata in ammirazione, con una buona dose di attrazione sessuale.

Ok, è una cotta. Ma avere una cotta per Jackson è giustificabile al cento per cento. Filantropo miliardario, non smette mai di impressionare. Per non parlare di quanto è sexy. Soprattutto per una 'geek', fanatica della tecnologia informatica.

E quell'unico momento che abbiamo condiviso – il

momento in cui sono riuscita a bypassare tutte le sue misure di sicurezza e mi sono trovata faccia a faccia con lui – beh, cursore a cursore – è impresso nella mia memoria come l'incontro più eccitante della mia gioventù. Non gli ho rubato niente. Volevo semplicemente vedere se ero capace di entrare, decifrare il codice. Quando mi ha trovata, mi sono ritirata e non mi sono mai più arrischiata a tornarci.

Ora potrei avere la possibilità di un altro cyber-incontro con King, e il pensiero mi emoziona.

Soprattutto considerato che questa volta le mie azioni non sarebbero illegali.

"Signorina McDaniel?"

Scatto in piedi, la mano già testa, pronta a stringere la sua. Oscillo solo un pelo sui tacchi. "Ciao." Cavolo, sembro senza fiato. Mi sforzo di tenere le spalle basse e sorrido mentre mi aggrappo alla mano offerta.

"Ciao, sono Stu Daniel, manager infosec qui alla SeCure." Sembra un nerd come si deve: occhiali, camicia ben abbottonata, pantaloni. Trent'anni o giù di lì. I suoi occhi scattano sul pipistrello rosa che ho in mezzo alle tette e poi si rialzano. Forse la maglietta è stata uno sbaglio.

Continuo a stringergli la mano, probabilmente troppo a lungo. Ho letto cinque libri di tecniche aziendali per prepararmi a oggi, ma non ricordo cosa dicesse *Colloqui per principianti* riguardo all'adeguata durata di una stretta di mano. "Piacere di conoscerti."

Per fortuna Stu è imbarazzato quanto me. I suoi occhi continuano a scivolare verso il basso. Non come quelli di un pervertito, ma piuttosto di uno troppo timido per mantenere il contatto visivo. "Se mi vuoi seguire, andiamo al sesto piano per il colloquio."

In aggiunta all'invalicabile sicurezza tecnologica, la fortezza della SeCure è ben protetta anche fisicamente. Quando sono entrata, calpestando i pavimenti in marmo scintillante, e mi sono registrata al banco della reception, mi hanno detto di aspettare nella lobby per 'essere accompagnata' al mio colloquio.

Seguo il mio accompagnatore. "Che meraviglioso edificio avete qui."

Ok, commento fiacco. Faccio schifo con le chiacchiere di circostanza. Cioè, davvero schifo. Forse non avrei dovuto passare gli ultimi otto anni a nascondermi da ogni interazione sociale. I fanatici informatici non dovrebbero fare gli stessi colloqui della gente normale. Dovrebbero somministrargli un test, o ancora meglio fargli hackerare qualcosa. Ma probabilmente la SeCure già conosce le mie abilità nel crackare codici, o così ha detto la reclutatrice di personale. Mi è quasi andato il caffè di traverso quando mi ha chiamato, così dal nulla. Ho pensato fosse uno scherzo di uno dei miei vecchi compatrioti online, quelli del Clean Clan. E invece no, era tutto vero.

E poi, le possibilità che qualcuno della mia vecchia cerchia mi trovi adesso sono davvero misere. O almeno lo spero.

Stu mi fa strada fino agli ascensori e preme la freccia che punta in alto. Le porte di un ascensore si aprono, mostrando un uomo con indosso un completo elegante, la testa china sul suo telefono. Alto e con le spalle larghe, occupa buona parte della cabina. Senza sollevare lo sguardo, si sposta un po' più di lato per farci spazio.

Stu mi lascia entrare per prima e io tengo a bada il panico. È un ascensore piccolo, ma non piccolissimo. Ce la posso fare. Se mi daranno il lavoro, poi scoprirò dove sono le scale.

Mi concentro sui pulsanti luminosi e spero che sia un giro veloce.

Prima che il mio accompagnatore possa salire, una voce lo chiama per nome.

"Un secondo," dice Stu mentre una giovane donna gli si avvicina di corsa, seguita da altre due persone. "Stu, il server Galileo si è bloccato stamattina…"

Ottimo. Proprio quello che mi serve: un po' di tempo in più nell'ascensore. Deglutisco, ignorando il formicolio che avverto sulla pelle. Un attacco di panico non darebbe una buona impressione.

Stu toglie il piede dalla porta mentre la donna apre il suo portatile per mostrargli qualcosa.

Le porte si chiudono e l'ascensore sale. Così, di punto in bianco, ho perso il mio accompagnatore. Alla faccia della sicurezza.

Premo il pulsante numero sei. So dove devo andare. Prima riesco a uscire da questa minuscola scatola della morte e meglio è.

Siamo a metà tragitto, quando le luci lampeggiano. Una volta, due volte, poi si spengono.

"Ma che…" Mi interrompo per concentrarmi sul respiro. Ho un lasco di dieci secondi prima di dare di matto.

Il colletto bianco accanto a me borbotta qualcosa. La luce del suo telefono getta un'inquietante luce blu sulle pareti.

Il motore dell'ascensore si ferma.

Oh no. Eccolo che arriva. Il cuore mi batte forte nel petto, i polmoni annaspano per raccogliere aria.

Fermo, dico al mio panico. *Non è niente. L'ascensore riprenderà a salire tra un secondo. Non siamo bloccati qui.*

Il mio corpo non mi crede. Mi si stringe lo stomaco, la pelle diventa sudaticcia. Tutto diventa buio. Anche la mia vista si è annebbiata. Il tipo si è appena messo il telefono all'orecchio. Oscillo sui piedi.

L'uomo impreca. "Non prende qua dentro."

Il tacco ruota sotto di me e io mi aggrappo al corrimano, il respiro che esce ansimante e a intermittenza.

"Ehi." Il tipo ha una voce perfettamente abbinata alle sue grandi dimensioni: profonda e risonante. In altre circostanze, la troverei sexy. "Hai paura?" Leggero sdegno nel suo tono.

Non è colpa mia, amico. "Già." Riesco a tirare fuori la parola a fatica, ed esce come uno sbuffo. La mia stretta sul corrimano si fa ancora di più salda.

Resta in piedi. Non svenire, non ora. Non qui.

"Non mi piacciono i posti piccoli." *Eufemismo dell'anno.*

L'ascensore si è appena mosso? O il mio corpo è in preda a un capogiro incontrollato? Il vecchio panico mi afferra. *Morirò qua dentro. Non ne verrò mai fuori.*

Due grosse mani mi spingono contro la parete dell'ascensore, tenendomi ferma con la pressione sullo sterno. "Co-cosa sta facendo?" dico con voce ansante.

"Innesco il tuo riflesso della calma." Sembra tranquillo, come se fosse abituato a spingere ragazze in iperventilazione su per il muro tutti i giorni. "Sta funzionando?"

"Sì. Essere palpata da uno sconosciuto mi rilassa sempre." Avevo giurato di tenere a freno il mio sarcasmo fino a che non avessi ottenuto questo lavoro, ma eccolo qua che schizza fuori. È questo che succede a una ragazza che si trova sul punto di svenire.

"Non ti sto palpando," dice l'uomo.

"Lo dicono tutti," mormoro.

La sua risata si interrompe sul nascere. Come se non avesse voluto lasciarsela scappare.

Chi è questo tizio?

Il battito del mio cuore rallenta, ma la testa mi gira ancora. Non ho mai avuto un uomo così vicino a me prima d'ora. Figurarsi uno che mi tocca. Pochi centimetri più in là e mi prenderebbe i seni tra le mani.

Beh, questo è un pensiero interessante. Mi sento scorrere dentro delle sensazioni che non ho mai provato prima, fuori dalla privacy della mia camera da letto. Sono scossa da un brivido.

"Non che mi dia fastidio se mi palpi," farfuglio. "Penso solo che prima dovresti pagarmi la cena…"

Le sue mani si staccano così velocemente dal mio sterno che io barcollo in avanti. Prima che possa cadere, lui mi prende per le spalle e mi fa girare. Chiude le sue braccia attorno a me da dietro, facendo di nuovo pressione contro il mio sterno.

"E così com'è?" Sembra divertito. "Meglio? Non voglio che la mia buona azione venga denunciata come accusa di molestia sessuale."

Dio, la sua voce. Le sue labbra sono proprio accanto al

mio orecchio. Non sta tentando di sedurmi ma, oh cavolo, solo le parole 'molestia sessuale' mi mandano il corpo in fiamme.

"Scusa." La voce mi si strozza un po'. "Non volevo accusarti. Quello che volevo dire era... grazie."

Per un momento non si muove e io respiro tra le sue mani solide che mi cingono, mi proteggono, mi tengono al sicuro. E tutto quello che mi viene in mente è... *cavolo*. Pensavo che un attacco di panico sarebbe stata una brutta cosa. Ora mi trovo bloccata in un ascensore, tra le braccia di un completo sconosciuto. Del. Tutto. Eccitata. È come se il mio sesso, in mezzo alle gambe, fosse scollegato dal resto del corpo. Il resto di me sta vorticando all'impazzata, contorcendomi le mani per la preoccupazione. Ma la mia fica pensa che essere malmenata da uno sconosciuto in un ascensore buio sia un'ottima ragione per eccitarsi.

"Faresti bene a sederti."

A quanto pare non ho scelta, perché lui mi fa abbassare a terra con pressione ferma e inesorabile. Una volta arrivata giù, mi mette comoda contro la parete, le mani decise ma delicate che mi manovrano come fossi una bambola. Parole affilate stanno danzando sulla punta della mia lingua – *Sono una cazzuta donna adulta, non Barbie* – ma effettivamente si sta bene seduti. Nonostante si comporti come un uomo delle caverne, si sta prendendo cura di me. Quasi sento la mancanza delle sue mani sul mio sterno.

"Dove hai imparato questa roba?" chiedo per distrarmi dal fatto che sono intrappolata in uno stretto spazio rettangolare con un tipo che non ha inibizioni a mettermi le mani dappertutto. Anch'io sono totalmente disinibita al riguardo, anche se vorrei ricordarmi il suo aspetto. Tutto quello che mi resta è la vaga impressione di una mascella robusta e un'espressione di impazienza in volto. Ero troppo impegnata a prepararmi per l'ascensore per badare a lui.

"Anni e anni di pratica nel terrorizzare donne in luoghi bui."

Ah. Uno spirito arguto come me. Anime gemelle. Adesso mi piace ancora di più. "Grazie," dico dopo un momento.

Lui mi si siede accanto, la giacca del suo completo che struscia contro la mia. "Sei ancora terrorizzata."

"Sì, ma va meglio. Parlare sarà di aiuto. Possiamo parlare?"

"Ok." Simula un accento tedesco per assomigliare a Freud. "Qvando hha notato la pvima folta qvesto pvoblema?"

~.~

Jackson

LA RISATA della bellissima femmina arriva fortissimo e le va quasi di traverso. Poi continua a ridacchiare un momento, in un modo un po' isterico. Bollicine di riso continuano ad affiorare in superficie ogni volta che tenta di parlare. Alla fine si schiarisce la gola e dice: "Intendo dire, parlare per distrarmi. Parlare di qualcos'altro."

Io non scherzo mai – soprattutto al lavoro – ma la morettina tutta gambe con la gonna corta e stretta mette in allerta il mio corpo in un modo fin troppo piacevole. Ora che non la sto toccando, va meglio. Quando ero a contatto con lei, prima, l'elettricità tra noi mi ha quasi incendiato la pelle. Il prurito e il bruciore del mutamento mi hanno assalito velocemente come capita a un adolescente nel pieno della pubertà, quando sta da poco imparando a trasformarsi. Sono stato a un passo dall'aprirle le gambe, tirare su quella sua minuscola gonnellina e farla mia.

A dire il vero i miei sensi da lupo sono andati in tilt nel momento in cui è entrata in ascensore. Il meglio che ho potuto fare è stato rimanere in silenzio e osservarla. Il suo odore mi inebria, come una specie di fiore esotico che implora di essere colto, solo che in forma decisamente umana. Non ha per niente senso. Non c'è motivo per cui dovrei sentirmi attratto da lei, a parte il fatto che è meravigliosa. Non sono mai stato attratto da un'umana prima d'ora. Diamine, ho fatto fatica a provare attrazione anche per una donna lupo, addirittura con la luna piena.

A peggiorare le cose, lei si è eccitata quando l'ho toccata: l'odore del suo nettare riempie questo spazio ristretto. Per la prima volta in vita mia, le mie zanne si sono affilate, gocciolanti di siero, pronte ad affondare nella sua pelle e marchiarla per sempre come mia.

Ma è una follia. Non posso marchiare un'umana: non sopravvivrebbe. Questa umana, per quanto sia bellissima, non può essere la mia compagna.

La guardo da testa a piedi, in netto vantaggio, dato che io posso vedere al buio e lei no. È stupefacente in tutto e per tutto: gambe lunghe e tornite, un culo che riempie perfettamente quella sua gonnellina, e tette da Batgirl. Cioè, ha un pipistrello rosa shocking davanti, sulla maglietta, proprio sopra un paio di tette sode. E qualcosa in quel pipistrello mi dà alla testa. Una piccola intrepida supereroina che implora di essere sfidata.

Immagino che questo renda me il cattivo della situazione.

"Come ti chiami?" mi chiede.

Esito. "J.T."

"Io sono Kylie. Sono qui per un colloquio, quindi ero tutta pronta per cominciare."

Non faccio mai l'amicone. Scoraggio i miei dipendenti dall'intrattenersi con me, eccetto per darmi informazioni, e pretendo che lo facciano in modo molto sintetico. Ma per qualche motivo, il suo fiacco tentativo di intavolare una conversazione non mi infastidisce. Il che significa che mi degno di rispondere.

Sono troppo impegnato a convincere il mio lupo a non saltarle addosso.

Lei ci riprova. "In che reparto sei?"

Non intendo ammettere che sono il CEO. "Marketing." Impregno la parola di tutto il disgusto che il *marketing* mi ispira. È vero che ora passo la maggior parte del mio tempo tra marketing e gestione, quando invece preferirei molto di più programmare, e non dover mai interagire faccia a faccia con qualcuno.

Lei ride, un suono dolce e un po' roco. Nonostante non mi possa vedere, scruta nella mia direzione con espressione affascinata in volto. I suoi capelli, di un castano lucido e denso, le ricadono in onde sciolte e morbide sulle spalle. È troppo buio per poter distinguere il colore dei suoi occhi, ma le sue labbra carnose sono lucide e il modo in cui adesso si dischiudono un po' mi fa venire voglia di reclamare quella bocca sensuale.

"Uno di quelli, eh? Che tristezza."

Sorrido, una cosa che mi capita di rado. Mi ha già fatto ridere, e non mi succedeva da vent'anni.

"Per che posizione fai il colloquio?"

"Infosec."

Sexy e nerd. Interessante. Deve avere doti straordinarie per essere riuscita a ottenere un colloquio. La mia società è la migliore al mondo nel campo della sicurezza informatica. "Hai molta esperienza nel settore?"

"Un po'." Sembra evasiva in un modo che mi fa pensare che sappia effettivamente il fatto suo.

La corrente manca da parecchio, almeno dieci minuti. Prendo il telefono dalla tasca e cerco di digitare di nuovo il numero della mia segretaria, ma ancora non c'è segnale.

"Per quanto pensi che resteremo bloccati qua dentro?" La sua voce trema sulla parola *bloccati*.

Santi numi, non ho mai provato un impulso così forte a prendere la mano di una donna prima d'ora. Il colletto della camicia è troppo stretto. Che diavolo, avrei voluto non essermi messo in giacca e cravatta. Ovviamente è la cosa che mi dico ogni santo giorno, ma è raro che abbia scelta, anche se è la *mia* dannata società. Quando abbiamo raggiunto un certo livello mi sono dovuto adeguare al dress code aziendale americano per le riunioni esterne, addirittura a Tucson, ambiente notoriamente rilassato in materia di abbigliamento.

La mia piccola programmatrice, però, ha beccato l'outfit corretto: il giusto miscuglio di hipster – con il pipistrello sulle tette e le gambe nude – e aziendale – con il completo in giacca e i tacchi. Non so quando ho iniziato a pensare a lei come la *mia* piccola qualcosa, ma è successo.

Nel momento in cui è entrata in ascensore e ho inalato il suo odore, il mio lupo ha gridato: *mia*.

"Cioè, pensi che ci vorranno ore? Non passeranno delle ore, giusto?" Sta perdendo di nuovo il fiato. Mi trattengo dal non tirarmela addosso, facendola sedere sulle mie gambe e cullandola tra le braccia fino a che non smetterà di tremare.

"Non spingermi a palparti un'altra volta." Ok, non avrei dovuto dirlo, anche se è stata lei a dirlo per prima. Però il commento ha l'effetto desiderato.

Lei sbuffa, cosa che modifica lo schema della sua respirazione e la aiuta a calmarsi.

"Quindi sei nervosa per il colloquio?" le chiedo. Le chiacchiere non fanno parte del mio repertorio, ma pare che potrei fare qualsiasi cosa per tentare di calmarla. O forse voglio solo risentire la sua voce. "Non sembri nervosa."

"A parte l'attacco di panico, per distrarmi dal quale stai facendo un lavoro eccellente?"

Il mio lupo gongola per quel complimento.

"Ti rivelo un segreto," dice, e i muscoli del mio ventre si tendono quasi dolorosamente sentendo la sua voce suadente. Senza neanche rendersene conto mi sta ammaliando.

Forse, parlare è una cattiva idea.

"Ok," rispondo.

"Non ho mai avuto un vero lavoro prima d'ora. Cioè, adesso ho un posto, ma è tutto lavoro online. Non sono mai stata in un ufficio come questo."

"Pensi di poterlo fare?"

"Sai, cinque anni fa avrei vomitato al solo pensiero.

Ma a dire il vero, la SeCure è l'unica e sola società per la quale metterei un completo con i tacchi."

E ogni maschio nell'edificio ringrazia Dio perché l'ha fatto. "Come mai?"

"La SeCure rappresenta il culmine dell'infosec. Cioè, Jackson King è un genio. Lo seguo da quando avevo dieci anni."

Cerco di impedire al mio lupo di tirarsela troppo. "Sei sicura di voler lasciare la comodità del pigiama a casa e venire in ufficio tutti i giorni?"

"Sì. Sarebbe bello avere un motivo per uscire di casa. Programmare può farti sentire solo. Voglio dire, io lavoro al meglio da sola, ma penso possa essere carino avere attorno gente come me. Magari trovare la mia tribù. Sentirsi normali, capisci?"

Non capisco. Io non ho una tribù da quando ho abbandonato il mio branco natale con la pelliccia zuppa del sangue del mio patrigno.

Una società piena di umani è un misero surrogato.

"Se fai un colloquio qui per la sicurezza, devi avere talento," le dico per distrarmi dai brutti ricordi.

"Mi occupo di codici da quando ero ragazza," dice lei con tono modesto, cosa che mi fa nuovamente pensare che stia sminuendo il suo talento. "Essere un'adolescente 'geek' mi ha decisamente tolto di dosso l'etichetta di normale."

"La normalità è sopravvalutata. Devi solo trovare il tuo branco."

"Branco?"

"Volevo dire tribù."

"No, branco mi piace. Mi fa sentire un lupo solitario."

C'è la vena di un sorriso nella sua voce, e io ricaccio indietro un commento tagliente. Essere un lupo solitario non è fico come sembra. Anche se è tutto quello che mi merito.

"Quindi…" Ha il tono di qualcuno che fino ad ora ha aspettato il momento di chiedere qualcosa. "Hai mai incontrato Jackson King?"

Nascondo un sorriso, anche se lei non può vederlo. "Uhm. Un paio di volte, sì."

"Com'è?"

Scrollo le spalle nel buio. "Difficile a dirsi."

"Difficile a dirsi perché non lascia trasparire molto?"

Tengo la bocca chiusa.

"Questo è quello che ho sentito dire. Allora, è un fanatico dell'informatica del genere strambo o inquietante?"

Non ero a conoscenza delle diverse categorie di fanatici del computer. Non mi considero un geek, però, in quanto mutante, non mi includo in nessuna categoria umana.

"Mi verrebbe da dire del genere inquietante," prosegue lei. "Perché nessun uomo così sexy dovrebbe essere tanto asociale. Cioè, deve avere delle pecche davvero serie. Secondi i pettegolezzi, quell'uomo non frequenta mai nessuna donna. Si dice anche che non abbia un briciolo di vita sociale. Non esce mai. Un recluso totale. Deve avere dei problemi. Oppure è gay. Scommetto che è tipo da tenere il suo partner legato nell'armadio, per poi frustarlo quando torna a casa la sera."

Di nuovo, quasi mi sfugge un sorriso. *Frustate. Ti faccio vedere io, piccola Batgirl.* "Pare che tu sappia un sacco di lui."

"Oh... io, ehm... immagino che mi interessi. Diciamo che è una celebrità tra i seguaci della tecnologia. Cioè, la sua codificazione originale è stata roba da geni, soprattutto per l'epoca."

Questa volta sorrido sul serio. La valutazione che ha dato di me, tolta la parte del gay che frusta il suo partner, mi fa accelerare i battiti del cuore. Un'altra anomalia. A me non interessano le attenzioni. E lei ha ragione: non rilascio mai informazioni personali. Ho segreti troppo grossi da nascondere. Ma il suo interesse per me sta facendo fare le capriole al mio lupo.

Mia.

"Allora tu che genere di geek sei?" le chiedo.

"A quanto pare il genere che blatera come una idiota con un uomo che non conosce, quando si trova confinata in un ascensore. Ma sono sicura che questo l'hai già dedotto. Scusa, in genere ho un filtro migliore della media. È una buona cosa che non possiamo vederci, perché questa mattina mi sono decisamente messa in imbarazzo."

Trattenermi dal baciarla fino a levarle il fiato sta diventando sempre più difficile. Non sono mai stato più felice di starmene seduto a sentire blaterare un essere umano. Il mio lupo non è neanche innervosito per essere costretto a restare confinato da oltre dieci minuti. Di solito ringhierebbe per liberarsi e aggredire la minaccia. Cosa che si potrebbe rivelare letale.

Il mio lupo sembra più interessato a proteggere questa adorabile umana piena di vita. Mi ci è voluto un po' per rendermene conto, ma ora che l'ho capito, il mio battito accelera e devo sforzarmi di non cingerle le spalle con un braccio. Tirarla a me. Soprattutto quando lei mi si appoggia contro.

"Magari potresti promettere di non guardarmi quando le luci torneranno, così magari potremmo conoscerci un'altra volta in circostanze normali."

Non le rispondo.

"Spero solo di non mettermi a blaterare in questo modo durante il colloquio mandando tutto all'aria."

"Vuoi davvero questo lavoro?"

"Sì. Lo voglio. È strano, perché otto anni fa ti avrei riso in faccia se mi avessi detto che un giorno avrei voluto lavorare per la SeCure, ma credo di essere cambiata. Per me, Jackson King e l'azienda che ha costruito rappresentano il massimo in materia di codifica di sicurezza, e voglio esserne parte."

Le luci si accendono e l'ascensore si rimette in moto. *Dannazione.*

"Oh, grazie a Dio," dice. Respira e si rimette in piedi.

Seguo il suo esempio e mi alzo a mia volta.

Quando si gira per guardarmi, il sorriso sul suo volto si pietrifica.

Sorpresa.

Lei sbianca e barcolla indietro.

La luce illumina la sua bellezza. Pelle perfetta. Labbra piene. Occhi grandi. Zigomi alti. E, sì... tette e gambe sono belle come sembravano al buio. Le darei dieci a trecentosessanta gradi. E ha capito chi sono, il che mette il vantaggio dalla mia parte.

"Beh, ora sei zitta."

"J.T.," mormora lei con tono amareggiato. Mi lancia

un'occhiataccia, come se fossi stato io a sparlare di lei e non piuttosto il contrario. "Per cosa sta la T?"

"Thomas." Mia madre mi ha dato un nome decisamente umano.

L'ascensore si ferma al sesto piano e le porte si aprono. Lei non si muove.

Le tengo ferme con la mano e le faccio segno di uscire. "Credo che questo sia il tuo piano."

Apre la bocca, ma poi la richiude di scatto. Allarga le spalle e mi passa oltre a grandi passi, due vividi cerchi color porpora sulle guance. *Adorabile*.

Anche se sono in ritardo per almeno venti riunioni, la seguo. Non perché il mio corpo non possa separarsi dal suo. Certamente non perché devo saperne di più sul suo conto. Solo per tormentarla un po' di più con la mia presenza, ora che sa chi sono.

"Signorina McDaniel, eccoti qua," dice Stu. Sta aspettando davanti agli ascensori. Deve aver preso le scale. Luis, il capo della sicurezza della SeCure, è accanto a lui.

"Manderemo subito quassù quelli della manutenzione, signor King," dice Luis indicando uno dei suoi uomini, che prende posto all'ascensore e impedisce a chiunque altro di salirci. "Sistemeremo tutto in un batter d'occhio, signore. E vedo che ha accompagnato la signorina McDaniel."

Stu mi guarda con occhi colpevoli. "Non intendevo lasciarla da sola in questo modo. Ho preso le scale per accertarmi di essere qui quando fosse arrivata." Lo dice come se si sentisse meritevole di una medaglia per le sue gesta eroiche.

Io non rispondo.

"Da qui me ne occupo io. Mi scusi se l'abbiamo disturbata."

"Intendo partecipare al suo colloquio," dico, sorprendendo addirittura me stesso.

Sia la testa di Stu che quella di Kylie si girano di scatto verso di me. Mi guardano a bocca aperta. Kylie arrossisce ancora di più e sbatte le palpebre sui suoi grandi occhi castani. Alla luce, sono di un bel colore marrone-cioccolato, caldi, con una spruzzatina di oro nel mezzo. *Incredibili.*

L'alfa che è in me non ha problemi nei confronti del suo disagio. Sono abituato a mettere la gente in imbarazzo. Ma il mio lupo non è contento della sfumatura di rabbia che tinge il suo odore. Ho pronte sulle labbra delle scuse: un'altra prima volta per me. Jackson King non chiede scusa. E non gliene devo neanche una, poi. Se dovessi fare a modo mio, la trascinerei nella prima sala conferenze a portata di mano, le schiaffeggerei il culo per quel commento sul gay che frusta il suo partner e passerei le tre ore successive a insegnarle a godere solo con la punta della mia lingua. Gliela leccherei fino a farla gridare di piacere, facendo capire a tutti nell'edificio che lei è mia. Questo placherebbe di sicuro il suo fastidio, o nervosismo. O è forse eccitazione?

"Oh, è solo un colloquio di routine, non c'è bisogno che lei metta a disposizione il suo tempo," dice Stu.

Che io sia dannato se permetterò a Stu – o a qualsiasi altro maschio – di tenersela per sé da solo.

Luis si schiarisce la gola, avvisando Stu che è a un millimetro dal farmi incazzare.

Io socchiudo gli occhi guardandolo. "Decido io come

passare il mio tempo. Vogliamo entrare nella sala conferenze, o le facciamo il colloquio qui in corridoio?"

Stu si acciglia, come se avessi appena mandato all'aria la sua festa tra amici.

~.~

Kylie

BENEDETTO IMBARAZZO, *Batman*. Alla faccia del colloquio da dieci e lode. Non avrei mai pensato che potesse andare così male, ma trovarsi in mezzo a un tiro alla fune tra Stu e Jackson è un altro prezioso momento di questa giornata *merdavigliosa*. Non posso credere di avere appena avuto un crollo davanti a *Jackson King*. E ho spiattellato tutto come una scolaretta su che tipo di nerd è, e se è gay, e... *oh santo Dio, ho davvero insinuato che forse frusta i suoi partner sessuali?* Ma che cazzo di problemi ho? Neanche *Colloqui per principianti* può salvarmi adesso.

Ovviamente lui ha pensato bene di non dirmi che era il CEO. Una mossa da stronzo, davvero. Dovrei fulminarlo con lo sguardo, ma no. Sono ancora confusa dal contatto fisico con lui. Peccato che farsi palpeggiare da Jackson King non sia uno degli extra del lavoro.

Dannazione, lo voglio davvero tanto questo posto. Palpata a parte, la SeCure è l'apice della cyber-sicurezza. Da adolescente era il massimo per un hacker. Dopo quasi dieci anni passati a nascondermi, mi sembra di essere tornata a casa. Come se per tutta la vita mi fossi allenata per venire qui. E ora che ne ho ottenuto il diritto, posso accedere al mio legittimo posto.

Il fatto che lavorerei sotto Jackson King non ha niente a che vedere con tutto questo. Beh, magari per un microscopico briciolino. Il mio corpo di certo gradirebbe stare sotto di lui. Proprio adesso. Signore mio, devo passare questo colloquio senza immaginare le sue mani su di me...

L'occhiata letale tra Stu e Jackson è durata già abbastanza.

"Dov'è la sala conferenze?" chiedo con voce cinguettante. Faccio diversi respiri profondi e seguo Stu in una grande stanza. Ce la posso fare. Ho gestito cose molto più difficili: importanti rapine all'età di dodici anni, la perdita di mamma e papà, restare intrappolata in un condotto d'areazione per dieci ore... Questo è niente. Un banale colloquio.

Mi siedo e i tre uomini prendono posto di fronte a me. Le sedie sono grandi e comode, ma il corpo muscoloso di Jackson ci sta a malapena. Ruota un po', mi punta gli occhi addosso. Quell'uomo ti mette soggezione anche da seduto.

Mi concedo di aggrottare leggermente la fronte mentre ricambio l'occhiata. Mi ha mentito. E ora mi sta facendo fare questo colloquio in sua presenza, come se questa giornata potesse diventare ancora più complicata.

Reagisce al mio cipiglio inarcando le sopracciglia.

Perché, cavolo, perché mai ho detto tutte quelle cose nell'ascensore? È stato come se avessi mandato giù del siero della verità.

Forse è uno dei superpoteri di Jackson: indurre la gente a dirgli ogni pensiero che passa per le loro teste. In vita mia, non sono mai stata tanto vera con nessuno. Ho raccontato milioni di bugie, ma un pizzico di tranquillità dopo un attacco di panico, e tutto il mio allenamento scompare all'istante. Mio padre mi farebbe una ramanzina, se fosse ancora vivo.

Stu sfoglia alcune carte e ne passa una al signor King. "Ecco il suo curriculum," dice. "Come vede, le sue qualifiche sono piuttosto impressionanti."

Stu ha chiaramente sopravvalutato il mio curriculum. Certo, sono uscita con il massimo dei voti e la lode laureandomi in informatica a Georgetown – dopo averli convinti a seguire tutte le lezioni online – ma la mia esperienza lavorativa è limitata alla stesura di codici per la società di gioco per la quale lavoro attualmente. Almeno l'unica esperienza lavorativa che si possa considerare legale. C'è un sacco di roba che non posso dire. Il risultato: sulla carta non appaio così notevole.

"Tutti i suoi professori le hanno fornito raccomandazioni entusiaste," prosegue. Sembra un po' nervoso.

Neanche la metà di quanto sono nervosa io, comunque. E il fatto che Jackson King mi stia scrutando come se conoscesse tutti i miei segreti certo non aiuta. Questa è davvero un'idea spaventosa, adesso che ci penso.

"Vuole iniziare lei?" chiede Luis a King.

King si appoggia allo schienale e incrocia le sue gambe lunghe ed eleganti. Dannazione. Ho sempre sbavato sulle sue foto online, ma di persona è ancora più affascinante. Le foto non gli rendono giustizia – neanche quelle su *Time Magazine* quando è stato nominato 'Uomo dell'anno' per aver risolto un problema di frode di carte di credito su scala mondiale. Niente di lui dice che sia un 'geek', in effetti. Con folti capelli scuri, tenuti un po' lunghetti, barba accennata, mascella squadrata e occhi verde-giada: sembra l'immagine della virilità. Emana anche una certa aria di pericolo, il suo potere appena contenuto dall'abito costoso che indossa.

Si volta a guardarmi ancora, il viso impassibile come una maschera inscrutabile. "Cosa sai di infosec, Kylie?"

Incrocio le dita sul tavolo. Non ha senso essere nervosa. Ho già mandato all'aria ogni possibilità che avevo di ottenere questo lavoro quando in ascensore l'ho definito un sociopatico malato. Probabilmente vuole solo la vendetta, e costringermi a sopportare il colloquio più imbarazzante nella storia è di certo uno dei suoi metodi di tortura preferiti.

Vaffanculo. Il lavoro non l'avrò. Perché restare e soffrire?

Spingo indietro la sedia e mi alzo in piedi. "Sapete una cosa? Non penso sia una buona idea."

Stu scatta in piedi, lo sguardo arrabbiato. "Perché no? Aspetta un minuto."

"Scusatemi se vi ho fatto sprecare del tempo."

Stu si mette tra me e la porta, come se non avesse la minima intenzione di lasciarmi andare. Probabilmente c'è di mezzo il suo lavoro, se non riuscirà a riempire questa posizione. *Non è un problema mio, amico.* Cosa intende fare? Placcarmi se tentassi di lanciarmi fuori?

"A dire il vero, penso di essermi fottuta questo collo-quio nell'ascensore. Quindi vedo di andarmene e basta. Grazie…"

"Si sieda, signorina McDaniel," ordina King, la voce profonda e sonante, forte e dura come l'acciaio.

Mi immobilizzo. Dannazione, è ancora più sexy quando fa il severo. Come nell'ascensore, il mio corpo reagisce: i capezzoli si fanno duri e ho improvvisamente la passera fradicia.

Lo vedo dilatare le narici come se ne sentisse l'odore. Ma è ridicolo. È sempre seduto, ma non ci sono dubbi su chi detenga il potere in questa stanza.

Torno alla mia sedia, un po' barcollante. E non solo per i tacchi. "Sì, signore." E sprofondo nuovamente seduta.

"Grazie. Ho fatto una domanda, e mi aspetto una risposta."

Maledetto. È determinato a farmi soffrire. Mi strofino l'unghia del pollice con il polpastrello dell'indice e poi lascio cadere le mani in grembo per smettere di torturarmele.

"Signor King, mi scuso per le cose che ho detto su di lei in ascensore. Sono stata molto maleducata e irrispettosa."

L'espressione di King non cambia. Mi guarda con freddo occhio calcolatore. "Rispondi alla domanda."

Vaaa bene. Immagino che intenda ignorare le mie scuse. Combatterei con il mio sarcasmo, ma avevo promesso a me stessa che ci avrei tenuto un coperchio sopra. "La mia conoscenza nel campo della sicurezza informatica è per lo più pratica. Non lo vedrà nel mio curriculum, ma conosco molto bene tutte le aree della sicurezza: come valutare i punti deboli, come mascherare un codice. Nessun codice è impenetrabile, se non forse il vostro."

"Quanto tempo ti ci vorrebbe per hackerare l'account Gmail di una persona media?"

Permetto a un sorrisino di curvarmi le labbra. "Sarebbe illegale, signor King."

"Quindi sai o non sai come hackerare?"

Lui sa. Questo è il mio primo pensiero. Mi muovo sulla mia sedia. Ha capito che sono Catgirl. *No, è una stupidaggine.* Tutti i professionisti dell'infosec probabilmente sono degli hacker. Magari è un pre-requisito. Come le società della sicurezza che assumono ladri presi con le mani nel sacco per migliorare i loro sistemi.

Non che una società addetta alla sicurezza – fisica o virtuale – sia mai riuscita a tenermi fuori. Anche se le mie abilità potrebbero essersi arrugginite. Le mie giornate passate a fare il topo d'appartamento sono morte con mio padre.

"Se fossi una hacker, signor King, di certo non lo ammetterei qui. È lo stesso motivo per cui lei non potrà vederlo su carta. Ma se, teoricamente parlando, volessi accedere all'account Gmail di una persona media, penso che mi servirebbero dai dieci ai venti minuti."

Stu mi sorride a labbra serrate. "Abbiamo una serie di test che somministreremo alla signorina McDaniel dopo il colloquio." Riporta la sua attenzione su di me. "Adesso perché non ci racconti un po' di più della tua esperienza come programmatrice?"

King sembra annoiato quanto me mentre elenco tutti i miei traguardi nel campo della programmazione. Luis prosegue con tutte le possibili domande standard: Lavoro bene sotto pressione? In squadra? Accetto di lavorare le sere o di fare gli straordinari laddove necessario? Come mi sento all'idea di dovermi trasferire da Phoenix a Tucson?

Io rispondo automaticamente, studiando King, ma

senza renderlo ovvio. Lui non mi fa altre domande. A cosa sta pensando? È ancora infuriato per quello che ho detto in ascensore?

"Hai domande per noi?" chiede Luis.

"Quanti candidati faranno il colloquio per questa posizione?"

Stu sfoglia le carte mentre gli altri due lo guardano in attesa della risposta. "Tre."

"Quando pensate di farmi sapere qualcosa?" Probabilmente un po' presuntuosa, ma la presunzione è tutto ciò che mi resta.

"Tra qualche giorno. Sentiremo tutti oggi."

"Sarà meglio far aggiustare quell'ascensore, allora," dico con tono canzonatorio, la voce più leggera di quanto realmente io mi senta.

Stu si alza in piedi. "Ora, se vuoi seguirmi, ti porto in un ufficio per il test."

Grazie a Dio. I test li posso gestire. Non oso guardare King mentre mi alzo in piedi, le guance ancora in fiamme. Seguo Stu a testa bassa. Quando arrivo alla porta, mi arrischio a guardare.

King mi sta fissando, le labbra incurvate agli angoli.

Sadico. Si è divertito a mettermi in imbarazzo.

~.~

Jackson

GUARDO i polpacci lunghi e muscolosi di Kylie uscire dalla stanza, il suo culo che disegna una perfetta forma a cuore sotto alla gonna corta e aderente. Il mio lupo sta già impazzendo e ringhia per uscire. Non gli ho mai permesso di perdere il controllo così tanto, soprattutto non in ufficio. Ma non c'è mai stata una tentazione come Kylie.

Costringo i miei pensieri a concentrarsi sul lavoro. Almeno gli aspetti del lavoro che riguardano lei.

"Voglio che mi mandiate i risultati dei suoi test."

Luis annuisce. "Certamente. Sarà presente a tutti i colloqui oggi?"

"No." Lui probabilmente vuole che dica di più, o mi spieghi, ma di certo non insisterà. Sanno tutti che sono un minimalista quando si tratta di conversazione.

"Posso chiedere… cosa le ha detto in ascensore?"

Scrollo le spalle. "Mi ha insultato. Non è un problema. Sono sicuro che la maggior parte dei miei dipendenti ha detto cose simili o ancora peggio, alle mie spalle."

Luis giocherella con il suo bicchierino del caffè, troppo diplomatico per confermare. "Cosa ne pensa?"

"È sveglia, questo è evidente. Il suo curriculum non è tanto impressionante. Come ha detto che l'ha trovata, Stu?"

"Una cacciatrice di teste."

"Mi chiedo come abbia fatto la cacciatrice di testa a dire che è adatta a questa posizione se nel suo curriculum non compaiono esperienze nell'ambito della sicurezza."

"È sicuramente una hacker."

"Ovvio. Ma come faceva la reclutatrice a saperlo?"

Luis appoggia il bicchierino sul tavolo. "Buona domanda. Vuole che lo scopra?"

"Sì. E fammi avere i risultati dei suoi test."

"Quindi le è piaciuta?"

Nessun uomo così sexy dovrebbe essere tanto asociale.

Pensa che sia sexy. Sì, l'avevo già sentito dire, ma quello che gli umani pensano del mio aspetto fisico non mi era mai interessato. Tutti i mutanti – beh, tutti gli esseri paranormali a dire il vero – sono più belli degli umani. Almeno pensavo così, fino a che non ho conosciuto Kylie.

"L'ho trovata…" *Scopabile? Inebriante? Un'adorabile ragazza tosta?* Giusto… quello della ragazza tosta è un tratto da alfa. Se Kylie fosse una mutante, sarebbe a capo delle femmine del branco. Aveva tutte le qualità di una femmina numero uno.

Luis aspetta il mio commento. Che cazzo gli dico? *Il suo odore è una droga? Il mio lupo vuole possederla?*

"Interessante. L'ho trovata interessante."

Mi alzo in piedi. Voglio seguire furtivamente Kylie in qualsiasi ufficio Stu l'abbia sistemata, anche solo per guardarla lavorare. Il mio lupo non la vuole sola con nessun altro maschio. E sono un ottimo cacciatore, soprattutto se la mia preda è Kylie.

~.~

GINRUMMY

NON SI ASPETTAVA che Kylie fosse così sexy. O composta. Brillante, sì. Ma se l'era immaginata introversa. Impacciata. Socialmente ansiosa come lui, magari con gli occhiali e i capelli tirati indietro alla bell'è meglio. Magari con il naso aquilino. Non il grazioso brillantino al naso, ma l'anello da toro infilato nel setto, da tipa tosta e ribelle.

Sa che non tutte le fanatiche del computer possono essere delle disadattate, però, ecco, chiunque abbia passato tutta l'infanzia online e fuori dal mondo reale non dovrebbe neanche apparire come un bocconcino del genere, con tacchi alti e tette da paura. Non dovrebbe essere in grado di guardare dritto negli occhi quello stronzo di Jackson King e comportarsi al proprio colloquio come se fosse lei a doverlo assumere.

Ora sembra annoiata mentre le sue dita danzano sulla tastiera, risolvendo i problemi relativi alla sicurezza che le hanno preparato.

In un certo senso questo facilita le cose. Assomiglia a Jackson King più di lui stesso. Dannazione, Kylie-Catgirl-McDaniel è decisamente troppo per lui. Quindi incastrarla per il crollo della SeCure non farà male quanto lui potrebbe immaginare. Perché nella sua testa lei è sempre stata una specie di cyber-fidanzata. Sì, è stupido, ma lei è femmina e lui è maschio, e sono stati complici nel mondo degli hacker fin dalla pubertà, quando a lui bastava sentire il nome 'Catgirl' perché i suoi ormoni infuriati decollassero.

Si sono affilati i denti insieme come giovani hacker, condividendo informazioni raccontandosi i loro successi, scambiandosi consigli, avvisandosi a vicenda. È stata davvero una grossa fortuna averla trovata dopo che era scomparsa da ormai otto anni. Ma era riemersa in superfice su DefCon, il vecchio forum segreto per hacker dove avevano sempre interagito, cercando aiuto per entrare nell'FBI. Naturalmente, lui l'aveva aiutata.

La stava cercando da tempo. Non solo per nostalgia, anche se spesso pensava a che fine avesse fatto. Lei è perfetta per quello che gli serve. Ci sono pochissimi hacker capaci di decifrare il codice della SeCure. E lui sa per certo che Catgirl è una di loro. L'ha già fatto prima, nientemeno che da adolescente.

Quindi, quando è riapparsa, lui l'ha aiutata con l'FBI e poi l'ha seguita attraverso le loro porte per vedere di cosa fosse capace. Era riuscita a cancellare le cartelle di tre persone: una coppia di coniugi morti e la figlia, ladri giustizieri, noti per rubare da chi aveva le mani sporche. Aveva anche aggiunto prove a discapito di un altro criminale, inclusi indizi su dove poterlo trovare. Scavando a fondo, aveva raccolto sufficienti prove per poter affermare che era la figlia della squadra dei topi d'appartamento. In sintonia con il genere di domande che lei aveva posto anni prima, riguardo a sistemi di sicurezza e casseforti. Sulla base delle limitate informazioni in possesso dell'FBI, il criminale che era riuscita a incastrare e far arrestare aveva probabilmente assassinato suo padre durante un lavoro.

Dopo era stato difficile, ma alla fine lui aveva trovato il suo indirizzo IP, e poi era bastato metterle alle calcagna una cacciatrice di teste per offrirle un lavoro alla SeCure. Immaginarsi la sua sorpresa quando aveva scoperto che viveva solo a due ore da lì, a Phoenix.

Ora la guarda, i capelli lucidi infilati dietro alle orecchie mentre risolve rapidamente quegli stupidi test che le hanno preparato. Oh, erano test veri, sarebbero stati una vera sfida per chiunque altro, ma sapeva che lei li avrebbe risolti brillantemente.

Se quella dannata interruzione della corrente non

l'avesse fatta finire insieme a Jackson King, la sua assunzione sarebbe stata una certezza. Ma a quanto pare lei ha detto o fatto qualcosa che fatto incazzare il CEO. Spera con tutto se stesso che King non impedisca loro di assoldarla.

~.~

Kylie

Spingo e apro la porta della casa che condivido con mia nonna. Ho le gambe rigide dopo due ore d'auto fino a Phoenix, e sono pronta a buttare nella spazzatura questi tacchi. "Memé, sei a casa?"

Mia nonna appare dalla cucina, la faccia rugosa illuminata da un sorriso. "Minette!" Il mio nomignolo, *Minette*, è il francese per *gattina*. L'hanno inventato i miei genitori. Mia madre era francese: papà l'ha incontrata in un gruppo che lavorava a un furto di opere d'arte ad Arles. È stato amore a prima vista, da come la raccontava lui.

"Beh, com'è andata?" Memé mi parla sempre in francese, e io rispondo sempre in inglese. Parlo fluentemente cinque lingue e il francese è una di queste. Ma a casa sono pigra. O forse fa parte del mio tentativo di essere normale.

Mi lascio cadere su una sedia al tavolo della cucina e mi scalzo via le malvage scarpe di vernice con i tacchi alti. Che misera scelta che ho fatto.

Memé si siede accanto a me. "Sto aspettando."

Metto in bocca un lampone. "Non bene. Ho incasinato

31

tutto, a dire il vero. Che storia, Memé. È andata via la corrente mentre ero in ascensore."

"No." Memé sussulta in modo esagerato e si copre la bocca in una maniera animata, tipica solo di quelli della sua generazione. Memé sa della mia claustrofobia. Probabilmente può intuirne l'origine, anche se non parliamo mai della professione dei miei genitori, né delle mie precedenti attività illegali.

"E sono rimasta bloccata là dentro con Jackson King. *Quel* Jackson King."

Memé mi guarda confusa.

"È il fondatore della SeCure. Ma io non sapevo che era lui: era buio. E ho detto alcune cose non proprio lusinghiere sul suo conto."

Memé si mostra comprensiva. "Oh, che brutta cosa, *ma petite fille.*" Mi dà una pacca sulla spalla e si alza in piedi. "Mi spiace. Ti preparo un po' di zuppa."

Ovvio. Perché il cibo risolve tutto, no? Il cibo di Memé fa bene come una terapia. È venuta a vivere qui dopo la morte di mio padre, e per qualche mese le sue crêpe sono state l'unico motivo per cui venivo fuori dal letto.

Memé va al fornello e versa il brodo caldo in una scodella. Il menù di oggi offre cipolla francese, la mia preferita. Memé mi serve il ricco brodo marrone con una baguette e del formaggio svizzero.

"Fai attenzione, scotta."

Le sorrido. Dopo la morte di Maman, ho passato tutta la mia infanzia a prendermi cura di mio papà, cercando di tenerlo fuori di prigione mentre lui giocava a fare Robin Hood, rubando ai ricchi per raddrizzare i torti nel mondo. Dopo tutti quegli anni, è bello farsi coccolare da Memé.

Anche se, quando serve, è una tosta. Non avrei finito l'università se non mi avesse convinto lei. Avrei sempre continuato a fare corsi online, per puro divertimento. Ma lei ha insistito perché portassi avanti le lezioni a carte scoperte, dalla stessa scuola, arrivando alla laurea. Che mi prendessi il mio diploma e mi piazzassi nel mondo vero, anche se sotto falsa identità. E così ho fatto.

Ma la mia vita sociale è ancora molto limitata. Sono troppo abituata a essere una solitaria, a tenere nascosti i miei segreti. Dopo quello che è successo, dopo che mio padre è stato... *Cristo*. Ancora non riesco a pensarci senza sentire un dolore lancinante al petto. Dopo che è stato *assassinato*. Dopo che lo hanno tradito ed è stato dannatamente assassinato a sangue freddo. Sì. Dopo quel fatto, ho interrotto ogni attività illegale. Ho cancellato le nostre identità. Non che io e papà fossimo mai stati registrati da qualche parte, comunque. Sono diventata legittima. Con l'assassino doppiogiochista di mio padre a guardarmi, mi sono nascosta alla luce del sole, come ordinaria cittadina americana.

I furti erano comunque il lavoro dei miei genitori. Erano stati dei regolari Bonnie e Clyde. Ma mamma è morta in un incidente d'auto quando avevo otto anni, quindi sono diventata la nuova collega di papà. Mi sono rifiutata di lasciarlo solo, anche se lui avrebbe preferito che me ne stessi al sicuro in un collegio o con Memé a Parigi. Ma la sua missione di Ladro per la Giustizia non era cosa per me. A me piaceva fare la hacker.

È così che Memé mi ha aiutata a ottenere il mio attuale lavoro per la società di gioco. Ma sono scarsamente legata al mondo reale. Esco raramente di casa. Non frequento nessuno e non ho amici intimi. In un certo senso, sono ancora Catgirl, che sta in agguato nell'ombra.

Forse è per questo che l'incontro in ascensore mi ha agitata così tanto. Non sono mai stata toccata da un uomo, meno che meno da uno fico come Jackson King. È spaventoso con quanta facilità abbia fatto breccia dentro di me.

Il mio telefono vibra e prendo la borsa per frugarci dentro. Un numero della SeCure. "Pronto?"

"Ciao Kylie, sono Stu, della SeCure."

"Ciao Stu." *Brillante K. Davvero brillante.*

"Ti chiamo per dirti che siamo rimasti impressionati dalle tue abilità e che vorremmo offrirti il lavoro."

"Davvero?" Una parte di me vorrebbe sventolare un pugno in aria in segno di trionfo. Ho dato la mia peggiore impressione in assoluto, eppure mi fanno lo stesso un'offerta. Tiè, *Colloqui per principianti.*

L'altra parte è scettica.

"Non c'è un secondo colloquio né niente del genere?"

"No. Hai totalizzato il 100 per cento nel test, e sei piaciuta alla direzione."

"Alla direzione?" Non può intendere King.

"Sì. Luis pensa che tu sia stata fantastica. Quindi il reparto Risorse Umane ti chiamerà con l'offerta reale, ma ho il permesso di discutere io il salario con te. Offriamo 135.000 dollari, più le spese di viaggio. Assicurazione sanitaria e dentale completa, partecipazione ai profitti e opzioni azionarie che vanno ad aggiungere un terzo al pacchetto del salario."

Ehm… wow. Guardo Memé e sorrido. Sono 50.000 dollari più di quello che guadagno adesso, e non mi sarei mai aspettata che mi pagassero anche le spese di viaggio.

Probabilmente è troppo bello per essere vero. Ma non posso rifiutare. "Grazie, sembra ottimo."

"Quindi accetti l'offerta?" Sembra entusiasta.

Dovrei fare un po' la difficile, ma vaffanculo. "Sì. Assolutamente. Sono davvero elettrizzata."

"Ottimo. Le Risorse Umane ti manderanno l'offerta scritta domani. Quando puoi iniziare?"

"Non lo so… Tra un mese?"

"Speravo tra due settimane," dice Stu.

"Sul serio? È piuttosto veloce."

"Paghiamo il trasferimento, quindi questo ti semplifi-cherà il passaggio."

"Due settimane è un requisito?"

"Sì."

"Allora va bene," dico.

"Ottimo. Domani finalizziamo i documenti. Benvenuta nel team."

Riattacco e guardo raggiante Grandmere. "Ho avuto il posto!"

Memé mi getta le braccia al collo e mi dà un bacio sulla tempia. "È meraviglioso! Congratulazioni."

Accetto il suo abbraccio, chiedendomi cosa ne pensi King della mia assunzione. Almeno non l'ha ostacolata. Non credo che la cosa dovrebbe eccitarmi così tanto.

CAPITOLO DUE

 *ackson*

Percepisco il momento in cui Kylie entra nell'edificio. Anche se non avessi saputo che oggi era il suo primo giorno alla SeCure, la sua presenza non mi sarebbe sfuggita. I miei sensi di lupo si risvegliano. Un ringhio mi sale nella gola. Ricacciandolo giù, mi alzo dalla mia scrivania e vado all'ampia vetrata, guardando il panorama delle pendici dei monti Catalina. Improvvisamente il colletto della camicia è troppo stretto. Vorrei togliermi i vestiti, assumere la mia forma di lupo. Vorrei correre. Ululare. Cacciare.

Quando Tucson ha corteggiato la SeCure chiedendo di spostare in città la nostra sede legale, ho fatto il gioco duro, insistendo per avere vantaggi fiscali e nuove strade che conducessero al luogo proposto. Ma in realtà non ci vuole un genio a capirlo. Tucson è perfetta per un mutante: nascosta tra tre catene montuose, con una popolazione di appena un milione di abitanti, mi concede rapido accesso alla natura incontaminata, mantenendo tutti i vantaggi lavorativi. Attrarre qui dei dipendenti di alto calibro non è stato difficile: la maggior parte dei professionisti sono rimasti deliziati all'idea di trasferirsi in un luogo deserto, anche con le estati calde.

Ho fatto costruire il quartier generale ai piedi delle montagne. La mia stessa villa è annidata davanti alle Catalina, quindi posso correre e cacciare quando voglio.

Cammino davanti alle finestre, la pelle formicolante. Sto effettivamente considerando l'idea di trasformarmi alla luce del sole. Il mio lupo vuole uscire. Vuole cacciare, uccidere. O scopare.

Mia.

Già, il mio lupo vuole scopare quella piccola umana sexy del sesto piano. Se fossi furbo, me ne starei bene alla larga. Ma non stavo pensando con il mio cervello quando ho raccomandato di persona che la assumessero.

Non riesco a levarmi Kylie dalla testa. Da due settimane il suo odore mi arriva alle narici di notte. La vedo nei miei sogni. Il ricordo delle sue gambe lunghe e delle tette col pipistrello me lo fa diventare duro ogni volta.

Come fa un'umana a essere così attraente?

Qualcuno bussa alla porta. "Signor King? Il suo appuntamento delle nove è qui."

Con un sospiro mi siedo alla scrivania. "Fallo entrare." Altra merda di affari da gestire. Kylie dovrà aspettare.

~.~

Jackson

MI SFORZO di aspettare fino alle undici. A quel punto tutto il mio corpo si contrae nello sforzo di resistere all'istinto. Scatto in piedi ed esco a grandi passi dal mio ufficio, passando oltre la scrivania della mia segretaria.

Lei sembra sorpresa. "Il suo appuntamento delle undici sta aspettando, signore." Me l'ha già detto una volta, e le ho chiesto un minuto.

"Sì, lo so. Torno tra cinque minuti." O dieci. O il tempo che mi ci vorrà per schiaffare la mia piccola Batgirl contro il muro e fotterla fino allo stremo.

Ricaccio giù il mio lupo. È una cattiva idea. Lei è umana. Bella. Fragile. Delicata. Al meglio la lascerei piena di lividi. Al peggio... la spaccherei.

Ma devo vederla.

Prendo l'ascensore e scendo al sesto piano. Il pensiero di quando l'ho toccata mi fa diventare l'uccello ancora più duro. Grazie al cielo eravamo bloccati insieme. Grazie al cielo non mi sono accorto che il suo odore mi chiamava se non dopo che siamo venuti fuori da questo spazio ristretto. Solo anni di controllo hanno impedito al mio lupo di prendere il sopravvento e farla sua proprio lì. Il controllo e quella fottuta condizione di confusione.

Non mi sono mai sentito così prima d'ora. Non dovrei sentirmi così. Soprattutto non nei confronti di un'umana.

Mi muovo furtivo lungo il corridoio, ignorando il modo in cui le conversazioni tra dipendenti si smorzano quando mi vedono. In genere trovo piacevole il loro nervosismo. Soddisfa il mio lato predatorio. Ma oggi ho una preda diversa.

Non ho bisogno di chiedere dove sia stata collocata la mia piccola hacker. Il suo odore lascia una scia. Vaniglia e spezie, e un aroma che non conosco.

La mia caccia termina davanti a un piccolo ufficio senza finestre. Kylie è seduta e studia lo schermo del suo computer con una tazza di caffè alle labbra.

Anche se non faccio alcun rumore – i mutanti si spostano molto più silenziosamente degli umani – la sua testa scatta nella mia direzione prima che varchi la soglia. Sbatte le palpebre come se non potesse credere che sono realmente io.

"Signor King." Ruota sulla sua sedia ma non si alza in piedi. Il mio lupo è contento che abbia perso la sua paura di me. Incrocia le lunghe gambe nude, e ringrazio il cielo che si sia messa un'altra gonna corta. "O dovrei chiamarti J.T.?"

Quindi è ancora seccata dal mio piccolo inganno. La sua voce ha una nota di sdegno che nessun altro dipendente oserebbe mostrare, e dannazione, mi provoca un solletichìo all'uccello.

Vederla mi elettrizza, ma mi concedo solo un sorrisino. "Possibile."

Il suo sguardo si sposta sulla porta alle mie spalle, e solo perché sono in parte lupo riconosco una leggera vibrazione da animale in trappola sotto la sua sicurezza. Come se si sentisse nervosa vedendo la sua unica uscita bloccata.

Deve fare parte della sua claustrofobia. Entro nell'ufficio e mi allontano dalla porta, lasciandole così una possibile via di fuga, e la vedo rilassarsi.

Mi appoggio al muro, incrociando le braccia sul petto. Il mio lupo vuole che gonfi i miei muscoli e corra fuori a cacciare un coniglio da portarle per pranzo. *Stai buono, amico.*

Il suo odore mi colpisce le narici, risvegliando il formicolio della mutazione. Respingo l'istinto, sperando che i miei occhi non abbiano cambiato colore.

Lei inarca le sopracciglia. "Ti fai chiamare così?"

"No."

Posa la tazza di caffè e si alza in piedi. La gonna fascia il suo corpo, i tacchi mettono in rilievo i muscoli dei suoi polpacci. Una maglietta sbiadita di Spiderman le avvolge il petto. La ragazza ha una perversione per i supereroi.

Peccato che io sia il cattivo. Vorrei tirare su quella maglietta e far scorrere la lingua su quella pancia piatta, su fino alle tette sode.

"Senti, mi voglio scusare ancora per quello che ho detto. Non lo intendevo veramente. Ero solo… invidiosa." Sembra sincera.

Non mi aspettavo un'altra scusa. La posizione delle sue spalle dice che è sulla difensiva, ma la morbidezza del suo volto e della voce mi fa capire che sta realmente tentando di essere carina. Il che è… rinfrescante. I miei dipendenti, i colleghi d'affari, diavolo, tutti nella mia vita fanno i leccaculo con me, oppure sparlano alle mie spalle. O entrambe le cose. Solo gli altri mutanti sono veri, ma i branchi dell'Arizona non mi adorano. Ed è colpa mia.

"Invidiosa di che cosa?"

Lei scrolla le spalle. "Del tuo cervello, immagino."

Un'altra sorpresa. Per lo più la gente è invidiosa del mio successo, dei miei soldi, del mio potere. Sembrano pensare che non me li sia guadagnati. Che abbia avuto fortuna. "Se entrassi nella mia testa, non troveresti tutto questo granché," dico. Solo una vita colma di senso di colpa. Qualsiasi terapeuta descriverebbe la mia ossessione per la carriera come una compensazione. E se lo psicoterapeuta sapesse quello che ho fatto per meritarmi questo disprezzo che ho per me stesso, mi farebbe rinchiudere. Ma il mio errore non può essere cancellato. Mia madre non può essere riportata indietro dal mondo dei morti, e la morte del mio patrigno è comunque avvenuta troppo tardi.

Kylie mi osserva.

Cosa vede? Un grande e goffo geek? Un tizio inquietante? O vede il lupo nei miei occhi, il predatore che vuole metterla carponi e scoparla all'infinito?

"Ti piace il mio codice." La mia voce è roca, gutturale, vicinissima alla trasformazione.

"Sì." Mi rivolge un lento e seducente sorriso, come se le chiacchiere sul codice fossero i preliminari. I suoi denti sono perfetti e bianchi, le labbra gonfie e lucide. "I tuoi occhi sono più chiari di quanto ricordassi."

Merda.

Sbatto velocemente le palpebre. "Cambiano." *Non è una bugia.* "Sto lavorando a un nuovo linguaggio." Cristo, questo è davvero un discorso tra geek. La prossima cosa che le dirò sarà una storia del tipo 'Una volta al campeggio...'

Le si illuminano gli occhi e avanza, invadendo il mio

spazio. È tonica, ha le gambe lunghe, tette e culo sono la perfezione.

"Vorrei che lo mettessi alla prova per me."

Oh santo cielo, che diavolo sto facendo? Non ho mai permesso a nessuno di vedere il mio lavoro, soprattutto non a una dipendente nuova di zecca di cui non so niente.

Lei si fa più vicina. "Mi piacerebbe tantissimo."

Ha i capezzoli duri?

"Dovrebbe essere dopo l'orario di lavoro, e con una certa riservatezza. So che Stu ha altro lavoro per te."

"Certo, ottimo." Non è intimorita dagli straordinari, a quanto pare. Decisamente una vera fanatica della tecnologia.

"Nel mio ufficio alle sei." *Suona come un appuntamento.* Deve aver avuto anche lei la stessa impressione perché l'odore dell'eccitazione femminile mi arriva al naso.

Stringo i pugni, premendomi contro i palmi le unghie affilate per impedirmi di afferrare il suo corpo e tirarlo contro il mio. Me l'immagino nuda, stesa sulla mia scrivania con le gambe aperte.

No. No, no, no. Non può succedere. Alcuni lupi riescono a fare sesso con le umane, no problem, ma non sentirebbero l'impulso di farne le loro *compagne*. Un'umana non aspirerebbe – non dovrebbe aspirare – ad avere addosso il marchio permanente del mio odore. Ma pare che questa pensi di sì. E questo rende impossibile poterla scopare. Perché non potrei marchiarla senza il rischio di ferite gravi o addirittura la morte.

Le sue labbra carnose si schiudono, come ad aspettare un bacio.

Faccio un passo avanti.

"Sono perdonata?" La sua voce calda mi va dritta all'uccello.

La inchiodo con uno sguardo di ghiaccio. "Vedremo."

L'odore del suo nettare diventa più forte. La mia autorità le piace.

Me ne vado prima di tirarle su la gonna, strapparle le mutandine e affondare la lingua dentro di lei.

Non succederà. Non. Può. Succedere.

Mi allontano, il corpo rigido. Il mio lupo vuole essere liberato.

Forse devo uscire. Uso il cellulare per chiamare la mia segretaria. "Vanessa, cancella il mio appuntamento. Esco."

~.~

Kylie

BENEDETTO VIBRATORE, *Batman*. Jackson King ha una simpatia per me. Perché altrimenti comparirebbe così, tutto burbero e spaventevole, invitandomi nel suo ufficio?

Vuole mostrarmi il suo *codice*. È così che si chiama adesso?

Magari sta solo cercando di essere gentile, rimediando alla prima impressione. Magari vuole fare in modo che io – nuova dipendente al primo giorno di lavoro – mi senta a mio agio. Lanciarmi un osso. Quello grosso che tiene nei pantaloni. *Eh.*

Ma no, non sono quel tipo di ragazza. Non sono mai stata con un uomo. Non ho letto *Consigli per fare carriera*, ma sono piuttosto certa che andare a letto con il capo non sia una buona idea.

Anche se è Jackson King...

Dopo qualche minuto passato a sognare a occhi aperti, torno in me.

No, K! Rimprovero la mia libido. *Non incasinare tutto.* Ho appena ottenuto il lavoro dei miei sogni. Basta vita di crimini o in continua fuga. Basta nascondersi. La cosa più eccitante della mia vita adesso sarà scoprire cos'ha preparato Memé per pranzo.

E Jackson King è probabilmente uno a cui piace giocare. Forse è per questo che non ci sono notizie di eventuali fidanzate. Probabilmente va a letto con le sue dipendenti e le paga perché stiano zitte. Cazzone.

Se solo non avesse due occhi così belli. Pensavo fossero verdi. Oggi erano azzurri.

Digito sulla tastiera, fingendo di essere impegnata, in caso Stu mi interrompa. Anche se possiamo mandarci email o chattare tramite intranet, passa spesso per il mio ufficio. Non ho ancora ben capito perché sia stato così zelante con la mia assunzione. Delle brillanti raccomandazioni da parte di professori del college non mi sembrano poi tanta roba.

Apro Google per fare una ricerca su Stu, per vedere se riesco a scoprire di più, e mi ritrovo invece con il digitare il nome di Jackson King. Eccolo qui, serio come sempre, in una foto scattata per la rivista *Wired*. Fissa l'obbiettivo, i folti capelli spettinati e la mandibola serrata. La sua tipica espressione *lasciatemi in pace.*

Mi fa solo venire voglia di avvicinarmi di più.

Qualche ora ancora e poi potrò andare a vedere il suo *codice.* E voglio davvero sedermi e programmare insieme a lui, anche se significa fare degli straordinari non pagati. Magari tuffarsi in un progetto dissolverà l'impaccio che c'è tra noi. Nella vita reale sono sarcastica e distaccata, ma online sono Catgirl. Salto alti edifici con un balzo solo. Risolvo i problemi del mondo, un attacco informatico dopo l'altro. Quando papà era vivo, ci spostavamo un sacco tra uno dei suoi colpi e l'altro e non restavamo mai troppo nello stesso posto. Il computer era la mia casa. Non incontravo i miei amici al centro commerciale. Ci si vedeva online. E codificare... i numeri hanno senso e basta. Una sfida e allo stesso tempo un conforto. Un po' come nascondersi alla luce del sole.

Per qualche motivo, penso che Jackson mi capirebbe.

Alle sei in punto salto dalla mia sedia. Il cuore mi batte nel petto con ritmo brioso mentre salgo le scale verso l'ottavo piano: l'area dirigenziale.

Quando sbuco fuori dalla rampa di scale – che mi riporta alla mente dei brutti ricordi, anche se non tanto brutti quanto quelli dell'ascensore – cammino rapidamente. *Comportati come se facessi parte di questo posto, e la gente lo crederà.* Quando si trattava di nascondersi, mio padre dava consigli migliori di ogni libro sul lavoro. In quanto ladro, sapeva il fatto suo.

Faccio parte di questo posto, dico a me stessa, mentre mi dirigo verso l'ufficio nell'angolo. *Per la prima volta in vita mia, appartengo davvero a un posto.*

L'assistente di King sta riponendo le sue cose. Si infila una giacca leggera e mette la borsetta a tracolla. È carina. E la sua camicetta è troppo scollata.

Benedetta scollatura, Robin.

Cerco di passarle oltre.

"Scusa? Posso aiutarti?"

Ruoto su me stessa, con un sorriso radioso in volto. "Certo. Sono qui per vedere il signor King."

L'assistente scuote la testa, facendo rimbalzare i suoi perfetti ricci biondi. "No. Non ha nessun appuntamento."

"Sì invece. Mi ha chiesto di dare un'occhiata a un codice." Tendo la mano, facendo del mio meglio per mostrarmi amichevole, nonostante la sua gelida accoglienza. "Sono Kylie McDaniel, la nuova specialista infosec."

La giovane donna scuote ancora la testa e ignora la mia mano. "No. Non è nella sua agenda. E al signor King non piace *davvero* essere disturbato. Posso cercare di fissarle un appuntamento?" La sua voce gronda dubbiosità.

La porta dietro di lei si apre. "Signorina McDaniel."

Non avrei dovuto farlo. Avrei potuto aspettare che la donna si allontanasse e comunque sparisse. Ma qualcosa in me mi stuzzica e mi incita ad essere combattiva.

Occhi incollati sul volto dell'assistente, rispondo. "J.T."

La ragazza sgrana gli occhi e il suo volto subito si irrigidisce in una smorfia.

Per fortuna la mia eccessiva familiarità non sembra dare ai nervi a Jackson. Non dà spiegazioni alla sua segretaria, ma del resto non ne ha bisogno: è la sua azienda. Fa un passo indietro, accompagnato da un gesto impaziente a indicare l'ufficio.

Solo su di lui l'autorità può apparire così sexy.

"Piacere di conoscerti," dico all'assistente mentre avanzo.

Lei mi ignora. "Serve che resti, signore?"

No, grazie, non sono per le cose a tre.

"No."

Quindi anche con gli altri risponde a monosillabi. Buono a sapersi.

"Ok, buona serata," dice la segretaria, un accenno di disperazione nella voce.

Senza una parola di più, lui chiude la porta. La cosa non dovrebbe darmi soddisfazione, ma me ne dà. E ora sono da sola con Jackson King.

"Sei in ritardo," ringhia lui.

Si è tolto la giacca e la cravatta. Il colletto è sbottonato. Le sue spalle larghe riempiono la camicia.

"Sono nei guai?"

Lui non risponde, ma si arrotola le maniche.

Benedetta sensualità, Batman.

"Se senti la mia mancanza, mi trovi due piani più sotto."

King sbuffa e si infila dietro a una solida scrivania di legno abbinata a una sontuosa sedia in pelle. Una ritirata, ma per andare a sedersi in una posizione di potere. Davanti alla scrivania stanno altre due sedie più piccole. Lascio cadere la mia borsa su una delle due, ma non mi siedo. Non sono una scolaretta monella che è stata mandata nell'ufficio del preside.

Però, bella fantasia questa!

48

L'ufficio di King è impressionante. Due intere pareti finestrate mostrano una veduta mozzafiato delle pendici dei monti Catalina, che brillano di rosa e viola alla luce del tramonto.

"La tua segretaria è decisamente protettiva nei tuoi confronti. Te la scopi?" Ops, forse un po' troppo audace. Ma se è un puttaniere che sbava su tutte le sue dipendenti, lo voglio sapere.

"Scusami?" Quella voce severa mi avvisa di darmi una calmata. Peccato che invece non faccia che eccitarmi ancora di più.

Scrollo le spalle. "Sembra gelosa."

"Quindi la tua conclusione è che me la sia portata a letto?"

Mi sento avvampare in viso. Ancora una volta le prime parole che mi sono uscite dalla bocca sono state del tutto inappropriate. Cos'ha quest'uomo, che mi tira fuori tutti i pensieri più reconditi? Quando gli sono vicino, non mi posso nascondere.

Lui piega la testa di lato. "Non penso che sia lei quella gelosa. Cosa pensavi che avremmo fatto quassù, Kylie?"

Quando lo sento pronunciare il mio nome, ho un brivido.

"Pensavi che saremmo andati a letto insieme?"

"No." La mia bugia non è molto convincente. Dovrei saper fare di meglio. Sono stata addestrata per mentire. "Per niente."

Il suo sguardo scende sui miei seni, poi un sopracciglio si inarca, come a voler enfatizzare il discorso. I suoi occhi sono di nuovo azzurri – quasi argentati. Quelli di Memé cambiano così. A volte sono color cioccolato come i miei, altre volte appaiono dorati.

Abbasso lo sguardo. I miei fottuti capezzoli sono così dritti che sembrano voler bucare reggiseno e maglietta.

Cacchio .

Incrocio le braccia davanti al petto per nasconderli. "Senti, siamo entrambi adulti. Mi hai invitata quassù. Mostrami quello che volevi mostrarmi e ti dirò cosa ne penso."

"Pensi di essere pronta?"

Sculetto fino alla sua scrivania e pianto le mani sulla superficie di legno, chinandomi in avanti. "King, è tutta la vita che sono pronta per te."

Per un momento mi scruta. Ruota per guardarmi dritto in faccia. Sembra più grande, più imponente. I suoi occhi sono piantati nei miei, azzurro ghiaccio con un contorno nero.

Mi sento travolgere da un profumo muschioso e piccante, mascolino. Il battito accelera quando sento un sommesso brontolio. Proviene da King.

Mi raddrizzo. "Stai bene? Sembri…"

"Non funzionerà."

"Cosa?" La parola mi va di traverso, come se mi avesse dato un pugno nello stomaco.

Chiude gli occhi, li riapre, riprendendo il controllo con visibile sforzo. Che sia perdita di pazienza o attrazione, non posso esserne certa. Mi sento intontita mentre lo vedo camminare verso la porta, presumibilmente per cacciarmi fuori.

"Senti, mi spiace." Gli tocco il braccio. L'elettricità mi

attraversa le punte delle dita. King inspira con forza. "Farò la brava. Voglio davvero vedere il tuo codice."

Lui fa un passo indietro perché non arrivi a toccarlo ancora. "No. È stato un errore."

"Dammi un'altra possibilità," lo imploro. "Mi so comportare in modo professionale, lo giuro."

Lui si gira e mi colpisce con tutta la forza del suo sguardo. I suoi occhi scendono sulla mia bocca, si posano sui miei seni, percorrono tutta la lunghezza delle mie gambe nude. Ho i brividi. "Può darsi. Ma io no."

Rabbrividisco ancora. I miei sensi sono allerta, il pericolo che si mescola con l'eccitazione. C'è un predatore nella stanza e ha posato gli occhi su di me.

"Te ne devi andare, Kylie."

Ahi. Neanche la sua voce sexy può ammorbidire il rifiuto. Indietreggio verso la porta, deglutendo. L'aria nell'ufficio è elettrica e mi fa venire la pelle d'oca.

È successo qualcosa tra di noi. Qualcosa che non riesco bene a inquadrare.

"Scusa." Cerco altre parole a cui aggrapparmi. "Non volevo…"

"Non sono una persona con cui dovresti stare sola."

"Cosa? Non capisco."

"Non è una buona idea." La testa china, il corpo imponente contornato dal rosso del tramonto, Jackson King sembra un eroe uscito da un fumetto, un essere appartenente a un altro mondo.

"King," dico, e faccio un passo avanti.

Tira su la testa di scatto e mi inchioda con quei due occhi blu e ardenti. "Esci."

La mia schiena va a sbattere contro la porta. Giro la maniglia, restia a distogliere lo sguardo dal grande e cattivo King. Muscoli tesi e occhi diffidenti, ogni centimetro di lui appare al contempo pericoloso e sexy. Ma non ho paura. Voglio sedurlo.

Sono pazza. Non so niente di seduzione. Questi sentimenti sono una follia. Ci riprovo, un'ultima volta. "Voglio lo stesso testare il tuo codice. Potresti mandarmi una mail. O qualcosa del genere."

"No," risponde. "Non posso." Le sue labbra si contorcono in un deprimente sorriso. "Vattene. Adesso." La sua voce si ammorbidisce. "Finché ne hai ancora la possibilità."

Cosa intende dire? Non resto lì per scoprirlo. Chiudo la porta con un po' troppa forza e la faccio sbattere.

"E resta fuori," mormoro poi, le guance in fiamme.

Almeno la sua segretaria non è qui ad assistere alla mia umiliazione.

Mentre mi allontano, un verso angosciato esce dall'ufficio di King. Un suono inumano. Quasi un ululato.

~.~

Jackson

MI TIRO VIA i vestiti nel parcheggio e li butto nel bagagliaio. È rischioso. Ci sono ancora auto nello spiazzo, e non è neanche buio ancora. Ma io devo correre. La luna è in crescente e questo rende il mio lupo ancora più ansioso. È questo il problema. Non quella piccola umana inebriante e dalla battuta pronta che chiama ogni cosa con il suo nome.

Il mio petto è scosso da un ringhio quando penso al pericolo in cui si trova Kylie. Il mio lupo vuole proteggerla da ogni minaccia. Ma ovviamente l'unica minaccia nei suoi confronti sono io.

Garrett mi aveva avvisato che sarebbe potuto succedere. L'alfa di Tucson ha un branco compatto. I suoi lupi sono in salute, equilibrati. Io e lui abbiamo un rapporto sottile ma equilibrato: sono un lupo solitario al limitare del suo territorio. Garrett continua a tenersi in contatto con me. Non solo per affermare la sua dominanza – anche se non sarebbe poi un vero alfa se non lo facesse – ma per salvarmi dal mal di luna. I lupi, soprattutto i lupi grossi e dominanti, possono davvero impazzire se aspettano troppo prima di trovare una compagna. Se mai ne mostrassi i segni, Garrett ha spiegato molto chiaramente che mi ucciderà. Gli ho detto di portare i suoi migliori combattenti per essere sicuro di riuscire a terminare il lavoro.

Non posso preoccuparmi di una compagna. Diamine, neanche voglio un branco, non dopo che sono stato bandito da quello in cui sono nato. Sono un lupo solitario, o lo sarei se non avessi accettato Sam. Ma quello è stato diverso.

Sam ha bisogno di me e al mio lupo il ragazzo piace.

Al mio lupo piace moltissimo anche Kylie. Vuole che io la faccia mia, ma reclamare un'umana è pericoloso. So quali siano le conseguenze di lasciare libero sfogo alla mia natura bestiale. Va a finire che la gente si fa male.

Non posso permettere che succeda a Kylie.

Chiudo gli occhi e lascio che il calore mi consumi. Le cellule si separano. Si ridispongono. È indolore, ma richiede concentrazione e consuma energia. Mi metto a quattro zampe e corro dietro alle auto, fuori dal parcheggio ricoperto da pannelli solari, verso il terreno roccioso del deserto. Risalgo il pendio della montagna, correndo per arrivare dall'altra parte ed essere al riparo.

Il naso abbassato per seguire le tracce di un coniglio, lascio che sia il mio lupo a comandare. Basta fare il CEO. Basta azienda, basta codici. Basta Kylie con il suo odore, inebriante e proibito. L'espressione confusa e ferita sul suo volto quando le ho detto di uscire...

Corro a lungo per la montagna, facendo slalom tra alberi e cespugli, distendendo i muscoli. Il sole scende all'orizzonte e al suo posto sale la luna, luccicante e tonda, illuminando il pendio del monte.

Colgo un familiare odore di lupo un momento prima di vedere un lampo nero e un paio di occhi color ambra. Tendo le zampe posteriori e salto per bloccare il giovane maschio, facendolo cadere sul fianco e mordicchiandogli l'orecchio.

Sam è magrolino per essere un mutante, comunque piuttosto grande per la media di un lupo. Il mio giovane fratello di branco mugola e mi pizzica a sua volta, fino a che io ringhio e gli mostro i denti. Sam schiaccia la coda tra le gambe e piagnucola, offrendomi pancia e gola.

Gli lecco l'orecchio e lascio che il giovane salti in piedi. I giochi di dominio e sottomissione sono solo questo tra noi: giochi. È la cosa più vicina al divertimento che io mi conceda. Se non fosse per il ragazzo – il nostro branco di due – non interagirei con nessuno a livello personale. Né umano, né mutante. Ma Sam rifiuta di andarsene. Ricorda cosa voglia dire essere soli.

Sollevo il muso e mi allontano trotterellando, sapendo che Sam mi seguirà. Questa notte correremo e cacceremo, proprio come facevamo nelle montagne della California, dove ho trovato Sam mezzo ammattito e sul punto di morire di fame, la sua metà umana quasi perduta. Sembra sapere quello che io non so spiegare. Stanotte sono io quello che ha bisogno di essere salvato.

CAPITOLO TRE

 *ylie*

SONO PASSATI tre giorni e non ho visto Jackson King una sola volta. Non da quando mi ha buttata fuori dal suo ufficio. Tre giorni che mi rivedo in loop nella mente la nostra conversazione. Dico a me stessa di lasciar perdere, ma sono anni che ho questa ossessione per King, e questa cotta è sbocciata e fiorita alla grande dopo il nostro incontro in ascensore.

Il lavoro va avanti. Stu mi tiene occupata con nuovi firewall da impostare e altra roba noiosa.

Nel frattempo, mi metto sempre gonne e tacchi in caso mi capiti di rivedere King. Non che voglia fare colpo su di lui. Voglio solo che quel mega stronzo veda quello che si perde.

Oh, ma chi voglio prendere in giro? Voglio comunque che lui mi noti. Che venga nel mio ufficio e mi ringhi addosso, che mi pieghi sulla scrivania, mi tiri su la gonna e... *mmm*.

Benedetto arrapamento, Batman.

"Kylie? Tutto bene?"

Stu e il resto del team mi guardano dall'altra parte del tavolo da conferenza.

"Certo." Mi metto a sedere più dritta per ricordare gli ultimi minuti della riunione, ma tutto quello che riesco a recuperare sono fantasie su Jackson King. *Dannazione.* "Non intendevo mettermi in modalità salvaschermo. Scusate. Ho solo bisogno di un altro caffè."

Qualcuno ride del mio commento sul salvaschermo, ma il suono non mi giunge piacevole alle orecchie. Mi irrigidisco. Sono la più giovane in questo team, ma lavoro sodo come tutti quanti. Forse anche più di loro.

Alla faccia di trovare la mia tribù.

"Stavi sospirando un sacco." Stu non vuole lasciar cadere il discorso.

"Ho le ginocchia che mi fanno un male cane." Che non è una bugia. Le tengo piegate sotto al tavolo e strofino i piedi contro le gambe della mia sedia. Domani dovrò tornare alla normale tenuta da geek con jeans e sneakers. Fanculo King. Io non mi vesto per nessun uomo.

La riunione finisce e io continuo a digitare sul mio portatile, chiudendolo solo quando Stu si appoggia al tavolo, davanti a me.

"Ti stai ambientando bene?"

"Certo." Mantengo un sorriso freddo. Stu mi piace, ma la sua costante presenza attorno a me sta iniziando a darmi ai nervi. Continua a tentare di fare amicizia, ma ho la sensazione che mi voglia stare vicino solo perché pensa che sia gnocca.

Immagino che questo spieghi il suo ardente desiderio di assumermi.

"Il grande capo ti ha buttata giù?" mi chiede, e io raddrizzo la schiena di scatto come se mi avesse gettato addosso una secchiata d'acqua gelata.

"Cosa?"

"So che è passato per il tuo ufficio qualche giorno fa. Da allora non ti ho più vista tanto contenta."

Benedetto stalker, Batman. Non che io possa permettermi di giudicare, però insomma!

"Sei il mio fratello maggiore Stu? Mi controlli?"

"Oh, no!" Arrossisce. Poverino. Evidentemente gli piaccio, ma sta tentando di rimanere professionale. Che è più di quanto io abbia fatto con Jackson. "Sto solo cercando di aiutarti a capire come funziona. Mi sento responsabile, perché sono stato io a farti assumere."

Tu hai assunto le mie tette. La me-irriverente tira indietro la testa. *E il mio cervello è venuto ad accompagnarle.*

"So che Jackson King è un nome grosso, ma non è un tipo gentile. A dire il vero, è più una specie di stronzo. Qui in giro ha la reputazione di essere un cazzone imperiale. Le donne gli sbavano sempre dietro." Ora Stu sembra piagnucoloso e geloso. "Ma lui le tratta come tutti gli altri dipendenti. Dice a malapena una parola che non sia scortese."

"Sto bene, Stu. Non mi ha detto niente di scortese. E lavorare qui mi piace, finora."

"Bene, ottimo." Stu fa un tentativo. "Programmi per il finesettimana?"

Che palle.

"Esco con il mio ragazzo," dico allegramente, ovviamente mentendo.

Stu si alza dal tavolo, allontanandosi da me. Ovvio, è un po' che gli invio delle ultra-vibrazioni che urlano *Non sono interessata*, ma ora che pensa che ci sia un uomo, pare aver capito.

Deficiente.

"Giusto," dice. "Beh, vado al meeting con quelli della finanza. Stiamo impostando un progetto per testare la loro struttura prima della compilazione dei prossimi moduli 10-Q. Che sono tra una settimana. Può darsi che abbia bisogno di te."

"Ottimo." Fingo entusiasmo alla promessa di possibili straordinari e promuovo mentalmente Stu da *deficiente* a *testa di cazzo*.

"Ok." Stu si mette a tracolla la borsa del suo portatile. "Adesso vado su. Vuoi che ti tenga l'ascensore?"

"No, grazie." Mi trattengo dal fare una battuta sarcastica. "Prendo le scale. Ho bisogno di esercizio." Quando i suoi passi svaniscono in lontananza, mi lascio andare a un sospiro.

"Stu ti sta dando fastidio?" Una voce bassa mi fa sobbalzare e quasi mi rovescio il caffè addosso. King entra disinvolto, come se fosse pronto per la copertina di GQ. "Posso fare una parola con lui se si sta comportando in modo inappropriato."

"No. Nessun problema." Signore, mi ero dimenticata di quanto larghe siano le sue spalle. "Nessun problema." Sto balbettando. "È solo impacciato. Tutti i fanatici del computer lo sono."

"Lo siamo?"

Inarco un sopracciglio. "Tu in particolare." *Merda. Eccolo qua di nuovo, il siero della verità.* "L'ultima volta che ti ho visto, mi hai detto di andarmene. Nessuna spiegazione. Niente di niente. Mi hai cacciata via e non mi hai detto perché."

"Lo sai il perché." La sua voce bassa e profonda mi fa avvampare le guance e cinguettare la passera.

Per non darlo a vedere, ruoto gli occhi al cielo. "Stu mi ha appena chiesto la stessa cosa di te. Voleva assicurarsi che non mi stessi dando fastidio o non fossi maleducato con me. Pare che tu abbia una certa reputazione al riguardo, signor Meschino."

"E tu cosa gli hai detto?" La sua mandibola è più tesa del normale.

"Gli ho detto che hai soffiato e risoffiato, ma non mi hai buttato giù la casa. Rilassati." Sorrido e la sua tensione si allenta un poco. "Ho omesso la parte dove dicevi che non era sicuro che io restassi." Mi guardo attorno nella sala conferenze ora vuota. "Adesso che mi viene in mente. Hai detto che non dovremmo stare da soli."

Un gruppo di persone passa fuori dalla porta aperta, chiacchierando a voce alta.

"Non siamo da soli. E non dovremmo esserlo." Mi perfora con un'occhiata e i suoi capelli scompigliati gli ricadono sulla guancia scavata. Dovrebbe essere illegale per un uomo avere un aspetto così bello.

"Penso di poterti gestire." *Forse.*

Il lampo di qualcosa gli attraversa il volto. Distoglie lo sguardo. "Tu non sai niente di me."

"So che non sei mai uscito con nessuno," spiattello, più che altro per distrarlo dal pensiero che rende dolorosa l'affermazione.

"Così mi hai detto. Stai ancora facendo la stalker, piccola hacker?"

"No." *Sì*.

Sorride come se sapesse che è una bugia.

Rispondo al sorriso. "Grazie. Posso gestire Stu. Ma è bello sapere che qualcuno mi tiene d'occhio."

"Se c'è qualcuno qui che ti importuna, voglio saperlo. Chiaro?"

Mi sento attraversare da un brivido, ma lo nascondo.

"Wonder Woman oggi?"

"Cosa?" chiedo, prima di rendermi conto che sta parlando della mia maglietta. "Oh, sì. Beh, tu sei Clark Kent," ribatto, indicando con un cenno il suo completo con cravatta.

"Ahi." Fa una smorfia. "Era un nerd."

"Era Superman," lo correggo. "E tu *sei* un nerd."

Scrolla le spalle. "Nerd miliardario." Ha un sorriso appena accennato sulle labbra. Ora è bello. Se sorridesse, sarebbe da mozzare il fiato. "Come Iron Man. O Batman. È più il mio stile."

"Oppure Lex Luthor. Magari non sei un eroe."

Con mia costernazione, il sorriso che aveva a fior di labbra scompare. "Già," borbotta. "Sono decisamente il cattivo."

"Stavo scherzando. Non sei un cattivo." Mi avvicino e gli poso una mano sul braccio prima di ricordare che sarebbe meglio di no. "Ti comporti come quello grosso e cattivo, ma so come sei veramente. Tu sei quello che alla fine arriva a salvare tutti. Ricordo quello che hai fatto per me nell'ascensore."

"No," dice lui. I suoi occhi guardano la mia mano e poi tornano al mio viso. Levo la mano e faccio un passo indietro, arrossendo un po'. "Ti stai sbagliando."

Tutto il mio corpo si surriscalda per la sua presenza così vicino a me. Lui continua a rifiutarmi, ma resta il fatto che è ancora qui. *So* che prova qualcosa per me. È solo che ha troppa integrità per scattare in azione. "Allora perché sei qui? Stai marcando il tuo territorio?"

"Io? Sei tu quella che ha mandato in ritirata la mia segretaria."

"Non è vero," ribatto. Poi sorrido. "Quella è stata solo una piccola zuffa tra gatte. E se la meritava."

Lui alza le mani. "Va bene, gattina. Tieni a bada le unghie." Sorridendo, se ne va a grandi passi, con atteggiamento quasi… *contento*?

M

a che roba è stata?

~.~

Jackson

. . .

IL MIO LUPO PIAGNUCOLA UN PO' mentre mi allontano dalla mia piccola supereroina, ma si comporta bene. Voleva che chiudessi la porta e la marchiassi con il mio odore, in modo che quelli come Stu stiano alla larga, ma è soddisfatto che almeno l'abbiamo vista.

Non dovrei arrischiarmi ad andarle vicino, ma non posso farne a meno. Almeno ho provato a me stesso che posso stare nella stessa stanza insieme a lei senza saltarle addosso. Sono davvero contento che non abbia paura di stuzzicarmi.

Tu sei Clark Kent.

Se solo sapesse.

Lascio stare l'ascensore e prendo le scale, salendole due gradini alla volta.

La mia segretaria mi guarda stupefatta al mio passaggio. Mi rendo conto che quella strana sensazione che ho alla faccia è un sorriso.

"Signor King?" Mi giro e il profumo della mia segretaria mi colpisce. Gli svantaggi di un buon naso.

"Sì, Vanessa?"

"Ha una chiamata da Garrett. Nessun cognome. Non la disturberei, ma mi ha detto di passarglielo…"

"La prendo." Da quando Kylie ha avuto quel battibecco con lei, la mia segretaria è più sottomessa. Mi viene ancora duro come la roccia quando penso a quel confronto. Se Kylie fosse una mutante, sarebbe una femmina alfa. Perfetta per il mio lupo. Abbastanza forte per sopportare la mia prepotenza, abbastanza sexy da tenermi stretto in pugno con le sue piccole dita. Abbastanza dolce da farmelo diventare duro al solo pensiero di infilarglielo dentro. Di lunghe nottate passate a correre sotto la luna piena. Solo noi due all'inizio, ma un giorno con dei cuccioli…

Scuoto la testa e sollevo il ricevitore. Devo essere davvero matto da legare se sto pensando a dei cuccioli.

"King?" L'alfa di Tucson sembra tentare di fare la voce grossa. Ha ventinove anni ed è uno dei più giovani alfa negli Stati Uniti. Gli è di aiuto che suo padre è a capo di un grosso branco a Phoenix e che supporta il potere del figlio nella zona. "Volevo solo dare una controllata."

La maggior parte degli alfa hanno una vena protettiva. Garrett non è diverso. Ma io non appartengo al suo branco. Se un alfa tentasse di includermi nel suo gruppo, sarei costretto a spiegare che sono un lupo di nessuno. Rapidamente e violentemente. Il mio lupo tollera i 'controlli' di Garrett, perché pensa al giovane alfa come a un fratellino, un po' come Sam. Però io e Garrett siamo comunque attenti nelle nostre interazioni. In una lotta per il dominio, io vincerei, ma non ho alcun interesse nel conquistare il suo branco. E sarebbe un peccato avere la meglio su di lui, perché il tipo mi piace.

"Garrett," rispondo. "Luna piena questa settimana."

"È per questo che ti chiamo. Mio padre ha organizzato dei giochi d'accoppiamento nella terra del branco vicino a Phoenix. Volevo invitarti a correre con noi."

"Tu vai?"

"Sì. I ragazzi vogliono sentire l'odore di qualche lupa. Non vogliono trovarsi una compagna, ma hanno voglia di farsi una scopata." Ci sono meno di venti membri nel branco di Garrett, tutti giovani lupi indipendenti, come lui. E vivono tutti nello stesso condominio. Una specie di confraternita.

"Lo apprezzo, ma non ce la faccio. Ti manderei Sam, ma gli ho promesso che avremmo corso nella nostra proprietà."

"Papà dice che sei sempre il benvenuto," insiste Garrett con tono affabile.

I miei soldi sono i benvenuti. Io sono a malapena tollerato, distaccato anche per un lupo solitario. Sono abbastanza dominante da mantenere il mio territorio, ma questo non significa che voglia un branco. Evito raggruppamenti da quando il mio branco natale mi ha bandito.

"Non ci sono molte femmine single, ma potresti trovarne una che ti piace."

"Ringrazia tuo padre, ma no grazie. Magari fra qualche anno, se Sam vorrà accoppiarsi." Non voglio insultare l'alfa di Phoenix, ma preferisco essere schietto. Magari non sarà la mossa più politicamente sensata, ma sono abbastanza grande. La gente si muove in punta di piedi attorno a me.

"Senti, King. Non me ne frega un cazzo se ti trovi una compagna o no. Ovviamente, neanche io ne ho presa una. Ma negli ultimi anni ci sono stati tre maschi che sono impazziti con il mal di luna. È mia responsabilità assicurarmi che tu almeno veda qualche femmina, dato che qua non ce ne sono."

Quello che intende realmente dire è: *Sei un lupo solitario che ha superato i trent'anni, e sei dominante, quindi più suscettibile alla pazzia della luna, a meno che non ti prenda una compagna.*

E poi c'è almeno una lupa a Tucson. La bellissima sorella minore di Garrett è una studentessa dell'Università dell'Arizona, ma non posso biasimarlo per averla esclusa dal conteggio. E comunque non mi interessa. Nella mia mente appare l'immagine delle tette da Batgirl di Kylie.

Non è una lupa.

Garrett prosegue. "Io ci porto tutto il mio branco, per dargli almeno la possibilità di scaricare un po' la tensione."

"Non pensavo che il gioco delle coppie facesse parte del lavoro di un alfa," dico, strascicando le parole.

"So che sei un lupo dominante. Senza un branco da condurre, dev'essere da morire riuscire ad assoggettare una lupa."

Ogni muscolo del mio corpo si tende mentre immagino di assoggettare la mia piccola hacker.

"E poi con i tassi di natalità così bassi tra i mutanti, è un bene per il branco se i più dominanti tra noi si sistemano e fanno cuccioli il prima possibile." Sembra suo padre. "Perché rimandare?"

Ridacchio. "Dice lo scapolo cronico. Cos'è, tua madre ti ha chiesto dei nipotini e hai deciso di passare a me la patata bollente?"

Un altro alfa qualsiasi potrebbe stizzirsi e offendersi per la mia frecciatina, ma non Garrett.

"Mi hai beccato." Lo sento sorridere, e la cosa funziona per ammorbidire il mio lupo, che è il primo ad essere irritato da questa conversazione. "Ho immaginato che se trovasse la notizia del tuo matrimonio tra le pagine dei pettegolezzi del mondo mutante, mi lascerebbe in pace."

"Ora sono dalla tua parte. Ci penserò per la prossima luna. Sam farebbe decisamente bene a trovarsi una fidanzata."

"Va bene." Garrett ride. "Ti verremo a cercare. Ci si vede in giro, King."

"Ancora una cosa, Garrett." Lascio cadere tutta l'allegria. Con la nuova attrazione che il mio lupo prova per un'umana, improvvisamente non mi sento più così sicuro della mia stabilità. "Se dovessi mai impazzire, promettimi di proteggere Sam. E porta tutto il tuo branco per fermarmi. A qualsiasi costo."

"A qualsiasi costo," giura Garrett. Il silenzio cala freddo e serio tra noi. Riagganciamo entrambi senza ulteriori saluti.

Tamburello con le dita sulla scrivania, sentendo quell'avvertimento come un peso nel petto. Garrett ha fatto la cosa giusta, parlando del mal di luna con il maggiore tatto possibile. Mi infastidisce che ci sia stato bisogno di questo promemoria per ritirarmi da Kylie. L'animale dentro di me è pericoloso e sta solo aspettando un momento di debolezza per potersi liberare.

Basta con i test del mio controllo. Basta giochini come quello di oggi. Devo stare alla larga da Kylie. Per il suo bene.

Apro il mio portatile, pronto a immergermi nel lavoro, quando sento la notifica di una chat.

BATGIRL4U: *Ehilà*

PER UN SECONDO trattengo il fiato, pensando di aver finalmente trovato la mia nemica: Catgirl, la hacker che aveva decifrato il mio codice anni fa.

Ma no. È Batgirl, con la B. Ed è nella nostra Intranet, la rete privata che usano i miei dipendenti. Solo che io permetto il collegamento con me solo al mio team esecutivo. Il che significa che sono stato hackerato.

King1: *Chi sei?* digito, anche se penso di poterlo indovinare.

Batgirl4u: *Tu chi pensi che sia?*

Scuoto la testa. King1: *Bel trucchetto, gattina. Ma se hai il tempo per hackerare il nostro Intranet, dovrò dire a Stu di darti più lavoro.*

Batgirl4u: *Volevo solo dimostrare il mio valore. Potresti mandarmi quel codice che volevi mostrarmi*

Il cursore lampeggia.

Non è una buona idea. Voglio starle alla larga, ma non ne sono capace. Oggi ho avuto un momento di debolezza. Ne ho troppi quando lei è nei paraggi. Che le piaccia o no, sono pericoloso. Letale. Lei pensa che non sia un cattivo.

Si sbaglia.

Spengo il computer. È tempo di andare a fare un'altra corsa.

~.~

Kylie

. . .

Dopo aver aspettato la risposta di King per un'ora, spengo il mio portatile e mi dirigo verso casa. Non avrei dovuto schernirlo così. Mi stavo mettendo in mostra, e se non sto attenta un giorno lui potrebbe collegare i puntini e scoprire che sono Catgirl.

Che uomo irascibile. Un giorno penso che mi piegherà a novanta sulla sua scrivania e mi scoperà fino allo stremo. Il giorno dopo mi caccia dal sul ufficio. Poi torna a flirtare. E poi mi ignora online. Non riesco a capire.

"Benedetto mix di messaggi, Batman," borbotto mentre mi chiudo la porta di casa alle spalle e mi levo le scarpe con i tacchi. Una cosa è certa: non mi metterò più queste scarpe per lui.

"Memé? Sei a casa?"

Un bigliettino con la scrittura illeggibile della nonna mi dice che ha fatto un salto al supermercato, quindi raccolgo la posta, dove trovo una grossa busta marrone senza indirizzo del mittente. Sollevo il lembo con il pollice e la apro.

Ne viene fuori uno spesso blocco di carte, con una lettera di copertina scritta a macchina.

Oh cazzo.

Il mio cuore smette di battere.

Sappiamo chi sei, Catgirl, e abbiamo le prove per farti rinchiudere.

Per assicurare il nostro silenzio, hai ventiquattr'ore

per installare il codice che trovi su questa chiavetta nel drive principale della SeCure.

Se non farai come richiesto, se corromperai in qualsiasi modo il file sulla chiavetta o se parlerai con chiunque di questa faccenda, manderemo questo pacco al tuo nuovo datore di lavoro e all'FBI.

No.

Respiro a fatica mentre sfoglio il resto delle pagine. Ci sono tutte le prove della mia irruzione nel sistema della SeCure anni fa. Come anche carte d'identità e foto di me e i miei genitori con vari travestimenti.

Nessuno con il mio vero nome.

Diavolo, quello l'ho dimenticato pure io.

Mi pulsa la testa e la stanza vortica scomparendo. Qualcuno mi ha trovato. Magari non *lui*, ma questa è una grossa minaccia.

Prima le cose importanti. C'è niente in questa busta che potrebbe farmi finire in prigione?

Sfoglio ancora le pagine.

No. Ma ce n'è abbastanza per accendere dei campanelli d'allarme. La SeCure mi licenzierà, questo è certo. Perderò la possibilità di lavorare con Jackson King. Non che al momento stiamo lavorando gomito a gomito, ma lo stesso. Addio alla mia occasione di essere normale.

Ma non posso farlo e restare. Se accetto di fare quello che vogliono questi tizi, sarò per sempre la loro troia. La prossima volta mi chiederanno di hackerare la carta di credito. Poi qualcos'altro. Non posso farlo. Devo scomparire. Come ho già fatto un milione di volte prima d'ora.

Entro in camera mia, prendo una valigia dall'armadio e la lancio sul letto. Senza pensare, le mie mani si muovono, ci infilano dentro cose necessarie. Vestiti neri, un paio di ogni cosa. Un semplice necessaire con articoli da toeletta.

Di nuovo in fuga. Per quanto tenti con impegno di scappare dal lascito di Catgirl e dei miei genitori, il passato mi raggiunge sempre.

E Memé? Ci siamo trasferite così tante volte. Non voglio ritrascinarla sulla strada. Questa volta le nostre vite non sono in pericolo. Non è giusto costringerla a fare i bagagli e seguirmi. Posso lasciarla?

È l'unica famiglia che ho. Scaricarla per tenerla al sicuro assomiglia a ciò che mio padre ha fatto a me, quando ha cercato di infilarmi in un collegio dopo la morte della mamma. Io non gliel'ho permesso, e neanche a Memé piacerà essere lasciata qui.

Ok, allora ci trasferiremo entrambe. Memé può fare la zuppa ovunque.

Dobbiamo scappare. Dobbiamo nasconderci. Quali altre scelte abbiamo?

Alla faccia della vita normale.

Apro il mio cassetto. La maglietta da Batgirl mi guarda.

"Non posso," dico. "Non sono una supereroina."

Sono decisamente il cattivo, mi ha detto Jackson. Se solo sapesse. Sono la sua arcinemica, con tutta la cattiveria inclusa. Pensavo di essermi liberata della mia vecchia vita. Ho pensato male.

In passato, me la sono cavata in ogni problema – mio o di mio padre – facendo la hacker. Eravamo in questa cosa insieme. Sempre in fuga, ma insieme. Mi sentivo al sicuro.

Addirittura potente. Ma il Louvre ha mandato in frantumi quella sicurezza. Pugnalato davanti ai miei occhi, mio padre è scomparso per sempre. Sono quasi morta in quel condotto di ventilazione, soffocata nel mio stesso panico. Poi non mi sono mai più sentita al sicuro nei posti stretti.

Eccetto in quell'ascensore, con King.

Ricordo la pressione delle sue braccia attorno a me, il riflesso della calma innescato. Avevo fatto una breve ricerca tornata a casa. Tutto quello che ho trovato è stato qualche riferimento a posizioni yoga che richiedono la chiusura del mento contro lo sterno per calmarsi.

Le grandi mani di Jackson erano state molto meglio di qualsiasi posa di yoga. Avevano irradiato calore e sicurezza.

Se qualcuno ti importuna, lo voglio sapere.

Non è reale. Non è sicuro. Non posso fidarmi di lui.

E se invece potessi?

Rimetto le carte nella busta, scrivo un veloce biglietto per Memé e corro in camera mia per mettermi addosso dei vestiti diversi prima di poter cambiare idea.

Ho costruito la mia vita sulle bugie.

Forse è ora di provare con la verità.

~.~

Jackson

. . .

LA LUNA BRILLA, argentata, illuminando il versante della montagna. In genere passo buona parte della notte a correre e cacciare quando la luna è quasi piena così, ma il mio istinto mi ha gridato di tornare presto. Non è stato per la pioggia.

Sam mi insegue, mordicchiandomi le zampe posteriori, ma io mi giro e ringhio al giovane lupo, inducendolo a portarsi la coda tra le gambe e piagnucolare. Non voglio la compagnia di Sam. Non la voglio mai, ma il ragazzo è l'ombra permanente che mi sono scelto io stesso. Quando raggiungiamo il retro della mia proprietà, restiamo entrambi immobili. A causa della pioggia è impossibile sentire odori, ma la frequenza sonora acuta che solo i canidi sono in grado di percepire ci dice che il mio sistema d'allarme è scattato.

Sam ringhia, il labbro superiore che si solleva mostrando le zanne. Scatta in avanti, svoltando l'angolo.

Io volo dentro, passando per la porta sul retro, per controllare l'interno. Non sento nessun odore insolito. Mi tramuto e mi getto addosso dei vestiti mentre corro alla sala di controllo per dare un'occhiata al registro del sistema di sicurezza.

Fuori dalla recinzione di ferro davanti alla mia proprietà è appoggiata una bicicletta, e una piccola figura scura sta camminando verso la porta, sotto alla pioggia. Un ringhio riverbera sommesso nella mia gola.

Ma chi diavolo?

Sam arriva a piena velocità, le zanne scintillanti, e salta in aria, le zampe anteriori che vanno a sbattere contro le spalle dell'intruso, sbattendolo – o sbattendola – a terra.

Prendi questo, figlio di puttana.

Furia oscura nelle vene, lascio la sala di controllo per affrontare il malgradito ospite. Scendo di corsa i gradini scivolosi e cammino sul ghiaino zuppo di pioggia.

"Buono, Cujo." Il suono tremante della sua voce ha su di me l'effetto di uno shock.

Kylie.

Un fremito di paura mi attraversa il corpo. "Via. Stai *indietro*," dico con tono secco.

Sam non si muove. Il suo lupo non cede alla ragione umana, il suo istinto di proteggere e difendere la sua casa è troppo forte. Grazie al cielo Sam non le ha lacerato le carni.

La mia piccola hacker è furba: se ne sta perfettamente immobile sotto a Sam.

Io afferro il mio fratello di branco per la collottola e lo tiro indietro. "Ho detto *via*."

Sam scuote la testa e infila la coda tra le gambe sentendo il tono arrabbiato del suo alfa. Fa un paio di passi indietro.

Io guardo la nostra intrusa. Anche bagnata fradicia, con addosso felpa e jeans, è bellissima. È distesa nel fango e non sembra neanche un po' spaventata quanto dovrebbe.

"Cosa diavolo ci fai qui?"

Lei sbuffa e fa per muoversi, ma sussulta, portandosi la mano alla nuca.

Ecco, dannazione. Una bella pietra è proprio lì vicino a lei. Deve averci sbattuto sopra la testa quando Sam l'ha fatta cadere.

"Dovevo parlarti," dice con voce roca.

Fosse chiunque altro, la lascerei parlare proprio lì, mentre se ne sta sdraiata supina ai miei piedi. Ma non

Kylie. Quel nuovo strano e solleticante calore ha il sopravvento e mi grida di proteggerla. Da Sam, dalla pioggia, dalla pietra, da me stesso.

La sollevo da terra e la aiuto a mettersi in piedi, dimenticando di fare finta che sia pesante.

Lei ruota gli occhi, barcolla, come se muoversi le provocasse dolore alla testa. "Ugh. Wow."

Le metto una mano sulla nuca e tasto con le dita fino a che non trovo il bozzo che si sta gonfiando come un uovo d'oca.

Lei sussulta quando lo tocco.

"Sei ferita." Mi volto e lanciò un'occhiataccia a Sam, che abbassa la testa.

Anche lei dà un'occhiata al mio coinquilino. "Meno male che eri nei paraggi, sennò penso che Cujo mi avrebbe mangiato. Ma è un cane?"

"È mezzo lupo."

"Mezzo lupo e mezzo cosa? Gargoyle?"

Freno un sorriso. Adoro la sua capacità di tirare fuori quella secca ironia anche se è ferita. Ma del resto è il suo meccanismo di difesa di default, come ho imparato nell'ascensore.

La osservo. Dovrei chiamare la polizia, o in qualche modo spaventarla per dirle che deve rispettare i miei confini. "Hai intenzione di raccontarmi perché diavolo hai fatto irruzione in casa mia?"

Lei ruota gli occhi. "Per favore, se avessi voluto fare irruzione a casa tua, non sarei passata sui sensori laser per annunciare la mia presenza. Perdonami, ma qua fuori non ho visto il campanello."

Quale donna conosce i sistemi di sicurezza al laser? E non grida quando un lupo gigante la blocca a terra?

"Non ricordo di averti invitata. E come diavolo hai fatto a trovarmi?"

"Sono una hacker, ricordi?"

"O una stalker?"

"Stessa cosa." Porta la mano davanti, sulla felpa, e sento un fruscio di carte. "Ho una cosa da farti vedere. Non potevo aspettare fino a domani."

Le prendo il gomito e la conduco su per i gradini scivolosi rivestiti di piastrelle in stile italiano, fino all'interno della villa. Kylie si muove rigidamente, come se non avesse solo la testa dolorante dopo l'attacco di Sam. Questo non le impedisce di guardarsi intorno in casa mia mentre la accompagno fino al bagno degli ospiti al secondo piano. In qualche modo dubito che le sia sfuggito un solo particolare. Ma perché è qui, realmente?

La faccio passare attraverso la porta del bagno. Volevo prenderle un asciugamano e lasciarla lì a darsi una rinfrescata, ma mi trovo ad afferrare il bordo della sua felpa fradicia.

"Cosa stai facendo?"

Tiro verso l'alto la stoffa. "Ti tiro fuori da questi abiti bagnati."

Le sue guance si fanno più colorite e gli occhi le brillano. Ciocche dei suoi capelli castani le stanno appiccicate a guance e collo. Una goccia di pioggia le scorre lungo la gola. Vorrei leccargliela via.

Lei rilassa le braccia e segue il movimento della felpa, permettendomi di sfilargliela dalla testa, senza protestare.

Sento l'uccello che pulsa dolorosamente contro la cerniera dei pantaloni quando scorgo la sua pelle. Insieme alla felpa le tolgo la canotta, e lei resta davanti a me con nient'altro addosso che un reggiseno di pizzo rosso e i jeans.

Ha il petto ansimante e tiene lo sguardo fisso sul mio volto, come a voler vedere cosa farò adesso.

Cosa farò?

So quello che voglio fare. Voglio tirarle giù quei jeans zuppi e attillati e piegarla contro il mobile del bagno. Voglio prenderla da dietro, come voglio anche entrare in quella sua testolina da volpe e scoprire cosa la rende una femmina così unica. E dannazione, sì, voglio affondare le mie zanne rivestite di siero nella sua carne e marchiarla per sempre come mia.

Cosa che non può accadere.

Lascio cadere la felpa sul pavimento e sento ancora il fruscio della carta.

L'attenzione di Kylie scatta all'indumento abbandonato e lei si lancia a prenderlo, interrompendo il nostro contatto visivo. Incastrata tra felpa e canotta si trova una busta marrone che lei recupera e si stringe al petto, coprendo quelle tette meravigliose.

Si lecca le labbra secche. "Signor King, prima di condividere questa cosa con te, voglio solo dirti che quando ho fatto quello che ho fatto ero una ragazzina impudente che voleva provare a se stessa e al mondo degli hacker quanto valeva. Non ho mai preso i numeri delle carte di credito di nessuno e non ho mai venduto alcuna informazione. È stata semplicemente una..."

La verità mi colpisce come un pugno allo stomaco. *"Catgirl."*

Ovviamente lei è la fottuta Catgirl. L'unica persona che abbia mai hackerato il mio codice. Non c'è da stupirsi che fosse nervosa di fare un colloquio alla SeCure. A che razza di gioco sta giocando, presentandosi nella mia sede legale e a casa mia, cazzo?

L'unica falla nella sicurezza che mi ossessiona da otto anni adesso mi è stata spifferata in faccia. Di nuovo.

Le strappo la busta dalle mani e ne getto il contenuto sul ripiano del bagno.

"Mi spiace." La sua voce suona piccola.

Dannazione.

Odio sentirla così annichilita, anche se sono un alfa naturale che richiede sottomissione a tutti. Anche se sono incazzato nero con lei.

"Che cazzo è 'sta roba?"

Sfoglio la pila di carte e leggo quella sopra a tutte. *No, merda.* La rabbia si acumina trasformandosi in un più letale senso di consapevolezza.

Ricatto.

Qualcuno vuole sabotare la SeCure.

O si tratta forse di un giochino elaborato escogitato da Catgirl? Perché una brillante come lei potrebbe aver messo in atto una qualsiasi strategia invisibile qui.

L'atteggiamento della ragazza e il mio giudizio su di lei sono stati annebbiati dalla mia lussuria.

Lei è lì, perfettamente ferma, le piccole mani strette in due pugni. "Mi spiace," ripete.

Sbatto le carte sul mobile. "Ma che cazzo? Cosa vuoi? Perché sei qui, veramente?"

Odio vedere le lacrime che le riempiono gli occhi, ma trattengo con fermezza il mio istinto di tirarla a me o massacrare i suoi avversari. Non mi posso fidare di un tale istinto.

Lei scuote la testa. "Niente. Non voglio niente." La sua voce vacilla sulla prima parola, ma poi riprende subito il controllo. "Ho solo pensato che se avessi confessato, questi cialtroni avrebbero perso alcun modo per fare leva su di me. Non voglio mettermi a negoziare con i terroristi, chiaro?

"Ti ho appena offerto tutte le informazioni che ti servono per andare all'FBI e aprire un caso contro di me. Ovviamente spero che ti accontenterai delle mie dimissioni."

"No," ringhio, sorprendendo me stesso e parlando prima di sapere cosa sto per dire.

Ma non la lascerò andare così facilmente. Nel mio mondo – nella comunità dei mutanti – le trasgressioni sono gestite prendendole per le corna. Non si risolvono con poliziotti o dimissioni. La punizione è repentina, solitamente fisica. O altrimenti viene richiesta o offerta – e accettata – una ricompensa.

Lei sussulta e le sue spalle esili si chiudono. "Cosa intendi fare?" Ha la voce roca.

Il sangue mi ribolle dentro e l'uccello mi si gonfia al pensiero di darle una lezione. *Con fermezza.* Abbasso la voce a un livello pericoloso. "Tu cosa pensi che dovrei fare?"

"Beh..." si lecca le labbra carnose e il volto le si accende di nuovo. "Se io fossi in te, vorrei prendere questi figli di puttana. Quindi magari mi terrei come esca."

Dannazione, quasi mi fido di lei. Un errore enorme.

"Sai, monitorarmi da vicino per essere sicuro che non

sgarri, ma aspettare per vedere chi mi contatta e mettere fine a questa gente."

Sì, monitorarti da vicino.

Monitorare il modo in cui le coppe di quel reggiseno di pizzo rosso le tengono su i seni sodi. Monitorare l'odore della sua eccitazione, la forma cangiante di quella bocca sensuale. Labbra da baciare. "Capisco. E come dovrei punire la tua precedente *mala condotta*?" La mia voce è decisamente profonda e roca. Se non sa quello che sto pensando, allora è una totale innocente.

Ma dilata gli occhi, i capezzoli premono contro la stoffa del reggiseno. *Proprio così, bambola.*

"Nessuna pietà per la gattina?" Perde il fiato sulla parola *gattina*, facendola suonare venti volte più sexy.

"Giusto." La faccio ruotare e la piego contro il mobile del bagno. Prima ancora che la mia mente possa registrare il mio piano, la mia mano colpisce la tasca bagnata dei suoi jeans. Lo schiocco è forte, soddisfacente a tutti i livelli. Mi si rizza l'uccello sentendola sussultare.

Kylie tira indietro la testa, si guarda oltre la spalla, i denti scoperti. Le piace. Un sacco, a giudicare dall'odore della sua eccitazione.

Schiaffeggio l'altra natica, più forte.

Cazzo, voglio tirarle giù questi jeans bagnati, vedere di che colore ha le mutandine e poi strapparle di dosso anche quelle. Ma se le vedo il culo nudo, non potrò più tenere a freno la bestia. Anche questo leggero contatto attraverso i vestiti mi fa diventare più duro di una fottuta roccia e i denti mi si allungano.

Dato che non si è spaventata, continuo a sculacciarla: schiaffi ben assestati che riverberano contro le piastrelle italiane. "Mi hai hackerato, Catgirl?" La colpisco ancora e ancora. "Quanti anni avevi, dodici?"

"Quindici," dice ansimando. "Non ho mai preso niente, lo giuro... *oh.*"

L'ultimo verso che le esce dalle labbra risuona troppo come se la stessi scopando invece di sculacciarla e la mia vista si fissa, il mio lupo mi graffia dentro perché vuole prendere il comando.

Smetto si sculacciarla, sforzandomi di rallentare il mio respiro. Tengo la mano sul suo culo perché, beh, il pensiero di *non* toccarla mi uccide. "Volevi solo vedere se ne eri capace, piccola?" Adesso che è stato rivelato, il fatto che lei sia Catgirl mi eccita ancora di più. Questa ragazza mi ha hackerato da *adolescente.* È un fottuto genio, e io vado in estasi per il suo cervello quanto per il suo corpicino sexy.

I miei occhi incontrano i suoi nel riflesso dello specchio. Ha il volto arrosato, gli occhi dilatati e lucidi. Porto una mano davanti e le prendo il seno destro, stringendo e tirandola indietro contro il mio petto.

"Cattiva ragazza," le sussurro nell'orecchio, e lei si lascia sfuggire un graziosissimo e delicato gemito.

Devo scoparla. Adesso come adesso, penso che morirò se non le infilo dentro l'uccello. Ho bisogno di possederla del tutto. Punirla con la più rude scopata della sua vita, fino a farle gridare il mio nome e farle capire che sono l'unico maschio che potrà mai codificare il *suo* fottuto codice. Poi ricomincerò da capo, lentamente. Le leccherò via il dolore. La farò venire e rivenire, fino alle lacrime.

Ma non mi fido del mio autocontrollo vicino a lei, quindi decido di ruotarla di nuovo, sollevandola per la vita e mettendola seduta sul bancone. "Ti è piaciuta la tua sculacciata, bambola?"

"S-sì."

Adoro la sua onestà. Le apro le ginocchia e metto il pollice sulla cucitura dei suoi jeans, proprio sopra al suo sesso.

Le si inarca verso di me e mi prende le spalle, lasciando cadere la testa indietro. "Jackson..." sussurra.

Premo contro la piega dura dei pantaloni, strofinandole il clitoride.

Lei sobbalza e si lascia scappare un gemito di deside-rio. Le sue dita scendono sulle mie mani, incitandomi a darle di più.

Le mie facoltà mentali mi scivolano via. Apro il bottone dei suoi jeans e abbasso la cerniera, aprendo i due lembi.

Mutandine abbinate. Pizzo rosso, come il reggiseno. Lo sapevo.

La mia soddisfazione ha vita breve perché una tempesta di rabbia mi ribolle dentro. "Chi ti ha vista con queste addosso, bambola?"

"Co-cosa?"

"Chi ti ha visto con queste mutandine fottutamente graziose?" Mi metto dritto davanti alla sua faccia, mostrando i denti. "Per chi te le metti?"

Lei spinge contro le mie spalle, ma ovviamente non mi muovo di un millimetro. Forza di femmina umana contro maschio alfa mutante? Non c'è confronto. "Che sta succe-dendo, Jackson?" C'è paura vera nei suoi occhi, e la cosa mi ammazza come un proiettile. La mia rabbia fulminea evapora, sostituita dal bisogno di curare e proteggere la mia femmina.

Merda. La considero già la mia femmina.

Appoggio la fronte contro la sua. "Scusa," mormoro. "È sbagliato voler ammazzare il tipo per cui hai comprato queste?"

Lei si lascia andare a una tremula risata. "Tu sei matto."

Dato che sono un cocciuto bastardo, aspetto, sempre esigendo una risposta alla mia domanda.

"Non le ha viste nessuno," mormora.

Oh diamine, sta arrossendo? Che possa essere più innocente di quanto pensassi?

Mi spinge ancora, ma io sono fermo al mio scopo originale. Con un braccio le cingo la vita, la tiro via dal bancone facendola alzare in piedi e infilo le dita sotto a pantaloni e mutandine.

Cazzo, sì.

Il calore umido del suo sesso mi bagna le dita, dandomi una tale scossa di desiderio che sono costretto a inspirare con forza.

"Jackson."

"Sì." Può chiamare il mio nome con quella voce roca tutte le volte che vuole.

Massaggio con il dito medio la sua fessura gocciolante, inumidendo il bocciolo gonfio del suo clitoride.

Sto ancora meditando sul suo rossore. È imbarazzata perché non è stata con nessuno di recente? Considerato il modo in cui si tiene stretta al mio collo e geme nel momento in cui tocco la sua fica perfetta, penso che sia una netta possibilità.

Un ridicolo orgoglio maschile mi si gonfia dentro. Sarò io quello che avrà il privilegio di soddisfarla. Mi sforzo di rallentare mentre disegno dei cerchi attorno al suo clitoride, la mano libera che passa dietro di lei e le afferra il sedere, spingendola per portare il suo pube più vicino a me

Lei si struscia contro il mio dito.

"Ingorda," mormorò. Se le avessi tolto le mutandine, le sculaccerei anche in mezzo alle gambe, ma c'è poco spazio.

Il suo respiro si fa più ansimante mentre infilo un dito nel suo stretto canale. Continuo a lavorarle il clitoride con la base del palmo.

Lei si alza in punta di piedi e pianta le unghie dietro al mio collo, graffiandomi proprio come una femmina mutante fa con il suo maschio. Sento i denti che si fanno più affilati in bocca e tengo le labbra serrate per impedirmi di marchiarla.

Oscilla il bacino avanti a indietro, dando dei colpi bramosi.

Le infilo dentro un secondo dito. "Sei. Dannatamente. Stretta."

Lei si irrigidisce leggermente, anche se lo intendevo come un complimento, ma accarezzo la parete interna e arrivo a toccare il suo punto G.

I suoi muscoli si strizzano e lei si bagna ancora di più. "Cazzo... no... cioè, sì. Oh, ti prego!" Sta appesa al mio collo, i suoi seni premuti contro di me mentre scuote le anche sbattendo contro le mie dita.

Mi sento come un lupo in piena pubertà, pronto a venirmi nei pantaloni. Ma questo è per lei, non per me. Spingo le dita dentro e fuori, le mie nocche pompano con forza fino a che lei lancia un gemito più forte e stringe le cosce. I suoi muscoli interni si contraggono e viene sulle mie dita nella dimostrazione di orgasmo femminile più sexy che abbia mai visto.

Sono stato io. Il mio lupo sorride soddisfatto.

Quando il suo orgasmo si placa, libero le dita e mi impossesso della sua bocca, aprendole le labbra con la lingua. Metto una mano dietro alla sua nuca per tenerla ferma e fare razzia, ordinandole di sottomettersi.

Lei obbedisce. Apre la bocca per me, preme il suo corpo mozzafiato contro il mio, risponde al mio bacio.

Dannazione.

Con grande sforzo, interrompo il bacio.

Lei mi scruta, meravigliosamente scompigliata dalla pioggia e dal mio assalto. "Significa che siamo pari?" sembra essere senza fiato.

"Neanche un po', bambola. Sei in debito con me, e intendo riscuotere."

Il suo sguardo scende sul mio membro rigido. "Come?" Non aspetta la risposta, ma scende e si inginocchia.

Lo scricchiolio di una tavola in corridoio mi fa imprecare tacitamente. La ritiro su prima che iniziamo a dare spettacolo davanti a Sam. Perché diavolo non ho chiuso la porta del bagno?

Anche se il rumore è tanto basso che pensavo le fosse sfuggito, Kylie sobbalza, allungando il collo per vedere oltre le mie spalle. Ogni cellula del mio corpo grida ordinandomi di prendere la maniglia, chiudere la porta e dirle di continuare.

Ma no, Kylie è umana. Ed è una mia dipendente. Perché la terrò, in modo da poterla sorvegliare.

Tieniti vicini i tuoi nemici.

Sono già andato troppo oltre con lei. Ancora un passo e la marchierò. E poi avrò un mondo di altri problemi per le mani.

Costringendomi a trattenermi, tiro fuori un asciugamano pulito dall'armadio e glielo lancio. "Vai in doccia e scaldati. Vado a cercarti dei vestiti asciutti."

La faccio ruotare e la spingo verso la cabina della doccia, schiaffandole un'altra sculacciata su quel perfetto culo a forma di cuore.

Lei emette un leggero mugolio che le sale dalla gola e si guarda alle spalle, eccitata.

Io reprimo un gemito a mia volta. Mi ci vuole tutta la mia forza di volontà per girarmi e uscire, chiudendo la porta dietro di me.

CAPITOLO QUATTRO

 *inrummy*

IL SUO CELLULARE SUONA. Sono le otto di sera e lui è ancora alla SeCure, ma non è una cosa insolita. Non è cosa insolita per la metà dei dipendenti qui. Gli orari di lavoro sono flessibili e un sacco di programmatori lavorano meglio di notte.

È Mr. X che sta chiamando.

Sì, seriamente. Quello stronzo si fa chiamare Mr. X.

Non sa quanta gente abbia sotto di sé o alle sue spalle. Ha fatto le sue migliori ricerche e tutto quello che è saltato fuori è stato che Mr. X non esiste. Fa parte di una qualche potente cerchia della criminalità organizzata.

Beh, quello che è. Lui ha fatto la sua parte e diventerà un uomo ricco. Magari avviserà Kylie di tornare a nascondersi prima che l'FBI la prenda. Oppure no. Non ha ancora deciso su di lei. Adesso che l'ha incontrata di persona, prova ancora più attrazione e allo stesso tempo repulsione per lei.

Striscia il dito sullo schermo. "Che c'è?"

"Pare che la tua minaccia non sia stata abbastanza convincente."

Non c'è da sorprendersi. Dopotutto, è Catgirl.

"Come fai a saperlo?"

"Ha i bagagli pronti. Però abbiamo preso la vecchia che vive con lei. Da qui andiamo avanti noi."

Gli si ferma il respiro nel petto e sente una sensazione di nausea dalla bocca dello stomaco. *Oh cavolo.* Di certo questi non sono tipi da disdegnare il rapimento. Cristo, probabilmente non disdegnano neanche l'omicidio. Un brivido gli percorre gambe e braccia. Cosa faranno con la vecchia? Cosa faranno con Kylie?

Cazzo.

Non vuole essere parte di tutto questo. Ma vuole i cinquanta milioni di dollari e il passaggio sicuro per uscire dal Paese, come gli hanno promesso. Ed è per questo che si è messo in combutta con uomini come Mr. X. Loro sono gente pronta a fare roba tosta. Basta che lui gli passi il codice.

Ed ora è fottutamente tardi per tirarsi indietro. Sì, ha la sensazione che l'unico modo per uscirne sarà con una pallottola in testa.

~.~

Kylie

MI SENTO TREMARE le gambe mentre entro nella doccia. Può darsi che sia ancora bagnata, ma di certo non ho freddo. *Benedetto ditalino, Batman.* Ora vedo i vantaggi dell'avere un vero partner sessuale in carne e ossa. Ti fanno cose che non sapevi essere possibili.

Per tutto questo tempo ero stata più che soddisfatta di guardare porno e usare il mio fidanzato a batteria. Mi sfilo i jeans bagnati e mi levo reggiseno e mutandine.

Chi ti ha visto con queste mutandine dannatamente graziose?

Si è davvero inacidito pensando a qualche altro uomo immaginario? Un brivido mi corre lungo la schiena e mi porto sotto al getto d'acqua. È un segnale d'allarme? Magari è un viscido come l'ho descritto nell'ascensore? Mi terrebbe rinchiusa nello sgabuzzino per frustarmi?

Oh Dio. Solo il pensiero di trovarmi confinata in uno spazio ristretto mi contorce lo stomaco. Cancello l'immagine, concentrandomi invece sulla parte delle frustate.

Mi ha *sculacciata.*

Un sorriso mi incurva le labbra e porto la mano al sedere, che brucia un po' sotto al getto d'acqua calda.

Mmm.

Sul serio, è stata la cosa più eccitante che mi sia mai successa.

Ok, sì, è l'*unica* cosa eccitante che mi sia mai successa.

La mia carta della verginità non ha ancora nessun timbro. Ho vissuto un'esistenza così strana, mai capace di fidarmi di qualcuno. Ho iniziato il college a sedici anni, ho avuto un paio di insoddisfacenti frequentazioni in cui ho abbandonato l'obiettivo di farmi timbrare la carta e ho fatto invece dei pompini. Quindi sì. Questo è il riassunto della mia vita sessuale.

Vergine totale, scopata da un dito di Jackson King nel suo bagno dopo avergli confessato di averlo hackerato da adolescente.

Il fatto che abbia soddisfatto me e non se stesso è un punto a sfavore del discorso del viscido. Ma chi o cosa lo ha fermato quando ero pronta a succhiarglielo? Ha sentito un rumore in casa.

Ha un coinquilino? Una fidanzata segreta? Una governante? Il ragazzo della piscina?

Anche se nessuna delle mie prime esperienze con gli uomini mi è piaciuta, ero davvero prontissima a fare un bel lavoretto a Jackson. Avevo l'acquolina in bocca e non vedevo l'ora di assaggiargli l'uccello, di farlo godere come una pornostar.

Speriamo che ci sia un'altra occasione. Mi passo ancora le mani sul sedere, ricordando la sculacciata. Appoggiando la fronte contro la parete, mi porto le dita tra le gambe.

Ohhh. Non sono mai stata così bagnata e gonfia. Immagino Jackson che entra nella doccia con me, la sua enorme stazza che mi spinge contro la parete. Mi ordinerebbe di mettere le mani sul muro e mi schiaffeggerebbe il culo fino a che non lo implorassi di smettere. Poi mi afferrerebbe per le anche e affonderebbe dentro di me da dietro. Ondeggio a ritmo con le mie dita, muovendole in mezzo alle gambe.

Un secondo orgasmo mi scuote e sento la testa ondeggiare per l'eccitazione. Respiro profondamente fino a che lo stordimento svanisce, quindi chiudo il getto d'acqua.

Quando esco dalla doccia, i miei vestiti bagnati sono spariti e sul ripiano sono ordinatamente piegati un asciugamano e una felpa della MIT.

Un lampo di imbarazzo mi attraversa. È entrato mentre mi stavo masturbando? Afferro l'asciugamano e mi asciugo, poi mi infilo il felpone. È enorme addosso a me e mi arriva a metà coscia come fosse un vestitino, che va bene, dato che non mi ha lasciato delle mutandine. Mi piace tantissimo indossare qualcosa che appartiene a lui. Mi tiro la felpa sotto al naso, inalando il suo tenue odore.

Non riesco a smettere di pensare alle sue dita grosse dentro di me, e improvvisamente muoio dalla voglia di avere il pacchetto completo. Avere il timbro di Jackson King sulla mia carta della verginità sarebbe come esaudire la massima fantasia di una giovane hacker. No, ma qui non si tratta di spuntare una casella o di farlo con una persona famosa.

Qui si tratta dell'attrazione puramente animale che c'è tra Jackson e me. L'ho avvertita nell'ascensore, prima ancora di sapere che era lui. Ho adorato il modo autoritario con cui si è preso cura di me là dentro, come ho anche adorato il modo in cui mi ha piegata sul bancone del suo bagno per sculacciarmi.

Cerco una spazzola, ma questo sembra essere un bagno degli ospiti. Non ci sono oggetti personali da nessuna parte, solo carta igienica e articoli per la pulizia. Mi passo le dita tra i capelli umidi ed esco.

La casa – villa, in realtà – è gigantesca. Scendo la scala

curva e seguo i rumori che arrivano da un'enorme cucina aperta.

Però, l'uomo dietro alla massiccia isola in marmo che mangia affettati misti prendendoli con le mani da un contenitore non è Jackson.

"Oh, ciao," dico come una stupida, facendo un piccolo cenno di saluto con la mano.

È giovane – avrà la mia età o anche meno – con i capelli biondi che sono arruffati e bagnati come i miei. Le sue braccia affusolate sono solide e ricoperte di tatuaggi, ed entrambi i lobi delle orecchie sono perforati da numerosi anelli. Ha la posa ferma di un predatore e mi guarda avvicinarmi senza muoversi.

Tiro più in basso il bordo della felpa di Jackson. "Io sono, ehm, Kylie," provo a dire, sperando che anche lui si presenti.

"Sam." In un certo senso ho l'impressione di non piacergli.

Cazzo. Jackson è gay? "Tu e Jackson siete…?"

Il suo atteggiamento freddo viene momentaneamente infranto da un abbozzo di sorriso. "È mio fratello."

Resto a bocca aperta. Chiaramente non un fratello di sangue. Non si assomigliano per niente. "Pare che sia stato anche tu, ehm, fuori alla pioggia."

Il giovane non risponde.

"Vedo che hai conosciuto Sam." La voce profonda di Jackson mi fa fremere, come una seconda ondata di rimbalzo dopo il mio orgasmo. Orgasm*i*. Plurale. Perché è stato sicuramente lui il responsabile di entrambi.

Sposto gli occhi dalla enorme montagna di uomo dai capelli scuri che è Jackson, all'uomo più snello e dai colori chiari, e ancora non sono convinta che non siano amanti. Soprattutto perché Sam lancia a Jackson un'occhiata del tipo *Che cazzo è 'sta roba?*

Perché questo mi fa venire una disperata voglia di affermare che Jackson è mio? Ma non è un mio diritto. Io sono in grossi guai con il mio datore di lavoro e i miei ricattatori, ed è necessario escogitare un piano.

"Vuoi vedere cosa c'è in quella chiavetta?" gli chiedo. La busta con la minaccia e la chiavetta è scomparsa dal bagno mentre facevo la doccia. Anche se non è ancora successo niente di terribile, ancora non sono sicura di aver fatto la scelta giusta venendo qui. Fidandomi di qualcuno che non appartiene alla mia famiglia. Ricordo com'è andata a finire male per mio padre.

Jackson annuisce in modo freddo. "Sì. Ci darò un'occhiata," dice con tono noncurante.

Odio essere esclusa in questa faccenda. Voglio dire, sono una hacker con le contropalle. Devo vedere questo codice, capire cosa stanno tramando. Soprattutto perché ci sono coinvolta. "Posso vederlo?"

Jackson mi osserva per qualche secondo. "Non l'hai guardato prima di portarlo qui?" Nonostante il fatto che abbiamo appena condiviso il momento più intimo ed eccitante della mia vita al piano di sopra, lui ora si è ritrasformato nel signor Solo-Lavoro. Il suo volto potrebbe essere scolpito nel granito.

Scuoto la testa. "Vuoi che lo guardiamo adesso?" Non aggiungo quell'*insieme* che ho a fior di labbra.

"Prima voglio guardarlo io," dice. "Da solo."

I campanelli d'allarme si mettono a suonare. Ho fatto un errore a portarlo qui? A non gestire le cose da sola? Ora il mio destino è nelle sue mani e ancora non so come intenda giocarsela. "Sono piuttosto brava anche io come hacker."

Socchiude gli occhi. "Così mi pare di ricordare." Guarda Sam. "La mia nuova dipendente è risultata essere l'unica hacker ad avere mai decifrato il mio codice."

Non riesco a distinguere se sia ancora incazzato o se ho forse notato una nota di ammirazione nella sua voce.

"E a quanto dice ha appena ricevuto una lettera minatoria dove le chiedono di installare un malware nel nostro sistema in cambio del silenzio riguardo alla sua identità di hacker."

A quanto dice. Il colpo mi trafigge la bocca dello stomaco come un pugno micidiale. Non mi crede? Ovviamente no. Perché dovrebbe? Solo perché ci vorremmo spogliare a vicenda non significa che dovremmo fidarci l'uno dell'altra.

Solo che io voglio fidarmi di lui. Ed è probabilmente solo la mia sbagliatissima cotta adolescenziale, ma voglio disperatamente che anche Jackson creda a me.

Ma diavolo, magari il suo piano è di consegnarmi alla polizia non appena avrà capito con chi ha a che fare.

~.~

Jackson

. . .

KYLIE IMPALLIDISCE quando dico che a quanto pare è stata ricattata. Se non fosse per l'espressione ferita che le si legge in viso, avrei potuto restare indeciso nei suoi confronti. Ma è così palpabile, giuro che ne sento l'odore.

E poi questa nuova parte di me mirata all'appropriarsi di una compagna mi induce ad avvicinarmi e rimediare alla ferita che le ho inflitto. Sta dalla parte opposta dell'isola della cucina rispetto a Sam, che nel frattempo si è mangiato tre confezioni di affettato da quando siamo tutti e tre qui. Scivolo accanto a lei e lancio un'occhiata di avvertimento a Sam riguardo alla carne. Lui fa immediatamente sparire le confezioni vuote, gettandole nella pattumiera, che ovviamente non fa che attirare ulteriori attenzioni sul suo appetito carnivoro.

"Avevi fame," osserva Kylie.

Il mio udito di lupo sente il brontolio del suo stomaco. Non voglio darle da mangiare. Beh, è una bugia, ma devo farla uscire di casa mia prima di fare qualcosa di imperdonabile a quel suo piccolo corpo sexy. Non indossa altro che la mia felpa, che la fa apparire incredibilmente eccitante, con una spalla che scivola fuori. Sapendo che il suo sesso nudo è così vicino e a portata di mano, stringo i pugni e li appoggio sul bancone.

"Hai fame, Catgirl?"

Lei esita un momento, poi scuote la testa.

Io piego la testa di lato, infastidito dalla sua bugia. Se non ci fosse Sam qui con noi, le darei una seconda sculacciata per questo. "Dillo a voce alta," dico con voce morbida.

"Cosa?"

"Stai mentendo. Voglio sentirtelo dire ad alta voce, in modo da sapere che suono fa quando racconti frottole."

Lei arrossisce fino alla punta delle orecchie e questa volta godo del suo imbarazzo. Ho visto centinaia di dipendenti o altri lupi agitarsi irrequieti sotto al mio dominio, ma la cosa non mi ha mai eccitato così. Voglio spogliarla, legarla e interrogarla con un frustino in mano.

E quest'immagine non mi sta aiutando a restare distaccato. Per niente.

Ma lei ribatte, alzando il mento. "Non sono venuta qui per mangiare."

"Sam, dalle qualcosa," ordino. Non appena lo dico, mi rendo conto che a lei può apparire strano. Senza la lente delle dinamiche del branco, lo vedrà esattamente come il ragazzo che prende le frustate, quello che aveva descritto lei stessa nell'ascensore.

A peggiorare le cose, Sam mi lancia un'occhiata di rimprovero prima di obbedire. Tira fuori una confezione di affettato, del pane e qualche condimento e inizia a preparare un panino senza chiederle cosa le piace.

Mi infastidisce più di quanto dovrebbe, ma lo stomaco di Kylie si lamenta ancora e lei sta guardando il cibo con apprezzamento, quindi immagino che sia ok.

"Ti porto a casa. Domani verrai al lavoro, come se non fosse successo niente. Fammi sapere se ti contattano ancora," le dico, mentre Sam prepara il panino.

Lei sbuffa impaziente, ma abbassa il mento. "Sì, signore."

L'uccello mi diventa duro come la roccia. Sentire quelle parole, le stesse che in genere mi danno ai nervi quando escono dalle bocche di dipendenti leccaculo, mi suona come una totale vittoria. Questa volta me la immagino in ginocchio ai miei piedi, intenta a guardarmi con quei bellissimi occhi striati d'oro, in attesa di un mio ordine.

Sam fa scivolare il piatto sul bancone, verso Kylie.

"Grazie, Sam." Prende il panino e mangia con gusto sufficiente a soddisfare quella parte di me che tende costantemente a fornirle agio.

"Ti serve che faccia qualcosa?" mi chiede Sam.

"Porta dentro la sua bicicletta che è fuori dal cancello e mettila nel bagagliaio della Range Rover."

Lui annuisce e se ne va. Io mi giro verso Kylie. "Se dici una sola fottuta parola sul fatto che quello sia il ragazzo che frusto, ti piego a novanta e ti sculaccio di nuovo."

Le sue labbra si tendono in un radioso sorriso. Si toglie l'ultima briciola di panino dal lato della bocca con la lingua. Quel lampo rosa me lo fa rizzare un'altra volta. Quasi non riesco a contenermi con questa ragazza.

"È un fratello adottivo. L'ho preso con me quando era un adolescente senzatetto."

"Uhm." Prende un altro morso. "Questo è un fatto che non è mai stato raccontato di te."

"Non devo al pubblico nessuna parte della mia vita privata."

"Sono brava a mantenere i segreti. Di solito." Arrossisce di nuovo.

Inarco un sopracciglio, cercando di capire cosa l'abbia fatta arrossire.

"Per qualche motivo, starti vicino è come bere il siero della verità." Non riesce quasi a guardarmi negli occhi, e lo trovo così dannatamente affascinante che allungo un braccio e glielo stringo attorno alla vita, tirando il suo corpo contro il mio e mettendo l'altra mano dietro alla sua testa.

"Farai meglio a non mentirmi mai, ragazzina, o te ne farò pentire tantissimo."

Le si mozza il fiato in gola, le labbra socchiuse. L'inebriante odore dalla sua eccitazione mi arriva alle narici e fa ululare il mio lupo. L'eccitazione mi scorre sottopelle. "Ti piace punire." Sembra essere senza fiato. "Questo l'ho capito bene."

"Hai capito."

Prima di stanotte l'avrei negato, ma devo ammettere di essermi fottutamente divertito a schiaffeggiarle il culo. Mordicchio le sue labbra, assaporandone la dolcezza. Con grande sforzo mi stacco da lei e le prendo il mento tra le mani. "Quindi, la verità. Chi pensi che ti abbia lasciato quella busta?"

Una linea si forma tra le sue sopracciglia. "Non lo so. Per questo voglio vedere il codice. Potrei riconoscerne lo stile."

Annuisco. "Ok. Magari domani. Dopo che ci ho dato un occhio io." Ancora non mi fido di lei pienamente, e ho bisogno di guardare il malware quando non sono distratto dalla sua presenza inebriante. "Andiamo."

Devo far rimettere a questa donna i suoi vestiti e portarla fuori di casa mia. Prima di perdere del tutto la testa.

~.~

Kylie

NON VOGLIO che Jackson mi accompagni a casa, ma sono troppo esausta per un'altra lunga pedalata sotto la pioggia. Il fatto è che non mi piace salire in macchine altrui. Mi va bene la mia. Conosco le uscite e ho pieno controllo del veicolo. Posso abbassare i finestrini se divento irrequieta.

Sono sollevata nel vedere che è una Range Rover e non una di quelle minuscole auto sportive. Salgo al posto del passeggero e gli do il mio indirizzo. Tengo la mano sulla maniglia della portiera.

Jackson si ritrasforma nel signor Silenzio. Questo gioco di caldo e freddo ha l'effetto di una serie di frustate. *So* che gli piaccio. Anche se totalmente priva di esperienza, ne sono sicura. Ma è come se lui non volesse che fosse così. E non è una questione di fiducia, perché era così anche prima di venire a sapere che sono Catgirl.

Esce dal vialetto di casa sua e imbocca la strada. "Cosa ti è successo?" mi chiede sottovoce.

Mi volto a guardarlo e lui indica con un cenno del mento le mie nocche bianche sulla mano con cui stringo la maniglia.

"Gli spazi stretti. È successo qualcosa." Senza che glielo dica, apre il finestrino di una fessura, anche se sta piovendo.

Mi si chiude la gola. Non ne ho mai parlato, neanche con Memé. Non sono neanche sicura di poterlo fare. Ma Jackson è il mio siero della verità.

"Sì," borbotto. "È successa una cosa." Chiudo gli occhi per cacciare il ricordo del panico. Le mura che si chiudono su di me, le spalle schiacciate, la testa che non si può sollevare, il buio tutt'attorno.

Lui non dice nulla e lo spazio tra di noi si dilata come un invito, una pozza di *realtà* nella quale potrei saltare, se solo osassi.

Posso? Essere reale con qualcuno che non è parte della famiglia?

No. La morte di mio padre mi ha dato la prova che non ci si può fidare di nessun altro che della famiglia. Ma le mie labbra si muovono lo stesso. "Una volta sono rimasta bloccata in un posto stretto. Non c'era nessuno attorno che potesse aiutarmi, e mi ci sono volute ore per venirne fuori." Sto stringendo la maniglia con tanta forza che potrei strapparla.

Jackson mi prende la mano e me la stringe. "Mi spiace che ti sia capitata una cosa del genere. Sei al sicuro adesso, piccola. Hai la tua uscita. Mi basta un secondo di preavviso, se ti serve, e accosto. Ok?"

Qualcosa mi si stringe nello stomaco, mentre il tormento di quel particolare trauma cerca di riemergere. Inspiro con forza. Non se ne parla proprio che mi metta a strillare nella macchina di Jackson King. Che andasse a fanculo anche lui per avermi fatto tirare fuori questa storia.

"Ehi." Lascia la mia mano e ruota il braccio per premere contro il mio plesso solare, come ha fatto nell'ascensore. "Va tutto bene." Fa per accostare, ma scuoto la testa.

"No. Continua a guidare. Non è la macchina," dico con voce strozzata.

"Raccontami il resto," mi chiede. La sua voce è dura, come se improvvisamente fosse furioso. Per che cosa, non me lo posso proprio immaginare.

Scuoto la testa. "Lascia perdere."

"Non se ne parla. Racconta, altrimenti accosto e ti aiuto io, piccola."

Non ho idea di cosa significhi *ti aiuto io*, ma non voglio che questa faccenda diventi niente di importante. "È successa una cosa brutta. Subito prima," dico frettolosamente.

La sua mano stringe con maggiore forza il volante.

"Non quello che stai pensando." Immagino che possa pensare a qualche abuso sessuale o molesta di bambini, perché il suo volto ha assunto davvero una sfumatura omicida.

"Niente di sessuale." La mia gola parla da sola. "Ho visto un omicidio."

Omicidio. La parola ha un taglio affilato che carica di pericolo lo spazio confinato dell'abitacolo. Il pericolo nel quale mi trovo fin da quella notte. "Dovevo restare nascosta. E poi, più tardi, non riuscivo a trovare l'uscita. Penso che lo shock mi abbia confuso."

Jackson impreca. "Quanti anni avevi?"

"Sedici." Un anno dopo aver hackerato la SeCure, quando ancora pensavo di essere la ragazza più intelligente dell'universo.

Allenta la pressione contro il mio sterno e fa scivolare la mano dietro alla mia testa. "Grazie per avermelo detto."

Tiro giù il finestrino del tutto e lascio che la pioggia mi bagni il viso, nascondendo la lacrima di rabbia che mi è scesa dagli occhi. A dire il vero, mi sento incredibilmente più leggera. Come se dire quelle parole a voce alta avesse aperto il lucchetto dell'oscurità che avevo intrappolato nel mio petto otto anni fa. Il buio si solleva da me e rimane sospeso nell'auto, sempre triste e deprimente, ma meno intenso. Me lo immagino risucchiato fuori dalla finestra, che se ne torna nell'etere. Qualsiasi cosa sia l'etere.

"Non l'ho mai detto a nessuno," dico alla fine, la mia voce leggermente roca per le lacrime trattenute.

"Ora l'hai fatto."

Un profondo senso di conforto mi avvolge come una coperta. Per la prima volta in anni – da quando è morta mia madre – mi sento come se non stessi portando il peso del mondo sulle mie spalle. Da sola. Qualcuno condivide il mio segreto, e il mondo non è imploso.

Non ancora, comunque.

Può darsi che pagherò più avanti per questo. Appoggio la testa allo schienale, rinfrescata dalla pioggia, calmata dal fruscio dei tergicristalli di Jackson.

Accosta davanti a casa mia. "Ci vediamo domani."

Per un momento, considero l'idea di scappare di nuovo. Ho fatto la cosa giusta dando a Jackson la chiavetta, ma se la cosa diventerà troppo rischiosa, se i ricattatori chiameranno l'FBI, per me sarà meglio lasciare la città.

Solo che il pensiero di *non* vedere Jackson domani è insopportabile. Apro la portiera ed esco. "Sì. A domani."

~.~

Jackson

SONO STUPEFATTO dal mio bisogno di proteggere Kylie. Mi viene voglia di massacrare qualsiasi drago le abbia mai mostrato i denti. Riparare ai torti che ha sofferto. E devo essere pazzo, perché appena arrivo a casa, cerco informazioni su di lei, controllando i database della polizia e degli assistenti sociali con il suo nome e il codice fiscale. Non mi sorprendo quando non trovo niente.

Il nome e codice fiscale che ha usato per la candidatura all'impiego da me sono probabilmente falsificati. Una ragazza come lei, una hacker del suo calibro, ha di certo le abilità per creare credibili identità false. Poteva riuscire ad accedere a qualsiasi Dipartimento Veicoli a Motore, all'Ufficio Anagrafe. Il potere che poteva esercitare è sorprendente. Eppure non ha mai rubato nulla dai miei clienti quando ha hackerato la SeCure. È stato un gioco. Era solo una bambina.

Qualsiasi sia la sua storia, la sua vita non è stata facile. Nessun adolescente si allontana da un omicidio a cui ha assistito senza una qualche cicatrice.

Io dovrei saperlo.

Non soddisfatto, giuro di continuare a scavare fino a che non scoprirò esattamente quello che è successo alla mia piccola hacker. Ma per ora ho una cosa molto più urgente su cui fare una ricerca. Su un computer portatile completamente resettato di fabbrica che tengo solo per testare codici, apro la chiavetta e studio il malware che Kylie avrebbe dovuto usare per infettare la SeCure.

Non ci trovo alcun senso, quindi inizio a riflettere su quale angolazione stiano cercando di prendere.

E vorrei aver permesso a Kylie di restare, in modo da poter guardare la cosa insieme.

Domani. In un posto pubblico dove sono meno tentato di toccarla. Domani ci lavoreremo sopra insieme.

Non metto in questione quanto questa cosa mi sembri giusta, perché niente ha senso nell'effetto che Kylie ha su di me.

Solo Kylie. Solo Kylie ha senso per me.

~.~

Kylie

LE LUCI SONO ACCESE nella piccola casa che abbiamo affittato vicino all'università. Ho scelto quello stabile perché è trendy e ci sono un sacco di ristoranti e negozi a pochi passi. Scelgo sempre posti dove sia facile mescolarsi con il resto della gente.

"Memé?" Apro la porta e poi mi fermo. C'è qualcosa che non va. Con la pelle d'oca entro, cercando di capire cosa ci sia di diverso.

Niente sembra essere fuori posto.

"Memé?" La mia voce è acuta e spero che lei non sia già a letto.

Mi guardo attorno in cucina e vedo le borse della spesa

ancora piene sul pavimento. I campanelli d'allarme iniziano a suonare a tutto spiano.

Il mio telefono trilla. Lo tiro fuori dalla tasca e fisso le parole sullo schermo: *numero privato*. In condizioni normali non risponderei, ma c'è qualcosa che non va, quindi striscio il pollice sullo schermo e mi porto il cellulare all'orecchio. "Pronto?"

"Non hai seguito le nostre istruzioni." La voce è modificata con il computer. La rabbia ribolle dentro di me.

"Che si fottano, le vostre istruzioni."

"Ci fotteremo tua nonna. Avresti dovuto fare quello che ti avevamo detto."

Il ghiaccio mi scorre nelle vene. Barcollo sui piedi. "Memé?" grido, correndo per la casa.

"Installa il codice, e rivedrai la vecchia." La chiamata termina prima che possa ribattere. Non sono sicura di cos'avrei detto. Molto probabilmente: *Io vi ammazzo, figli di puttana!*

Le mani mi tremano per la furia mentre ripasso di nuovo la casa di corsa. Ovviamente so che non ha senso. È sparita. L'hanno presa loro. Non ho altra scelta che far crollare l'impero multimiliardario di Jackson King per riaverla indietro.

Mi viene da vomitare. E grido. Per lo più vorrei mettere le mani su chiunque abbia pensato che rapire un'anziana signora sia stata una buona idea e sbattergli un batticarne giù per la gola.

CAPITOLO CINQUE

 *ylie*

Scusami, Jackson.

La mia decisione idiota – indotta dalla cotta che ho per lui – di andare dritta da Jackson invece di squagliarmela ieri sera insieme a Memé, ha avuto un risultato terrificante.

Ho messo in una posizione di estremo pericolo l'unica persona a cui voglio bene, l'unico membro della famiglia che mi rimane. Se le succede qualcosa, non mi perdonerò mai. Quindi, nonostante i momenti coinvolgenti che ho vissuto con Jackson King, nonostante il mio desiderio di trovare una sincera connessione con lui, fidandomi che sia la persona giusta per colmare quel baratro che ho scavato tra me e il resto del mondo, sarò io stessa a mettere fine a questo legame. Memé è più importante.

Devo riavere la chiavetta che gli ho dato senza destare sospetti. Decido per la via più diretta.

È decisamente il giorno della sfida finale: un giorno da scarpe da ginnastica. Con indosso una minigonna in jeans, la maglietta di un cartone animato giapponese e le mie Converse nere con i brillantini, entro di gran marcia alla SeCure alle 6:45 di mattina. Immagino sia aperto e confido che Jackson arrivi presto per essere in anticipo rispetto alla minaccia. Salgo le scale fino all'ottavo piano.

Le luci sono spente, la porta chiusa a chiave. Mi lascio cadere seduta sul pavimento davanti all'ufficio di Jackson, la schiena appoggiata alla sua porta, e tiro fuori il mio portatile. Ho esaurito le cose da cercare: sono stata sveglia tutta la notte a tentare di rintracciare il numero telefonico privato da cui mi hanno minacciata. Sono risalita a un indirizzo IP, ma non l'ho ancora individuato.

Come hanno fatto a trovarmi? Sono stata così attenta per tutti questi anni.

L'ascensore suona. Sollevo lo sguardo dallo schermo, le dita che ancora volano sulla tastiera, alla ricerca delle stringhe di dati.

Jackson si ferma quando mi vede. "Difficoltà a dormire?"

Mi alzo in piedi. "No. Tu?"

"Per niente."

"Cos'hai trovato?" Vado con la tattica *facciamo finta che siamo alleati in questa cosa*. Lui inarca un sopracciglio per farmi intendere che sono fuori pista. È lui a comandare e non siamo una squadra. "Scusa. Forse dovrei baciarti il culo e chiamarti signor King, qui al lavoro?"

"Mi è piaciuto quando mi hai chiamato *signore*," dice, girando la chiave nella toppa e passandomi davanti.

"Immagino," mormoro, ricordando tutt'a un tratto il

modo dominante in cui mi ha trattata ieri notte. Lo seguo e faccio come fossi a casa mia nel suo ufficio megagalattico: mi siedo comoda su una poltroncina e tiro nuovamente fuori il mio portatile. "Ho portato il mio computer personale per caricare il malware. Vorrei avere una possibilità di studiarlo, se sei pronto a concedermi un'occhiata." Paura e necessità hanno riportato indietro la vecchia Kylie, quella capace di mentire a chiunque, anche a Jackson King, la mia criptonite personale.

Lui mi ignora, il volto indecifrabile mentre tira fuori il suo portatile e lo sistema sulla docking station.

Troppo nervosa per starmene lì seduta ad aspettare che mi reputi degna di una risposta, chiedo: "Devo fare un caffè?" Credo abbia la sua cucinetta personale a questo piano.

Lui smette di muoversi, gli occhi più chiari alla luce del sole che filtra attraverso le alte vetrate a parete. C'è qualcosa di predatorio nel modo in cui mi guarda. Come se la mia offerta di preparare il caffè l'avesse eccitato. Va bene, magari è un feticista dei rapporti schiava-padrone.

Si eccita a farsi servire. Si comportava in modo decisamente autoritario con Sam, il suo coinquilino.

"Latte, niente zucchero."

"Dov'è?"

"Dietro l'angolo, a destra. Lo trovi."

Buffo, perché mi sa che una parte di me ha la stessa perversione: andargli a prendere il caffè eccita pure me.

Grata per la possibilità di sfogare l'energia maniacale che mi sta dominando, scivolo fuori dal suo ufficio e preparo il caffè. Sono chicchi freschi di Peet e nel comparto sottostante del frigo c'è del vero latte col 50% di panna. Ne faccio una tazza anche per me e torno indietro proprio quando arriva la sua segretaria.

Se le occhiate potessero uccidere, sarei a terra stecchita.

"Non preoccuparti per il suo caffè," dico con tono allegro e spensierato. "Gliel'ho già preparato."

Mi guarda da testa a piedi e piega le labbra in una smorfia quando vede le sneakers che indosso.

Io le rivolgo il mio più brillante sorriso ed entro nell'ufficio di Jackson. "Il suo caffè, signore." Faccio il giro della scrivania e mi porto al suo fianco, troppo vicina a lui mentre mi chino in avanti in posa da gattina sexy e gli porgo la tazza.

La segretaria sbircia dalla soglia.

"Attenta, gattina, o ti punisco anche qui," ringhia lui sottovoce.

"Cosa?" chiedo con innocenza.

"Cancella tutti i miei appuntamenti e chiudi la porta, Vanessa. Abbiamo una questione da gestire qui," dice alla sua segretaria, aprendo il cassetto della scrivania e tirando fuori un righello di legno. Lo appoggia in mezzo a noi, lanciandomi un'occhiata eloquente.

Nonostante tutto, nonostante la mancanza di sonno e la nauseante preoccupazione per Memé, nonostante il mio spaventoso compito di ottenere la chiavetta e hackerare il sistema della SeCure entro le prossime dodici ore, mi sento attraversare da una scarica di desiderio sessuale.

Oh cavolo, sì, mi può sculacciare ancora.

Vorrà fare molto di peggio quando si renderà conto di quali siano le mie reali intenzioni. E quel pensiero basta ad affievolire la mia fremente lussuria.

Gli tendo la mano. "Chiavetta?"

Non sono realmente certa che me la darà, ma dopo un momento lui la tira fuori dalla tasca e la lancia in aria.

La afferro al volo e lui sorride notando i miei riflessi rapidi.

"Resterai nel mio ufficio mentre ci lavori." Solleva il mento e indica la sedia di fronte a lui.

Merda. Come cazzo faccio ad hackerare la SeCure e caricare quel dannato malware se me ne sto seduta a lavorare a un computer che non è collegato al sistema?

Mi siedo e inserisco la chiavetta. È un programma sofisticato e non sono del tutto sicura di come funzioni, ma non riesco a concentrarmi per capirlo. Mi metto invece a ripassare tutto ciò che ho appreso quando sono entrata nel sistema della SeCure otto anni fa. Ovviamente so che niente sarà lo stesso questa volta.

Cazzo, lavoro qui solo da qualche giorno. Come possono aspettarsi che installi questa cosa? Non mi hanno ancora dato accesso di sicurezza a nulla. A meno che…

Quali probabilità ho di entrare nel computer del capo? Sono qui, seduta nel suo ufficio. Se lui è collegato al sistema, posso prendergli la password, o magari addirittura caricare il codice dal suo computer. Dovrà pure andare in bagno a qualche punto, giusto? O uscire per pranzo?

Il mio cuore batte forte mentre cerco di escogitare l'inganno, e Jackson solleva lo sguardo come se sentisse le pulsazioni selvagge nel mio petto.

Io tengo la testa bassa, come se fossi molto concentrata a studiare il tutto.

Nel momento in cui finirò, dovrò scappare di brutto, altrimenti uscirò di qui in manette. Considero le uscite. La rampa di scale porta al retro dell'edificio. Potrei riuscire ad arrivare alla mia auto.

E dopo dove vado? Quei ricattatori di merda non mi hanno neanche detto come fare per contattarli. Come faccio a riavere indietro Memé?

Una paura orribile e tremenda mi colpisce come una scarica elettrica. *E se non intendessero ridarmela indietro?* E se fosse già morta, il suo corpo gettato da qualche parte nel deserto? Avrei dovuto chiedere di sentire la sua voce. Ma che cazzo di problemi ho?

Quando avrò caricato il malware, non avrò più niente per fare leva. Io e Memé saremo entrambe alla deriva. Mi accolleranno la colpa per l'attacco informatico e Memé morirà.

"Cosa c'è?" La voce di Jackson riecheggia nell'ufficio.

Sollevo la testa di scatto e lo trovo a fissarmi intensamente. Ha le narici dilatate come se avesse sentito un odore sgradevole.

Il cuore mi batte più forte. Ho detto qualcosa a voce alta?

"Sento la tua agitazione. Cos'hai trovato nel codice? Sai chi è stato a farlo?"

Cristo, *sente la mia agitazione*? Non c'è da stupirsi che quest'uomo abbia costruito un'azienda da miliardi di dollari usando nient'altro che un computer portatile. E io che ho sempre pensato che fosse socialmente impacciato. Forse sta alla larga dalla gente perché legge tutti fin troppo bene, quindi ne è annoiato.

La mia mente galoppa alla ricerca di una risposta da dargli. "I-io penso di essere stata incastrata."

Solleva il labbro in chiara dimostrazione di disappunto. "Mi pareva che quella parte già la sapessimo."

"Intendo dire da dentro. Come ho fatto a ottenere questo lavoro? Una cacciatrice di teste mi ha chiamata dal nulla. Non ho mai visto da nessuna parte l'offerta di lavoro per questa posizione. Non ho mai fatto domanda di assunzione alla SeCure."

Jackson impallidisce e giuro che i suoi occhi sono ridiventati azzurri. Si alza con espressione cupa. "Torno subito." Esce dalla porta e se la chiude alle spalle.

Conto fino a cinque, regolarizzando il respiro. Poi vado rigidamente alla scrivania di Jackson e mi siedo al suo posto.

Nei miei giorni da ladra ho imparato a scollegare la paura quando sto eseguendo un lavoro. Il tempo era sempre un fatto essenziale, e se si perdeva la testa, il lavoro era bell'è finito. Ho imparato a tuffarmi in un buco nero di concentrazione. Mi concentro esclusivamente sul compito che ho sotto mano. Ecco lo spazio mentale che trovo adesso. La mia vista si fissa entro i contorni dello schermo mentre passo al setaccio le schermate di accesso per tirare fuori la password di Jackson. Ne trovo venti, senza nessuno schema distinguibile. Deve averne una diversa per ogni login. Furbo.

Lavoro per passare oltre il firewall ed accedere al codice infosec. Non permetto a me stessa di pensare a cosa succederebbe se Jackson tornasse prima che ci riesca. O se non ci riuscissi per niente. O se non lasciassero andare Memé.

Vedo solo i caratteri sullo schermo. Un enigma da risolvere.

Sedici minuti dopo, sono dentro.

Non c'è tempo per festeggiare. Prendo la chiavetta e la inserisco nella sua porta USB.

Scusa Jackson. Mi spiace un sacco, cazzo.

Il programma si avvia automaticamente, il codice si dispiega davanti ai miei occhi a velocità supersonica.

Mi alzo dalla mia sedia, prendo le mie cose ed esco rapidamente. Non guardo neanche la sua segretaria. Percorro il corridoio, come se stessi andando al bagno, e infilo le scale.

Otto piani. Poi un parcheggio e sarò nella mia automobile.

Solo che già so che mi hanno in pugno. Non lasceranno andare Memé. Come potranno mettermi in galera se un'anziana signora racconta di essere stata rapita?

Quindi ho solo commesso un altro misfatto e ho distrutto l'unica azienda che abbia mai ammirato, e tutto per niente.

Peggio: ho distrutto ciò che stavo costruendo con Jackson King, qualsiasi cosa fosse. E questo… questo mi fa quasi più male del pensiero che Memé possa essere morta.

~.~

Jackson

.   .   .

PER COME LA VEDO, questo attacco deve essere venuto da qualcuno del reparto infosec.

Purtroppo, questo limita il campo a 517 persone distribuite per tutto il mondo. Solo 137 di loro sono in questo edificio. Ma posso partire da Luis, il mio capo della sicurezza, e dalle Risorse Umane, per avere qualche risposta sull'assunzione di Kylie.

Vado dritto all'ufficio di Luis ed entro con impeto senza bussare. Lui è al telefono, probabilmente con sua moglie, perché posso sentire una voce femminile dall'altra parte della linea, che gli sta raccontando qualche lunga e interminabile storia.

Luis raddrizza la schiena e mi guarda attento, mentre tenta di interrompere il monologo della sua interlocutrice. "Scusa, tesoro. Il signor King è appena entrato nel mio ufficio."

"Oh! Ok, chiamami dopo," dice lei rapidamente.

"Sì." Riaggancia e mi guarda intimidito. "Mia moglie è tutta agitata perché mandiamo il bambino a quel talent della scuola."

Devo dare credito a Luis. Dopo tutti questi anni che vieto qualsiasi forma di conversazione personale sul lavoro, lui ancora ci prova. È come se volesse ricordarmi che ha una famiglia ed è umano, quindi non dovrei chiedergli troppo.

Non che questo mi trattenga dal farlo.

"Cos'hai scoperto del nuovo acquisto in infosec?" gli chiedo.

La fronte di Luis si aggrotta. "Kylie McDaniel? Cosa intende dire?"

"Ti avevo chiesto di indagare su dove l'avevamo

trovata. Chi l'ha mandata al vaglio? Da quanto tempo era aperta questa posizione?"

"Abbiamo sempre posizioni aperte. Lei mi ha chiesto di raddoppiare il team della sicurezza tre anni fa, e ci sto lavorando da allora. È difficile trovare nuova gente valida da assumere. Ci si mette in media tre mesi per ricoprire una posizione."

"E questa posizione è stata pubblicizzata?"

"Non pubblicizzata, no. Usiamo una reclutatrice. Ci risparmia il tempo a scartabellare candidati non qualificati. È un anno intero che cerca attivamente i candidati giusti."

"E come ha fatto a trovare Kylie?"

Luis scrolla le spalle. "Mi spiace, non ho indagato. È ben risaputo che gli hacker tengono sempre gli occhi aperti per lavori come questo. Ha senso andare a pescare dal bacino di coloro che capiscono seriamente ciò con cui abbiamo a che fare. Facciamo delle eccezioni speciali per candidati come Kylie. Per esempio, i requisiti ufficiali di questa posizione prevedono un'esperienza di venti o venti-cinque anni sul campo. Ma le abilità che ha dimostrato lei, sulla base del test somministrato da Stu, vanno a rimpiaz-zare gli anni di esperienza."

Tutto questo ha senso ed è addirittura plausibile. Ma Kylie aveva ragione. È stata troppo una coincidenza che qualcuno l'abbia ricattata subito dopo l'inizio del suo lavoro alla SeCure. Se gli hacker stavano cercando un accesso, gli ci sarebbero voluti più di un paio di giorni per identificare il dipendente giusto.

A me sembra un trabocchetto di prima classe.

"Vorrei nome e numero della cacciatrice di teste."

"C'è qualcosa che non va, signore? Pensavo che la ragazza le piacesse, nonostante la sua impertinenza."

"Non importa che mi piaccia o no. Voglio sapere di più delle pratiche di reclutamento usate per ricoprire le posizioni più sensibili nella mia azienda," dico con tono secco, usando la mia voce più autoritaria.

Luis mostra subito la sua faccia calma e tranquillizzante. "Certo signore. Capisco. Chiamo subito le Risorse Umane e le faccio avere le informazioni." Prende il telefono.

"Lascia perdere," dico. "Ci vado di persona." Devo guardare la gente negli occhi, essere tanto vicino da sentire l'odore della loro paura quando li interrogo. Esco e vado deciso all'ascensore, quindi scendo al quarto piano per vedere la direttrice delle Risorse Umane.

Con lei non perdo tempo: mi bastano il nome e il numero della cacciatrice di teste.

Ormai il mio lupo sta graffiando per venire in superficie, per dirmi qualcosa di Kylie. Ho voglia di vederla. Ne ho quasi necessità.

Dannazione. È possibile che la vera compagna di un mutante possa essere un'umana? Perché non ci sono altre spiegazioni per il modo in cui mi sento.

A meno che non sia solo il mio istinto che mi sta avvisando di un potenziale pericolo nei miei confronti.

Con questo pensiero, faccio i gradini due alla volta e torno al mio ufficio, incapace di starmene fermo ad aspettare in ascensore. Il suo odore è dappertutto, mi riempie il naso come se fosse sulle scale con me.

Arrivo al mio ufficio e apro la porta.

Il mio computer è aperto e un programma sta scorrendo veloce sullo schermo.

Oh merda.

Mi si ferma il cuore, bloccato da qualche parte tra le clavicole e la gola. Mi sudano le mani, la vista si fissa, piena di rabbia.

Dimmi che non è quello che sembra. Dimmi che...

Cazzo!

Con un ringhio prendo il portatile e lo scaglio contro il muro, facendolo esplodere in un milione di pezzi.

"Signor King!" Vanessa entra nell'ufficio di corsa.

"Da quanto se n'è andata?" sono sorpreso dalla calma della mia voce.

"Oh! Ehm... circa dieci minuti, signore? Perché? Cos'è successo? Signore? C'è qualche problema?"

Ignoro Vanessa e le passo oltre.

La scala.

La fottuta scala. Non c'è da meravigliarsi che sentissi il suo odore. Ecco come è scappata.

~.~

Kylie

Arrivo alla mia auto ed esco di corsa dal parcheggio. Vado in direzione del centro, ma non ho idea di dove andare.

La polizia verrà a cercarmi a casa. È ora di tagliare la corda. L'ho fatto almeno venti volte. So come cancellare la mia esistenza e crearmene una nuova in un'altra città. Addirittura in un altro Paese. Ma che sia maledetta se lascerò Tucson senza Memé.

Quindi ho solo bisogno di un posto dove nascondermi. Dove aspettare la chiamata dei ricattatori, che temo non arriverà.

Vado alla Bank of America, dove ho una cassetta di sicurezza. Magari riesco ad entrarci prima che l'FBI lanci un allarme su qualsiasi cosa sia correlata al mio attuale codice fiscale. Entro frettolosamente in banca, tirandomi giù il bordo della maglietta, maledicendomi per non essermi messa i tacchi oggi.

Prelevo tutti i miei risparmi in contanti, do loro la mia carta d'identità e chiedo di avere la mia cassetta di sicurezza. Mi mandano ad aspettare in un ufficio. Passano tre minuti. Cinque.

Per favore, che almeno questa mi vada dritta.

Il manager sovrappeso con il taglio di capelli anni Novanta torna con la cassetta.

Grazie a Dio.

La prendo e tiro fuori tutto. Ho passaporti e carte d'identità qua dentro, insieme ad altri contanti d'emergenza. Assumo il mio migliore atteggiamento da grandi affari e resisto all'impulso di infilarmi tutto in borsa e scappare. Mantengo dei movimenti fluidi e precisi. Nessun gesto o movimento sprecato, mantenendo l'aspetto freddo, calmo e misurato necessario per evitare di destare sospetti.

"Grazie mille," dico al manager rivolgendogli un sorriso radioso. Mentre mi dirigo verso l'uscita, quasi crollo.

Se scappo ora, sarò completamente sola. Niente Memé.

Niente amici. Nessuna possibilità di mantenere lo stile di vita normale che avevo adottato.

Ma se resto, finirò in un penitenziario federale. Invece di andare all'auto, comincio a camminare. Il centro di Tucson è piccolo, ma ci sono persone dappertutto, e mi confondo con loro. Percorro Congress Street senza andare da nessuna parte in particolare. Ho solo bisogno di muovermi. Di pensare.

Il mio telefono rimane angosciosamente silenzioso. Di sicuro i ricattatori sanno ormai che il codice è stato installato.

Quindi sì, non hanno intenzione di liberare Memé.

Trovò un bar e tirò fuori il portatile per cercare ancora una volta di rintracciare la chiamata che ho ricevuto ieri sera. Il solo mettermi a fare qualcosa di familiare diminuisce il mio livello di stress. Lavoro per il resto della giornata senza fortuna. Quando le finestre si oscurano e la barista mi sta lanciando occhiatacce, capisco che non c'è speranza.

Non chiameranno.

Sono in qualche modo sorpresa che qualcuno della SeCure o dell'FBI non abbia almeno tentato di far suonare il mio telefono. Non che avrei risposto.

Esco dal bar e cammino fino alla mia auto. Non è circondata da macchine della polizia, né l'hanno sequestrata, ma in ogni caso passo oltre. Non vale la pena di rischiare. Chiamo invece un Uber e uso un conto di facciata per prendere una stanza in un hotel economico nella complanare subito fuori dalla I-10. Per la camera uso carta d'identità e carta di credito nuove.

In camera mi levo le scarpe e mi siedo sul letto con il mio unico e migliore amico, il mio portatile.

Pensa, K, pensa.

Cosa faccio adesso? Lascio la città? Prendo un aereo e lascio il Paese? Cosa posso fare per Memé?

Sono una donna sveglia, ma non mi arriva nessuna risposta. Mi stringo le ginocchia al petto e dondolo avanti e indietro.

~.~

Jackson

Mi stringo le tempie con una mano mentre l'altra si muove sulla tastiera. Sono le quattro di mattina.

Tutti i dipendenti dell'infosec, insieme al sottoscritto, hanno lavorato giorno e notte per isolare il fottuto malware, ma quello è andato a infiltrarsi dappertutto. Ho implementato le misure di emergenza nel trasferimento dei dati finanziari di milioni di utenti a nuovi server sicuri, ma dubito che saremo sufficientemente veloci. Probabilmente hanno già abbastanza da poter causare danni importanti. Ancora non so cosa vogliano. Sembra qualcosa di più grande che arrivare ai dati delle carte di credito. Ci sarebbero posti più facili da hackerare rispetto alla SeCure, se fosse questo il loro obiettivo.

"Di'" a tutti nel reparto che nessuno andrà a casa

stanotte fino a che non avremo completato il trasferimento," ordino bruscamente a Luis. "E se qualcuno fiata su quello che sta succedendo qui, gli faccio il culo. È chiaro?"

"Gliel'ho già detto," dice Luis con la sua infinita pazienza. "A che punto chiameremo l'FBI?"

"Non fino a che non avremo l'intera situazione sotto controllo. Non voglio neanche che il resto del team esecutivo sappia qualcosa fino a che non avremo circoscritto il problema."

Lui sembra dubbioso, ma annuisce. "Sì, signore."

La mia direttiva è perfettamente logica. Ci troviamo davanti a un'emergenza di proporzioni epiche. Se ne arriva voce alla stampa, le azioni della SeCure precipiteranno e la gente andrà nel panico per paura che gli vengano rubati soldi e informazioni.

Ma ho un altro motivo per rifiutare di coinvolgere le forze dell'ordine.

Voglio gestire la cosa personalmente con Kylie McDaniel. Mi ha tradito e ho bisogno di guardarla negli occhi e capire come ho potuto fare un errore del genere. Devo assicurarmi che non succeda di nuovo.

E c'è dell'altro. Qualcosa che non voglio neanche ammettere come motivazione, anche se lo è.

Kylie non sopravvivrebbe in prigione.

È claustrofobica. Ne morirebbe.

Quindi preferisco seguire la giustizia dei lupi. Trovare Kylie e fargliela pagare nel modo tradizionale. Punizione e riscatto.

Sarà lei a sistemare questa faccenda.

Anche se dovrò tenerla prigioniera fino a che non ci riuscirà.

"Sappiamo già come hanno fatto ad entrare, signore? Sospetta della neo-assunta? Ho sentito che è scomparsa oggi."

"Mi occuperò io della gente che sta dietro a questa cosa. Tu concentrati sul contenimento del disastro."

"Sì, signore."

"Tu resta qui a supervisionare. Io vado a trovare il responsabile e gliela faccio pagare." Il predatore dentro di me ha bisogno di cacciare la sua preda. Devo trovare Kylie.

Luis deve scorgere la ferocia del mio lupo, perché impallidisce e abbassa la testa. "Sì, signore."

 ackson

Ho la pelle d'oca mentre mi dirigo verso la Range Rover, nel parcheggio ricoperto di pannelli solari. Alzo il naso al cielo e inspiro, ma l'unico odore che sento è quello dell'aria fresca del deserto in primavera.

La luna ammicca mentre la guardo, mi fa venire voglia di trasformarmi e dare la caccia a Kylie.

Raggiungo l'auto e mi fermo.

C'è una testa scura visibile nel sedile del passeggero della mia auto. So subito che è lei.

Il mio corpo si contrae, mettendosi in modalità di emergenza, pronto a mutare. Non so cosa pensare: qualcuno l'ha assassinata e messa là dentro. Oppure mi sta aspettando per ammazzarmi. Oppure si è suicidata e ha fatto in modo che trovassi il suo corpo.

So che è Kylie, e raggiungerla è una dannatissima emergenza. Apro la porta con violenza.

Non è morta. Non è neanche ferita. E non tiene una pistola in mano.

Tutto quello che trovo è un volto pallido e striato di lacrime, con due grandi occhi devastati.

Sollievo e furia si mescolano simultaneamente nelle mie vene. La tiro fuori dall'auto afferrandola per un polso e sbatto la portiera.

Non le sento addosso l'odore della paura, ma è mite, come se sapesse di meritarsi la mia ira. Ovviamente mi si è consegnata di sua spontanea volontà, il che non ha alcun senso logico, ma il lupo dentro di me approva.

"Gattina, devi essere pazza a presentarti qui stanotte."

Una lacrima solitaria le solca il volto. Si morde il labbro e annuisce. "Sì. Sono pazza."

"Hai trenta secondi per spiegarti." Non mi aspetto che abbia una spiegazione da darmi – non riesco ad immaginare nulla che possa giustificare il suo comportamento – ma ho bisogno di sentire quello che ha da dire al riguardo.

"Quando sono tornata a casa ieri sera, mia nonna era scomparsa. L'avevano presa." Altre lacrime salgono a inumidire i suoi bellissimi occhi e il loro odore fa qualcosa al mio lupo. Ogni cellula del mio corpo mi grida di proteggerla, di sistemare qualsiasi cosa l'abbia fatta piangere. "Mi hanno chiamata e una voce modificata al computer ha detto che avrei dovuto fare quello che mi avevano ordinato." Altre due lacrime le scendono sulle guance.

Sono pronto a fare a brandelli questi fottuti stronzi con i denti. Non avrei neanche bisogno di mutare forma per farlo.

"Memé è tutto quello che ho. Stupida che sono. Ho pensato che me l'avrebbero restituita se avessi installato il codice. Ma sono sicura che sia morta. Sono del tutto pronta ad assumermi la colpa del crollo della SeCure. Mi spiace, Jackson. Ti ho ingannato, ma farò qualsiasi cosa per aiutarti a rimediare al danno. So che non hai nessun motivo di credermi. So che hai ancora meno ragioni per fidarti di me. Ma sono qui. Mi sto offrendo a te." Mi porge i polsi come se potessi ammanettarla. "Chiama la polizia, se vuoi. Ma sai che ti sono più utile fuori dalla galera. E sono dannatamente sicura che voglio fargliela pagare per quello che hanno fatto a..." Il suo volto si contrae in una smorfia, e io sono inerme. Non posso fare altro che tirarla contro il mio petto.

La perfetta sensazione del suo corpo attaccato al mio placa il lupo.

"Può darsi che non sia morta."

Kylie stringe in pugno la stoffa della mia camicia mentre le sue lacrime scendono implacabili. "Perché dovrebbero tenerla in vita?" chiede con voce strozzata.

L'odore della sua angoscia mi ammazza. Ha ragione. Probabilmente sua nonna *è* morta.

"Entra in macchina," le dico, più brusco di quanto vorrei. Apro la portiera. "Sei mia prigioniera fino a che non risolveremo questa faccenda. Non te ne andrai dalla villa. Non farai altro che mangiare, dormire e rintracciare questo fottuto codice per fermarlo. Siamo intesi?"

Lei annuisce e si siede al posto del passeggero. "Sì, signore," sussurra. Sembra così disperata e sperduta, ma il mio lupo prende comunque la sua obbedienza come una vittoria.

Mia.

È tornata da me. Me ne posso occupare. La posso punire.

Mia.

~.~

Kylie

JACKSON NON PARLA mentre guida in direzione della sua villa. Non posso credere che non abbia optato per mettermi una mano attorno al collo e stringere. O per chiamare la polizia.

Però è arrabbiato. Percepisco la sua furia, che ribolle a fuoco lento sotto un controllo misurato e precario. Ma questo non gli ha impedito di abbracciarmi stretta al suo petto e lasciarmi piangere sulla sua camicia.

Avevo ragione a voler restare in città. È la prima decisione giusta che ho preso dopo tanto tempo.

Non mi sono mai fidata di nessuno se non dei miei famigliari prima d'ora, ma qualcosa in Jackson King continua a farmi tornare da lui, mettendo le mie insicurezze alla porta e offrendo me stessa su un piatto d'argento. È una follia.

Perché adesso ha davvero la mia vita nelle sue mani. Sarebbe stato così facile per lui consegnarmi alla polizia. Avrebbe potuto perorare una causa a prova di bomba contro di me. E forse è proprio quello che farà, dopo che l'avrò aiutato a isolare i dati infetti.

Ma in qualche modo non lo credo veramente. Jackson mi sembra la salvezza. Come una casa. L'opposto della profonda solitudine che ho provato percorrendo Congress Street e pensando al mio futuro.

"Grazie," dico con voce roca.

Lui volta il suo sguardo serio verso di me. "Sono contento che tu sia tornata."

"Mi credi?"

"Mio malgrado, sì. Ti credo."

Mi metto comoda contro lo schienale del sedile, esausta ma sollevata. "Farò qualsiasi cosa per aiutare. Non avrò tregua fino a che non avrò sistemato tutto. Ok? Te lo prometto."

Lui allunga una mano e mi accarezza la guancia. "Ti aiuterò anche io, gattina. Domani assolderò un investigatore privato per indagare sulla scomparsa di tua nonna."

È un gesto dolce, ma dubito che un detective privato sarà capace di trovare qualcosa laddove un hacker ha fallito. Ad ogni modo, lacrime di gratitudine mi scendono dagli angoli degli occhi.

Le narici di Jackson si dilatano e il suo sguardo si sposta dalla strada al mio volto. Asciuga una delle lacrime con una nocca. "Dimmi di tua nonna. Vive a Tucson?"

Faccio un respiro tranquillizzante. "Ci siamo trasferite qui insieme. Viviamo insieme. Vivo con lei da quando..." Mi fermo, perché gli ho già detto abbastanza di me. Non voglio che metta insieme tutti i pezzi.

"Da quando?" chiede bruscamente, come se già sapesse.

"Da quando i miei genitori sono morti. È tutta la famiglia che ho. Avevo." Modifico la frase e il mio stomaco si contorce.

"È morta, gattina? Te lo dice il tuo istinto? Vai a vedere oltre la paura. Sì o no?"

No.

Il sollievo mi avvolge come una coperta. "Non penso," dico con voce gracchiante. Sono affascinata da come Jackson si affidi allo stomaco piuttosto che alla logica. Un uomo con un cervello così? Se si fida lui, mi fido anch'io.

Jackson annuisce. "Allora dobbiamo crackare questo codice e trovarla."

Apro le spalle. La mia sicurezza è tornata. Il mio cervello si lancia a dissezionare ciò che ho visto del malware. Tiro fuori il mio computer. "Ti spiace se lavoro in macchina?"

"Mi incazzerei se non lo facessi."

Passiamo altri dieci minuti in silenzio, io occupata a studiare il codice non avviato che ho copiato dalla chiavetta prima. Quando arriviamo alla villa di Jackson, il cancello automatico si apre e lui imbocca il vialetto. Io chiudo il portatile e lo infilo nella borsa, sollevando lo sguardo sulla casa.

Il cane lupo nero di Jackson è davanti alla porta e ci guarda mentre l'auto passa oltre. Alla sua accoglienza manca la gioia scodinzolante di un normale cane. C'è in lui un'indifferenza e una certa sfumatura inquietante che mi fa venire la pelle d'oca.

"Non sono sicura che si possano tenere dei lupi come animali domestici," mormoro mentre lui infila l'auto in garage.

Jackson inarca un sopracciglio. "Non gli permetterò di farti del male."

Non gli permetterò di farti del male è piuttosto diverso da *non ti farà del male*. La possibilità che mi ferisca o mi sbrani è decisamente presente.

"Come si chiama?"

Jackson esita, come se il suo cane non avesse un nome, o lui non se lo ricordasse. "Lupo," dice alla fine.

"Lupo? Originale."

"Continua a fare l'insolente, gattina, e aumenterò la tua punizione."

Mi sento percorsa da un brivido, anche se non penso sia paura. "Punizione?" Mi do mentalmente un bel cinque per essere riuscita a dirlo senza far tremare la voce.

"Mmm hmm. Ma ce ne occuperemo più tardi. Adesso abbiamo del lavoro da fare."

Scendiamo dall'auto ed entriamo in casa attraverso una lavanderia che ci dà accesso alla cucina. Lupo ci viene incontro lì. Scopre i denti e mi ringhia. Fa ancora più paura alla luce. Mi arriva alla vita e la pelliccia nera attorno al collo è ritta per la rabbia, gli occhi color ambra che mi fissano.

"Basta." Jackson non sembra preoccupato come dovrebbe, per quello che mi riguarda.

Resto immobile. "Non penso di piacergli molto."

Jackson mi spinge avanti dalla porta, ancora del tutto imperturbato. "È solo protettivo." Poi dice al cane: "Kylie starà con noi. Tu la sorveglierai, d'accordo?" Mette una mano sul muso di Lupo e lo spinge via. Il cane si gira ed esce dalla cucina.

Mi lascio scappare un sospiro tremante. "Puoi ripetermi perché tieni un lupo come animale domestico?"

Jackson ignora la mia domanda. "Andiamo, ti porto in camera tua."

Spingo da parte la delusione di avere una camera mia. Ma cosa pensavo? Che Jackson mi portasse nel suo letto e mi facesse le coccole dopo quello che ho fatto alla sua azienda?

Un colpo del genere potrebbe non mettere fine alla SeCure, ma anche se isoleremo il potenziale danno, una perdita nella reputazione della società potrebbe minarne l'esistenza stessa. Anche con il mio aiuto nel fare pulizia, il danno persisterà.

Lo seguo su per le scale.

Jackson mi accompagna a una camera per gli ospiti e accende una luce. La stanza è arredata con gusto, ma come il resto della casa, le manca un qualche tocco di personalità. Ho la sensazione che abbia assoldato un arredatore. "Tu starai qui. Io vado a farmi qualche ora di sonno prima di tornare in ufficio."

"Io sto sveglia," dico immediatamente. Mi sarebbe impossibile riposare, soprattutto ora che credo che il mio lavoro possa aiutarmi a salvare Memé. Tiro di nuovo fuori il mio portatile. "Ho bisogno di accedere al tuo sistema, per favore. Per sapere come agisce e si diffonde questa cosa. E devo sapere cosa sta facendo il tuo team per contenerlo."

Lui aggrotta la fronte. "Pensavo lo avessi già hackerato. Ma no, hai seguito la strada facile e hai usato il mio computer. Devo essere il più grande idiota sulla faccia della Terra per averti lasciata da sola nel mio ufficio."

Si sta già chinando verso di me, inserendo la password del suo WiFi e dandomi poi accesso alla SeCure. Ha un profumo divino. Come di pino e... forza maschile. Sì, so che non è un profumo. Ma è quello che evoca il suo odore.

"No, non sei stato un idiota. Pensavi di poterti fidare di me. Rimedierò."

Lui mi prende il mento tra le mani e mi solleva la testa. "Adoro quando ti prostri davanti a me, gattina."

Una vampata mi pervade il petto e sale fino al collo. "Credo bene," dico con tono asciutto, arrossendo ancora di più al pensiero che avrò anche una punizione.

Cosa sarà questa volta? Un'altra sculacciata? Spero che sia qualcosa di... più intenso.

Mi spiega gli ordini che ha dato al team dell'infosec per isolare in quarantena e spostare i dati della SeCure. Il suo piano mi sembra buono. "Pare che abbiano le cose bene in mano, quindi io lavorerò per risalire alla fonte del malware."

"Bene." Mi dà un bacio sulla fronte. "Svegliami alle sette, se non mi sarò già alzato."

Omioddio. Sto giocando alla famigliola con Jackson King. Il suo ordine mi va dritto alle zone erogene, mentre immagino di sollevare le lenzuola dal suo corpo nudo e di eccitarlo.

Non fare la maliziosa, K. C'è del lavoro da fare.

CAPITOLO SETTE

 ackson

MI SVEGLIO con le zanne scoperte e l'odore di Kylie nelle narici. Non c'è da meravigliarsi che per le due ore di sonno che ho fatto non abbia sognato altro che di possedere il suo corpicino sexy. Nel sonno devo averla marchiata in ogni posizione possibile. Non dovrei sentirmi riposato, ma la frustrazione sessuale mi pompa energia nelle vene.

Prendila. Accoppiati. Marchiala.

Il mio lupo è fottutamente *contento* di averla in casa. Mi sforzo di entrare nella doccia sotto all'acqua gelata, in modo da non andare a darle la caccia.

Non mi è di aiuto. Quando vengo fuori, mi sento ancora pronto a dominarla. Inseguirla su per una montagna rocciosa, spingerla a terra e affondare i miei denti così a fondo nella sua carne da farla gridare...

Sì, e questo la ucciderebbe. Griderebbe, certo, ma non per dire *sì, Jackson.*

Lascio stare giacca e cravatta per oggi, optando per camicia e pantaloni color kaki. I miei dipendenti sono stati al lavoro tutta la notte: non devo farmi notare da nessuno.

L'odore di Kylie mi colpisce con forza nel momento in cui esco dalla mia stanza. L'uccello mi si gonfia dentro alla patta dei pantaloni. La trovo nella sua camera, ancora al lavoro.

Ha una penna infilata in una crocchia spettinata di capelli in cima alla testa e il fatto di non aver chiuso occhio tutta la notte non l'ha privata di un solo grammo di bellezza. Se non altro, vederla alzata e intenta a lavorare per me – per il bene della mia azienda – mi fa scorrere dentro una fresca vampata di desiderio. Ovviamente non lo sta facendo per *me*. Lo sta facendo per sua nonna, ma al mio lupo non importa.

Tutti i lupi hanno bisogno di dominare le loro femmine, ma non ho mai pensato che mi sarei sentito così eccitato avendone una a porta di zampa, per così dire. Allo stesso tempo, mi cresce dentro anche un forte impulso a prendermi cura di lei. "Buongiorno. Hai fame, gattina? Avrei dovuto dirti di fare come a casa tua, se volevi prendere qualcosa da mangiare in cucina."

Mi rivolge un luminoso sorriso, di quelli che non portano con sé nessun intento, ma che potrebbero ribaltare una nazione. "Oh, l'avrei fatto. Stavo per andare a caccia di caffè."

"Trovato niente?"

"È una sequenza complessa. C'è qualcosa di familiare nello stile, ma non riesco a identificarlo. Ho controllato vecchi post sulla piattaforma di DefCon, ma fino ad ora non ho risolto niente. I tuoi dipendenti hanno messo tutti i tuoi dati al sicuro adesso, ma immagino che i ricattatori abbiano avuto accesso ad almeno 250.000 registri prima che venissero isolati."

Ho già sentito la stessa cosa da Luis e Stu, ma è bello sapere che il mio piccolo genio conferma.

"Andiamo, facciamoti fare un po' di colazione. Il tuo corpo ha bisogno di carburante dopo essere stato sveglio tutta la notte."

Dannazione. Perché sto parlando del suo corpo? Già è una tortura anche senza nominarlo.

"Scendo tra un minuto." Picchietta con il dito contro il bordo dello schermo mentre legge.

Di sotto trovo Sam seduto al banco della cucina. A quanto pare nessuno di noi ha dormito molto stanotte.

"Che sta succedendo?" mi chiede nel momento in cui entro. L'ho chiamato quando mi sono fermato fino a tardi al lavoro ieri sera e gli ho raccontato quello che ha fatto Kylie, quindi la mia comparsa con lei nelle prime ore del mattino deve essergli sembrata paradossale.

"I ricattatori hanno rapito sua nonna. Si è consegnata a me. Stiamo lavorando per individuare una traccia del codice e trovare qualche indizio."

Sam scuote la testa, la bocca contorta in una smorfia critica. "Non mi piace. Non stai agendo nel modo giusto, Jackson. È una fottuta *umana*. Perché diavolo l'hai portata qui?"

Un ringhio mi sale dalla gola, il lupo dentro di me pronto a difendere la compagna prescelta fino alla morte.

. . .

Sam rimane a bocca aperta, continuando a fissarmi. "Mi stai prendendo per il culo?"

"Cosa?" gli chiedo con voce tesa.

"Ti sei reso conto che ha innescato il tuo istinto dell'accoppiamento?"

Lo ignoro e tiro fuori una confezione di uova, poi le rompo in una ciotola. "Ho bisogno che tu stia qui e la tenga d'occhio. Non permetterle di lasciare la villa per niente al mondo."

Sam non risponde, il che mi costringe a voltarmi verso di lui. Mi sta fissando con gli occhi socchiusi.

"E non farle del male."

"La devo tenere qui prigioniera, ma non ho il permesso di farle del male." Il suo tono è carico di dubbio.

Un altro ringhio mi sale dalla gola, ma riesco a interromperlo quando i miei sensi di lupo sentono che Kylie sta scendendo le scale. Non credo sia riuscita a sentire la nostra conversazione, ma quando entra in cucina la sua espressione è decisa.

"Quindi Sam è il mio aguzzino?" chiede con tono allegro.

Corruccio le labbra. *Dannazione*. Ha un udito da superumana. Dovrò ricordarmelo. "Giusto. Ti proibisco di lasciare la casa durante la mia assenza."

"Me lo *proibisci*." Il suo tono corrisponde perfettamente a quello di Sam, in quanto a dubbiosità.

Inarco un sopracciglio. "La cosa ti dà dei problemi?"

"Sei tu il capo." Scrolla le spalle.

Fottutamente vero.

"Agli arresti domiciliari con Sam. Non mi viene in mente niente di più divertente."

"Tieni a freno il sarcasmo, gattina," le dico, ma il mio lupo non è contento. Non riesco a sopportare che usi la parola *con* abbinata al nome di un altro maschio, anche se è secondo i miei ordini.

Guarda nella ciotola delle uova. "Che stai preparando?"

Il mio innato senso di sicurezza si smorza, scavalcato in importanza dal bisogno di accontentare la mia femmina, di darle da mangiare. "Stavo pensando a toast alla francese. Ti va bene?" Santo cielo, non riconosco neanche me stesso. Quando mai chiedo a qualcuno se gli va bene qualcosa?

Lei mi lancia quel sorriso perfetto da fotografia e il mio lupo si rilassa. "Alla grande. Grazie. C'è del caffè?" Si guarda attorno.

"Serviti pure." Sam indica la caraffa piena.

Sono riconoscente con Sam per averlo preparato, e allo stesso tempo incazzato perché è lui a offrirglielo.

Lei tira giù due tazze e prende dal frigo il latte intero. Mi porge una tazza piena. "Latte, niente zucchero, vero capo?" La sua voce roca, insieme al servizio che mi sta offrendo, mi pervade di desiderio.

Marchiala come compagna.

La voglio qui ogni mattina, a prepararmi il caffè mentre io cucino le uova. Voglio guardare quegli occhi screziati d'oro che mi guardano da dietro il bordo della tazza di caffè mentre mi dice qualcosa di brillante. Voglio guadagnarmi quel sorriso spensierato dicendo qualcosa di umoristico.

Disco incantato. Io non sono un tipo divertente. Non dico mai niente di umoristico. Solo che nell'ascensore l'ho fatto. Allora l'avevo fatta ridere. Con lei vicino, mi trasformo in qualcun altro. In qualcuno di migliore.

Tu non sei il cattivo.

Intingo quattro pezzi di pane all'uvetta nell'uovo e li lascio cadere in una padella calda cosparsa di burro fuso.

"Dopo mangiato andrò in ufficio. Voglio aggiornamenti ogni ora. A meno che tu non stia dormendo." Mi giro e la inchiodo con il mio sguardo più serio. "Intendi dormire un po'?"

Solleva la tazza di caffè in aria. "Non per un po'. Non ti preoccupare. Do il meglio di me quando sono mezza delirante."

"Non alle mie dipendenze. Hai bisogno di riposo."

Lei ruota gli occhi al cielo e io le assesto una manata sul sedere mentre mi passa accanto. Mi si drizza l'uccello sentendo il suo gridolino di sorpresa.

Sam fissa fuori dalla finestra come se non avesse mai visto un panorama tanto affascinante.

"Andiamo, capo, ho bisogno di lavorare. Per favore." La sua implorazione mi fa sciogliere. "E comunque preferisco i sonnellini piuttosto che otto ore filate."

Giro il toast, bramoso di sapere se sia vero. Voglio conoscere ogni singolo dettaglio di questa donna. È una *necessità*.

Tiro fuori il cellulare e glielo porgo. "Dammi il tuo numero." Lei scorre i miei contatti e si aggiunge con notevole velocità mentre io impiatto i toast alla francese e tiro fuori dal frigo lo sciroppo d'acero.

Vedo che si è registrata come Catgirl e la cosa mi fa sorridere. "Qual è il tuo vero nome, gattina?"

Lei si irrigidisce e la sua esitazione mi ferisce più di quanto vorrei ammettere.

"Perché è un segreto?" le chiedo con voce morbida. "Per l'omicidio che hai visto?"

Impallidisce e mi pento immediatamente di aver insistito, ma se lei è in pericolo, devo saperlo.

Il bisogno di proteggerla da qualsiasi nemico è come una bestia selvaggia e scalpitante dentro di me.

"Sì." Prende un piatto di toast e li imburra.

Sam dev'essersi finalmente reso conto di essere un terzo incomodo, perché si alza dal suo sgabello al banco della colazione. "Se hai bisogno di me, fai un fischio. Sarò in giro per la casa, Catgirl."

"Penso di non piacere neanche a lui," dice Kylie dopo che se n'è andato. Non sa che Sam può ancora sentire ogni singola parola.

"È solo provocatorio. Cosa intendi con *neanche*?"

"Come con Lupo. Quel tuo mostro di cane." Prende un pezzo di toast con la forchetta e un leggero borbottio, quasi come le fusa di un gatto, mi si sprigiona dal petto. Mi piace darle da mangiare. Mi piace dannatamente. "E dov'è, comunque?"

"Probabilmente è fuori. Ha bisogno di un sacco di spazio per muoversi." *Non è una bugia.*

"Ok, quindi sono tua prigioniera e Sam è il mio guardiano." Prende un altro morso, la lingua che scatta fuori per recuperare dall'angolo della bocca un granello di zucchero, e quasi mi scappa un gemito. "Ti devo aggiornare ogni ora. Altri ordini?"

Cristo, mi viene così duro quando fa la sottomessa con

me. E so che è una messinscena: una scelta, non la sua personalità. La ragazza è una totale alfa, se mai ne ho incontrata una. Una femmina alfa che si sottomette solo al suo maschio.

Una fitta di desiderio mi colpisce al petto. Finalmente incontro una femmina che mi interessa, che interessa a entrambi i miei lati – lupo e umano – ed è un'umana. Incapace di sopportare il mio marchio.

Come posso fare a tenerla? Devo riuscirci.

~.~

Kylie

CIBO E CAFFÈ sono di aiuto. Passo la mattina facendo irruzione nel sistema dell'FBI per raccogliere tutti i loro file sugli hacker più conosciuti. Il malware usato per infettare la SeCure non è la cosa più sofisticata che abbia mai visto. Il che è positivo: ha permesso a Jackson di contenere la minaccia. Lo svantaggio è che sono costretta a cercare il sospettato in un bacino più ampio.

Jackson mi manda un messaggio per dirmi che non ha assoldato un investigatore privato, perché non si fida di nessuno e ha paura che possano incastrarmi ancora di più, ma sta lavorando a un piano.

A mezzogiorno ho la nausea per la mancanza di sonno, ma ora sono così nervosa per il caffè e l'adrenalina che dubito sarei capace di riposare. Mi alzo in piedi per stendere le gambe e faccio un giro tra le camere del piano di sopra. Non ho sentito Sam: immagino che la sua stanza sia da qualche parte al piano di sotto.

Sarei tentata di cercare la camera di Jackson. Gli hacker sono stalker di natura, e io muoio dalla voglia di saperne di più sull'oggetto della mia cotta.

Scelgo una porta chiusa e la apro. *Bingo*.

Questa enorme suite matrimoniale deve essere di Jackson. Sento il suo odore, che placa immediatamente il mio nervosissimo sistema. Ho sempre avuto un senso dell'olfatto ipersviluppato. Mio papà mi prendeva sempre in giro.

Come il resto della casa, la camera è elegante ma semplice. Non c'è molto da guardare, ma gironzolo un po', osservando gli abiti appoggiati sul comò, controllando il cestino delle immondizie per vedere se c'è qualcosa di interessante, ma non trovo nulla.

"Cosa stai facendo?"

Sussulto, faccio un salto e quasi mi viene un infarto a causa della stanchezza e dello stress generale. "Cristo, Sam. Mi hai spaventato."

Socchiude gli occhi. Non sembra il tipo di persona con cui si possa rischiare di fare casini. Sarà anche esile e mingherlino, ma sotto ai tatuaggi i muscoli sono sodi e i piercing gli danno quell'aria da 'non fare cazzate con me'. Ricordo che Jackson ha dovuto dargli l'ordine: *non farle del male*. Un po' come con il suo cane lupo, la violenza è lì appena sotto la superficie.

Opto per la verità. "Sto curiosando. Cercando di capire meglio Jackson."

Sam scuote rapidamente la testa. "Non sta a te svelare i suoi segreti, Catgirl."

Mi piace che mi chiami *Catgirl*. Questo nome ha ancora del potere in sé, evoca l'adolescente invincibile che ero un tempo. *Prima.*

Mi appoggio al comò e non mi arrendo. "Quindi ci sono dei segreti?"

Sam incrocia le braccia sul petto e si appoggia allo stipite della porta. "Tutti hanno segreti."

Provo una via diversa. "Non ho mai voluto fargli del male. Sono qui per sistemare le cose, non per peggiorarle."

"La tua presenza qui non fa che peggiorarle."

Ora tocca a me socchiudere gli occhi. "Che problemi hai con me?"

"Senti, si capisce che c'è qualcosa di speciale in te. Jackson altrimenti non avrebbe tutto questo interesse. Ma non può stare con te, non funzionerà. E la tua presenza in questa casa diventerà un problema per lui."

Rigiro le sue parole nella mia testa, ma non ci trovo il senso. L'unica conclusione a cui arrivo è che lui e Jackson sono una coppia e lui mi sta mettendo in guardia.

"È gay?"

Sam corruga la fronte confuso. "*No*. Cosa te lo fa pensare?"

"Stavo solo cercando di capire se te e lui…"

Sam ride. "No. Te l'ho detto, è mio fratello."

Il sollievo mi pervade. *Piano ragazza. Non è ancora tuo.* "Come vi siete conosciuti?"

Il volto di Sam si fa mesto e per un momento sembra avere trent'anni di più, consumato da qualsiasi cosa sia accaduta nella sua vita da giovane. "Stavo girovagando per le montagne di Santa Cruz, mi ero perso, e lui mi ha trovato."

"Cosa ci facevi tra le montagne?" Mi figuro un boy scout perduto, ma l'immagine non quadra.

"Ero scappato. Pensavo di poter vivere lì da solo. Ma stavo morendo di fame. Mezzo pazzo. Ero stato da solo per così tanto tempo."

"Per quanto?"

Scrolla le spalle. "Non lo so. Qualche mese forse. Jackson mi ha visto e io sono scappato. Lui mi ha inseguito. Abbiamo lottato. Non volevo tornare alla civiltà, ma mi ha costretto a tornare con lui. Ha promesso di non raccontare a nessuno che mi aveva trovato."

Un'ondata di solidarietà mi riempie il petto. Sam si sta nascondendo, come ho sempre fatto io. Qualcuno là fuori vuole qualcosa da lui. Una famiglia violenta, forse. Ha ragione. Abbiamo tutti dei segreti.

"Quanto tempo fa è successo?"

"Sono passati sette anni. Ne avevo quattordici."

"Sono contenta che ti abbia trovato. E non lo dirò a nessuno."

"Non sono più preoccupato," dice. "Ma grazie comunque." Un sorriso un po' forzato gli curva le labbra e fa un passo avanti tendendo un pugno verso di me. Do un colpo con il mio e lo seguo fuori dalla stanza, felice di aver dissotterrato un altro pezzo del puzzle Jackson.

~.~

Jackson

. . .

Quando arrivo a casa, trovo Kylie crollata sul divano, il suo portatile aperto e appoggiato al petto.

Sam è in cucina che mangia una confezione di dieci hamburger. Ne prendo uno e do un morso. "Da quanto è così?"

"Un paio d'ore," dice Sam con la bocca piena. "L'ho trovata a curiosare in camera tua. Ha detto che voleva sapere i tuoi segreti."

Una fastidiosa sensazione di preoccupazione mi punzecchia. E se questa ragazza si stesse ancora prendendo gioco di me? Ma non avrebbe senso: cos'altro potrebbe volere o necessitare? Ha già fatto abbastanza danni da farmi crollare.

No, gli hacker hanno dei limiti. Hanno un grosso senso del potere. Possono spiare qualsiasi cosa e persona. Leggere email, cancellare carte di credito. Controllare voti scolastici. Il curiosare di Kylie in camera mia non è nient'altro che un'estensione di tutto questo. Non è stata in grado di hackerare la mia persona, perché non c'è niente da trovare. Lei non è l'unica a sapere come creare o cancellare un'identità.

"Che piani hai con lei? Non puoi tenerla qui per sempre."

Mi passo le dita tra i capelli. "Non lo so," rispondo onestamente.

"*Non* puoi. Tenerla qui, intendo," ripete Sam.

"Perché no, cazzo?" chiedo bruscamente, anche se so che ha ragione.

Lui inarca le sopracciglia. "Hai in programma di prenderla come compagna?"

Mi acciglio. Sappiamo entrambi che non è possibile. Il morso di un lupo mannaro su un'umana potrebbe ucciderla. Causerebbe cicatrici e danni piuttosto gravi, come minimo. E questo, ammettendo che Kylie sia consenziente. Che vorrebbe dire raccontarle tutto: una chiara violazione delle regole del branco. E se glielo dico e non diventa la mia compagna, dovrà essere eliminata. Regole del branco. Oppure bisognerebbe farle cancellare la memoria da un vampiro. Non posso rischiare che le succeda nessuna delle due cose.

Quindi sì, Sam ha ragione. Non posso tenerla qui.

Ma sono fottutamente sicuro che non posso neanche lasciarla andare.

"Solo fino a che non avrà risolto il problema," prometto.

Le labbra corrucciate di Sam mi dicono che sa che è una bugia. "Sai cosa succede a un lupo che ignora il suo istinto di accoppiamento?"

La nausea mi sale dallo stomaco. *Il mal di luna.* "Non è quello che succederà qui. Non può essere la mia compagna. È umana."

Sam scrolla le spalle. "Questo lo capisco, ma ti stai comportando come un maschio pronto a marchiare. E domani c'è la luna piena."

"Ho la situazione sotto controllo." *E gli asini volano.*

Sam spazzola il suo quinto hamburger e spinge il piatto con la carne rimasta verso di me. "Ci vediamo. Lavoro al club stanotte." A volte lavora come buttafuori all'Eclipse, il night club di Garrett.

Non venire a casa di corsa.

149

Il mio lupo vuole stare con Kylie da solo. Che probabilmente è la peggiore idea in assoluto.

~.~

Kylie

MI SVEGLIO SENTENDO la moto di Sam che parte e la voce arrabbiata di Jackson dalla cucina: "Chi ha parlato con la stampa? Gli faccio il culo. Beh, scoprilo e fallo fuori prima che gli metta le mani addosso io. Capito? Bene."

Dannazione. La situazione di merda in cui si trova Jackson è appena peggiorata di brutto se qualcuno ha lasciato trapelare la notizia alla stampa. Mi chiedo se a questo punto sono stata nominata come colpevole. Quanto manca prima che venga fuori l'FBI? Mi alzo dal divano. Le finestre sono scure, il che significa che devo aver dormito tutto il pomeriggio. Controllo l'ora sul mio portatile. Le sette di sera.

Jackson ricomincia: probabilmente sta facendo delle telefonate. "Passami Sarah, alle Relazioni Pubbliche."

Salgo di sopra di corsa, determinata a fare una doccia e rendermi presentabile prima che lui mi veda. Fallisco miseramente, perché lui viene in salotto e mi guarda salire le scale mentre urla alla sua direttrice delle relazioni pubbliche.

Io sussulto e gli faccio un cenno di saluto, scandendo

con il labiale la parola *doccia*.

Lui annuisce e continua con la sua tirata.

Quando verrà coinvolta l'FBI, lui mi consegnerà? Entro nel suo bagno degli ospiti e il ricordo di quello che abbiamo fatto qua dentro due sere fa mi torna improvvisamente alla memoria.

Mi spoglio ed entro nella doccia, lasciando scivolare le mie dita tra le gambe come l'ultima volta.

Ho un'altra punizione che mi aspetta.

All'improvviso la voglio disperatamente. Il mio tempo qui può essere limitato. Se l'FBI mi sta cercando, può darsi che me ne debba andare di corsa. E i miei affari con Jackson non sembrano conclusi.

Voglio che mi tocchi, che mi domini. Ancora una volta.

Giusto, e lui intanto è di sotto in totale modalità di controllo della crisi.

Ma forse un po' di distrazione è quello di cui ha bisogno anche lui. Potrei fargli quel pompino che non ho neanche potuto iniziare l'ultima volta. Potrebbe essere la mia penitenza per quello che ho fatto.

Mi strofino il clitoride, eccitata alla prospettiva. Ma non voglio darmi un orgasmo. Preferirei avere lì le abili dita di Jackson.

Chiudo l'acqua ed esco dalla cabina, avvolgendomi in un asciugamano.

Sì, c'è solo un modo per fare questo gioco. Mi stringo l'asciugamano attorno alla vita e scendo di sotto, i seni nudi rinfrescati dall'aria della sera.

Jackson è ancora al telefono, ma quando mi vede smette di parlare. Alza un dito e me lo punta contro. Non so cosa voglia dire, ma continuo a camminare.

"Sai cosa fare. Non chiamarmi fino a che non avrai finito. Intesi?" Riattacca. "Gattina." La sua voce sembra strozzata. "Che diavolo stai facendo?"

Io faccio la civettuola e mi metto un dito tra i denti mordendolo. "È arrivata l'ora della mia punizione?"

"Cazzo." Viene fuori come un'esplosione. I suoi occhi sembrano più azzurri di altre volte, un azzurro pallido. Nessun segno di verde.

Indica il divano in salotto. "Arrivo subito."

Ho i palmi sudati. Nonostante la mia baldanza, non ho idea di cosa sto facendo. La seduzione è un gioco nuovo per me, e la punizione è qualcosa di completamente sconosciuto. No, non è vero. Ho guardato la mia dose di porno feticisti. Ma non ho mai provato il dolore vero. Non sono sicura se mi piacerà o no.

Jackson torna con in mano un cucchiaio di legno e io mi sento contorcere lo stomaco.

Mi mordo il labbro inferiore e mi sforzo di mantenere normale il respiro.

Si siede sul divano in pelle marrone ultra-imbottito e mi fa segno di piegarmi sulle sue gambe. "Lascia andare l'asciugamano, gattina."

Sento una contrazione in mezzo alle gambe. Non so se sono più eccitata o nervosa, ma ad ogni modo procedo. Lascio cadere l'asciugamano sul pavimento e mi piego sulle sue gambe, offrendo il sedere alla sua punizione. Prego che un cucchiaio di legno non sia il peggiore strumento di tortura al mondo. Probabilmente non lo è, dato che è stato regolarmente usato sui fondoschiena dei bambini ai tempi in cui le sculacciate erano considerate una forma di punizione utile e accettabile. Non che io sia d'accordo con tali metodi.

"Oh, gattina." Suona come un lamento, quasi un gemito. Jackson fa scorrere la mano dietro alla mia coscia, arrivando alla natica. Sento il suo membro duro che preme contro il mio fianco.

Allargo le cosce.

"Bambola, fra poco mi prenderò cura di quel prurito che hai tra le gambe. Ma hai ragione. Adesso è ora della tua punizione." Dà uno schiaffo al mio sedere, ma lo fa con la mano.

"Mmm," lo incoraggio io.

Lui schiaffeggia l'altro lato e poi strofina per alleviare il dolore. Ancora un paio di colpi a destra e a sinistra e inizio a ondeggiare, volendone sempre di più.

Lui si china in avanti e mi bacia una natica, facendomi ridacchiare e lanciare un gridolino. Ride anche lui.

"Ok, diciamo... venti con il cucchiaio di legno."

Non ho idea se sia tanto o poco, dato che non ho ancora sentito il cucchiaio, quindi tengo la bocca chiusa.

Si china su di me. "Se è troppo, piccola, voglio che tu me lo dica."

"Sì, signore."

Geme. "Adoro quando mi chiami così."

"È per questo che sei diventato CEO?"

Mi colpisce con il cucchiaio di legno. È decisamente peggio della sua mano, ma non così terribile. "No, piccola. Non voglio che nessun altro mi chiami *signore*. Solo tu." Inizia a colpire rapidamente, da una parte e dall'altra.

Ruoto le anche, sobbalzando a ogni impatto.

"Adoro sentirlo solo da te. Tutti gli altri possono

andare a farsi fottere."

Stringo le natiche. Fa male. Un sacco. Ma poi è finita. Venti colpi in venti secondi. Quasi mi spiace che fossero solo venti. *Quasi*.

Jackson mi strofina il culo dolorante con il palmo della mano e io gemo debolmente. "Non sono sicuro che basti," dice pensieroso. "Non sapevo come l'avresti presa." Le sue dita si soffermano tra le mie gambe e i miei pensieri si aggrovigliano.

"Meglio fare un altro round, gattina? Altri venti?"

"No."

L'eccitazione mi pervade tutto il corpo, il mio sesso ha voglia di lui.

"No?" Le sue dita sono così ammalianti mentre scivolano su e giù sulle mie pieghe bagnate. Il mio cervello non riesce a capire se mi stia minacciando con più che un cucchiaio di legno.

"Sì?" dico.

Emette un ringhio sommesso e seducente. Più una specie di borbottio di approvazione. "Mi piace sculacciarti, gattina. Mi piace averti qui stesa davanti a me a ricevere la tua punizione."

"Chi altro?" chiedo con voce soffocata, perché per qualche motivo sono una stronza gelosa quando si tratta di Jackson.

Lui smette di muoversi. "Come scusa?"

"Chi altro hai sculacciato?"

La sua risata sommessa va dritta alle mie zone erogene: i capezzoli si inturgidiscono e il mio sesso si contrae. "Solo tu, bambola. Solo tu." Prende di nuovo il cucchiaio e mi colpisce.

Questa volta decisamente non mi piace, dato che sono già dolorante dalla prima sculacciata, ma non ho neanche voglia di dire basta. Lui mi dà un'altra rapida scarica di colpi e io mi muovo e gemo sul suo grembo. "Ahi, per favore!" grido alla fine, ma si sta comunque già fermando.

Le sue dita si infilano subito tra le mie gambe e posso dire di essere tre volte più bagnata di prima. Mi sa che una seconda sculacciata mi serviva proprio.

"Cristo, questo bel culetto che si muove davanti a me mi fa venire voglia di andare avanti così tutta la notte."

"Nooo," mi lamento io. Non sono proprio in vena per un terzo round.

Ride e mi fa ruotare. È un uomo grande e so che è forte, ma giuro che mi fa sentire come se pesassi sì e no un paio di chili. Con una grossa mano stretta attorno alla mia coscia, la divarica e mi solleva le anche. La sua bocca va dritta al mio sesso, facendomi sfuggire un grido dalle labbra.

Benedetto cunnilingus, Batman. La sua lingua disegna dei cerchi sulle mie labbra interne. Succhia e mordicchia le pieghe del mio sesso, strofina la sua bocca contro il mio clitoride.

Mi dimeno e mi aggrappo a lui, stringendo la bocca per fermare le grida che continuano a volermi salire dalla gola.

Lui ringhia a mi penetra con il pollice, continuando intanto la stupefacente tortura delle mie parti femminili.

Vengo, un orgasmo che mi scuote con tale potenza che basterebbe ad alimentare una navicella spaziale.

"Cazzo, gattina." Jackson alza la bocca e continua a muovere il dito dentro e fuori, guardandomi mentre arrivo all'apice.

Una parte di me pensa che dovrei sentirmi in imbarazzo a mostrargli il mio volto nel pieno del godimento, ma all'altra parte non interessa. O meglio, credo che si meriti questo privilegio, dato che è lui a creare questo effetto.

"Cazzo, cazzo, cazzo." C'è disperazione nel tono di Jackson. I suoi occhi sono azzurri e lucidi. Mi gira di nuovo, questa volta mettendomi in ginocchio sul divano, con il busto riverso sul bracciolo. Dà uno schiaffo al mio sedere indolenzito e sento un fruscio di abiti.

Mi rendo conto che sto per timbrare la mia carta della verginità. Le cose stanno procedendo velocemente. Il respiro di Jackson è ansimante, i suoi movimenti concitati. Strofina la punta del suo uccello contro la mia fessura fradicia. Non penso che si sia messo un preservativo. Parte di me è elettrizzata per aver ispirato in lui una tale passione. L'altra parte è... *ohi*.

Sussulto, le lacrime mi salgono agli occhi quando lui spinge dentro di me, rompendo ogni mia resistenza.

Rimane impietrito. "Kylie, *no*."

Io sto ancora trattenendo il fiato.

"Piccola, *no*." Il suo corpo si piega su di me. Mi scosta i capelli dalla faccia, cercando di vedermi. Il suo membro mi riempie, dilatando a forza la mia apertura. Ora che l'iniziale shock del dolore è scomparso, mi sento bene. Voglio che inizi a muoversi.

"Mi spiace. Ho appena..."

"Sì. Va tutto bene. Continua."

Lui impreca ed esce da me.

"Non osare," dico io bruscamente. "Non pensare di

privarmi di questa cosa. Finisci quello che hai iniziato, caro mio."

Lui mi accarezza i fianchi. "Kylie." Sento il rammarico nella sua voce, e la cosa mi fa davvero incazzare. Non sono una fottuta bambola di ceramica. O forse non vuole fare sesso con una vergine. Magari è una cosa che lo smonta di brutto e ha perso l'erezione.

"Non osare," sussurro di nuovo, e la mia voce si spezza.

"Kylie." Le sue mani sono gentili questa volta. Mi solleva e cerca di riportarmi sul suo grembo, ma io sono troppo umiliata. Mi divincolo e corro su per le scale. La mia nudità non è più sexy. È solo... vulnerabile.

Jackson mi è subito dietro ma, a suo credito, non mi tocca. "Kylie. Kylie, aspetta. Mi spiace. Mi spiace un sacco."

Corro nella mia stanza, ma quando tento di chiudergli la porta in faccia, lui la ferma con la mano.

Lacrime di frustrazione mi scendono dagli angoli degli occhi.

"Kylie, per favore." Mette tutto il suo corpo sulla soglia, così che mi è impossibile chiudere la porta. Mi arrendo e vado verso il letto, infilandomi i vestiti del giorno prima.

"Mi spiace. Ho perso del tutto il controllo. Non avevo neanche un fottuto preservativo, e non avevo idea che tu fossi..."

Ruoto su me stessa e lo fulmino con un'occhiata che lo fa interrompere.

Scuote la testa. "Non ho mai programmato di fare sesso

con te. Avevo solo intenzione di darti un po' di piacere. Ma eri così fottutamente sexy, e ho perso il controllo." Si passa le dita tra i capelli, spettinandoli. "È meglio così, gattina."

Perché sembra che stia rompendo con me? Mi viene voglia di lanciare qualcosa addosso a quella sua faccia compassionevole.

"Sono felice che qualcosa ci abbia fermato. Io... non posso fare sesso con te."

Ma che diavolo è 'sta roba? Prima Sam mi dice che non funzionerà, adesso Jackson ribadisce lo stesso concetto.

Perché non può stare con me? Perché? È già sposato? Soffre di attacchi epilettici? Non riesco proprio a capire cosa ci impedisca di stare insieme.

Ma sono troppo fragile per tiragli fuori una spiegazione adesso.

"Ho bisogno di stare da sola, adesso," gli dico.

Il suo volto si fa triste. "Giusto. Ok. Ma sei ferita? Giurami che non sei ferita."

Alzo il mento. "Decisamente non sono ferita." *Non fisicamente.*

Jackson, dal canto suo, sembra soffrire un dolore enorme. Noto che ha l'uccello ancora gonfio sotto ai pantaloni kaki.

Ecco, bene. Ben gli sta per essersi fermato. Spero che quelle palle gonfie gli facciano male tutta la notte.

~.~

JACQUELINE

JACQUELINE SI ROTOLA nella terra e sbuffa. È troppo vecchia per questo schifo. Se sua nipote non fosse in terribile pericolo, si lascerebbe morire qua fuori nel deserto.

Sarebbe così facile. È stata ferita da così tanti proiettili. Quattro, almeno. Neanche un mutante dovrebbe essere in grado di sopravvivere a una pallottola nella testa.

Ma lei sta ancora respirando, quindi deve significare che è sopravvissuta.

Da quanto tempo si trova qua fuori?

Un intero giorno e un'intera notte, almeno. Forse di più: ha perso e ripreso conoscenza più volte.

Ma il gatto in lei ha reagito, spingendo i proiettili fuori dalla carne, chiudendo le ferite. Ne ha ancora uno incastrato nella testa, però. E ha perso un sacco di sangue. Ha solo voglia di dormire.

Ma Minette. La sua *petite fille* è in pericolo. Gli uomini che l'hanno rapita hanno dei piani per Minette. Deve trovare aiuto. Se solo potesse trasformarsi.

Di solito, se un mutante è gravemente ferito mentre si trova in forma umana, il suo corpo muta naturalmente in bestia per proteggersi e guarirsi. Perché si trovi ancora con le sue deboli sembianze umane, non lo sa. Deve avere a che fare con la ferita alla testa.

Deve raggiungere altri mutanti.

Sono a Tucson solo da una settimana, ma lei ha fatto visita al lupo alfa – Garrett – per presentarsi, due giorni fa. Deve arrivare da lui. Lui saprà aiutarla.

Si sforza di mettersi carponi e poi di alzarsi in piedi. I

vestiti sono rigidi, ricoperti di sangue e terra. Non può usare l'olfatto per tornare verso la civiltà, perché le sue narici sono piene dell'odore del sangue.

Forse sarebbe meglio aspettare fino a mattina, quando potrà giudicare la direzione del sole. Ma non vuole passare un'altra notte fuori al freddo. Non sotto forma umana.

Tramutati, dannazione, tramutati.

Perché non riesce a tramutarsi?

~.~

Jackson

SONO UN GRANDISSIMO STRONZO. Cammino nella mia stanza, ascoltando ogni scricchiolio o movimento dalla camera di Kylie.

Mi sento malissimo per aver preso la verginità di Kylie senza averglielo chiesto. Senza neanche usare una protezione. Ancora peggio: se le cose fossero andate avanti, l'avrei marchiata. Ero già mezzo bestia. Non avevo nessun pensiero in testa, nient'altro che prenderla. Farla mia.

Marchiarla come mia compagna.

Sì, se non avessi incontrato la sua resistenza virginale, probabilmente avrei affondato i miei denti ricoperti di siero nella sua spalla, squarciando la sua delicata carne umana, forse addirittura uccidendola.

Ma il fatto di aver ferito il suo orgoglio – averla insultata fermandomi – ha reso la situazione insopportabile. Come ho potuto non rendermi conto che era così priva di esperienza? A posteriori, avrebbe dovuto apparire ovvio dal suo modo di arrossire. Eppure lei dimostra questo atteggiamento così sicuro, sessualmente e non solo, che io proprio non me ne sono accorto.

Il lupo dentro di me si sta vantando di essere stato il primo, e la cosa mi disgusta ancora di più. Non l'ho neanche fatto un buon lavoro per lei. È stato un misero cinque, su una scala da zero a dieci.

Eppure non ho idea di come migliorare la situazione. Non posso portare a termine quello che ho cominciato. Se questa sera ho imparato qualcosa, è che non mi posso fidare di me stesso. Soprattutto con la luna piena.

Le emozioni di Kylie non sono neanche il mio unico problema, stanotte. Qualcuno ha fatto trapelare la storia alla stampa, dando il nome di Kylie come colpevole. Domani in ufficio avrò gli agenti federali che vorranno indagare su di lei, e quel che è certo è che non posso permettere che la trovino.

Accedo al mio computer per dare un occhio a come la storia viene presentata dalla stampa.

Hacker figlia del ladro-giustiziere di opere d'arte colpisce la SeCure Corporation.

Ladro di opere d'arte? Apro l'articolo per leggere di Kylie.

"La figlia del ladro d'arte in stile Robin Hood Jacob Anders – Kaye Anders, nota anche come Kylie McDaniel – potrebbe essere la hacker responsabile dell'attacco alla SeCure Corporation e del furto di centinaia di migliaia di numeri di carte di credito. La McDaniel è stata assunta

dall'azienda solo pochi giorni prima di hackerare il sistema e installarvi un virus.

"*Sarah Smith, direttore delle relazioni pubbliche per la SeCure Corporation dice che i proprietari degli account manomessi verranno avvisati il prima possibile, e raccomanda l'annullamento di tutte le carte di credito che hanno subito la violazione.*

"*La Smith dice che non si sa se la McDaniel abbia messo in atto il colpo nel tentativo di seguire le orme paterne. Jacob Anders si era fatto un nome nei furti di opere d'arte e altre antichità trafugate dai nazisti durante la Seconda Guerra Mondiale, con l'intento di restituirle ai legittimi proprietari o ai musei. Il suo corpo era stato rinvenuto al Louvre nel 2009, martoriato da diverse pugnalate che secondo le forze dell'ordine gli erano stata inflitte da un collega durante un colpo. Al tempo era stata rilevata la scomparsa del dipinto di Degas 'L'Étoile', un dipinto noto per essere stato confiscato dal nazista criminale di guerra condannato Hedwig Model e donato al Louvre.*

"*La McDaniel, tra le cui identità spicca anche la hacker* Catgirl, *è ricercata per essere interrogata al riguardo sin dall'omicidio del 2009, ma fino ad ora non si era mai più fatta vedere.*

"*Gli agenti dell'FBI non hanno concesso altri commenti, ma il portavoce della SeCure Corporation dice che lavoreranno gomito a gomito con le forze dell'ordine per arrivare all'arresto della McDaniel e sono pronti a fare causa.*"

. . .

KYLIE, una ladra d'arte, oltre ad essere la hacker di maggior talento al mondo. La mia bellissima e talentuosa ladra gatta. Ma Cristo, ha visto suo padre che veniva ucciso davanti ai suoi occhi. Non c'è da stupirsi che soffra di tutta questa ansia. La devo proteggere.

Un ringhio mi sale dal petto, il mio lupo pronto a lanciarsi nella caccia. Nessuno toccherà la mia gattina. Non so come sistemare le cose, ma la cosa certa è che non permetterò che sia Kylie – o qualunque sia il suo nome vero – a cadere.

Ho assunto nella mia azienda una hacker e ladra. Le relazioni pubbliche saranno un inferno.

Un gemito dalla sua stanza e sono subito in piedi. Corro fuori dalla mia camera e in un battibaleno sono alla porta della sua.

Un altro piagnucolio.

Spingo con delicatezza la porta. La mia piccola hacker è sdraiata sul fianco, un braccio sopra alla testa. Si muove in modo agitato.

Un brutto sogno.

Mi metto sul letto dietro di lei e la avvolgo con il mio corpo molto più grande del suo. "Shh, piccola. È solo un sogno."

I gemiti si fanno più forti. "Non riesco a uscire, non riesco a uscire, non riesco a uscire." Il respiro è affannoso, troppo veloce, come quando eravamo in ascensore.

Le poso una mano sulla cassa toracica e la scuoto dolcemente. "Kylie. Gattina. Svegliati, piccola."

Lei si sveglia di soprassalto e grida.

Faccio per chiuderle la bocca ma mi rendo conto che non farebbe che peggiorare il suo senso di claustrofobia, quindi le rimetto la mano sullo sterno. "Respira, piccola. Inspira. Espira. Sei al sicuro. È stato un sogno. Solo un sogno, gattina."

Lei si lascia sfuggire un tremolante lamento e la faccio girare per vedere il suo viso al buio.

Le sue braccia si stringono attorno al mio collo e lei si tiene a me, tremando.

Le accarezzo la schiena. "Shh, piccola. Va tutto bene. Non permetterò a nessuno di farti del male."

Con la stessa velocità con cui si è aggrappata a me, mi spinge via, scendendo rapida da letto e alzandosi in piedi.

Mi alzo anche io. "Kylie."

Lei mi ignora e cammina avanti e indietro, le spalle chiuse in avanti, la testa china come se stesse riflettendo con grande concentrazione.

Sta rifiutando il mio aiuto. Vuole combattere da sola contro i suoi problemi, come ha sempre fatto da quando era una ragazzina. Forse da tutta una vita. Voglio che torni da me. La voglio disperatamente. Ma non so come riuscirci.

"Hai visto l'omicidio di tuo padre."

Smette di camminare e resta di colpo senza fiato.

"Al Louvre? Dove ti trovavi? In un condotto dell'aria?"

Le vacillano le ginocchia e io la afferro mentre barcolla indietro. La tengo tra le mie braccia, ma lei mi resiste. L'odore delle sue lacrime mi colpisce, salato e pregno di dolore. Non la lascio andare.

Lei ha bisogno di me, anche se non vuole accettare il mio aiuto.

"Smettila di respingermi," mormoro mentre continua a

spingere contro il mio petto. "Sono dalla tua parte, piccola. Smettila di respingermi."

Crolla contro di me, affondando il viso nel mio collo, bagnandomi la pelle con le sue lacrime.

"Che tu sia maledetto, Jackson. Che tu sia maledetto," singhiozza.

"Perché, piccola?" Le accarezzo la testa. "So che sono uno stronzo, ma perché sei arrabbiata?"

"Non voglio che ti prendi così tanta cura di me."

Trovo la sua bocca, catturo quelle labbra tenere, intreccio la mia lingua con la sua.

Lei si muove tra le mie braccia, si aggrappa al mio collo e solleva una gamba per cingermi i fianchi.

L'uccello si fa turgido e preme contro il suo pube. L'eccitazione del suo sesso mi fa scorrere dentro vampate di desiderio. Ma questa volta non perderò il controllo.

La mia femmina ha bisogno di me. Ha bisogno di conforto. Di gentilezza. E, meraviglia delle meraviglie, il mio lupo si sottomette. Il bisogno di proteggerla tronca il suo bisogno di accoppiarsi con lei. I miei denti restano della dimensione umana, anche se l'uccello sta crescendo.

"Non dirmi che non puoi fare sesso con me." Apre uno a uno i bottoni della mia camicia.

Oh, dei e santi del cielo.

La porto in camera mia e la faccio delicatamente stendere. Le tiro su la gonna e sposto di lato il pizzo delle sue mutandine, posando la mia bocca dove ha sempre avuto voglia di stare. Proprio sul suo sesso. Assaporo la sua dolce essenza, le do piacere. La soddisfo.

Lei inarca la schiena, tira su le ginocchia per aprirsi del tutto.

"Proprio così, piccola. Lascia che ti faccia stare bene."

Porta giù le mani per contribuire, strofinandosi il clitoride mentre io la penetro con la lingua. "Voglio il tuo uccello, caro mio. Ne ho bisogno qui." Dà un colpetto eloquente al suo sesso.

Io ansimo.

Posso farlo?

Devo.

È la mia femmina, ha bisogno di me. Anche il lupo capisce.

Prendo un preservativo dal comodino.

"Via i vestiti," mi ordina. "Voglio vederti tutto, Jackson King."

Le sorrido e mi levo con decisione i vestiti, mostrandomi alla luce della luna quasi piena che filtra dalla finestra. "Ti permetterò solo questa volta di darmi degli ordini, gattina." Mi infilo il preservativo srotolandolo sul mio membro, sorridendo dei suoi occhi sgranati e attenti. "Solo perché prima ho fatto casino. Ma ricordati chi è che ha il cucchiaio di legno."

Il suo volto arrossisce e l'odore della sua eccitazione riempie la stanza, ancora più forte di prima.

Afferro la base dell'uccello e lo punto verso di lei. "Ti piace quello che vedi?"

"Non c'è da meravigliarsi che mi abbia fatto male," dice, ma sta sorridendo.

"Via i vestiti, gattina. Questa sarà la regola. Non dovresti mai indossare più vestiti di me."

Accolgo il suono musicale della sua risata come un'altra vittoria.

Mi prenderò cura di te, piccola.

Lei si libera sensualmente dei suoi vestiti e si stende supina. Capisco perché sono stato tratto in inganno. Non c'è niente di innocente nei suoi seni a forma di pesca, nella curva dei suoi fianchi, nel monte di Venere ben rasato e nelle sue lunghe gambe affusolate. Anche se le guance sono arrossate, i suoi occhi mi seducono. Non so come sia arrivata fino a questo punto senza mai fare sesso, ma il mio lupo sta facendo i salti mortali dalla gioia all'idea di essere il primo.

Vorrei gemere. Vorrei cantare. Adorare l'altare del suo corpo per il resto della mia vita.

Manterrò la calma questa volta, glielo devo.

~.~

Kylie

JACKSON SI INGINOCCHIA tra le mie gambe. Il suo corpo è ancora più incredibile di quanto abbia immaginato: delineato da solidi muscoli. Il suo petto è ricoperto di riccioli scuri, e il suo uccello è... considerevole.

Stuzzica la mia fessura con la punta del suo membro e io mi inarco, pervasa dal desiderio crescente, le cosce che tremano per l'anticipazione. Lui sta respirando più forte del normale, ma va lentamente, entrando piano dentro di me, anche se prima si è già aperto il passaggio.

Non c'è dolore questa volta, solo soddisfazione. Lui mi

riempie, resta fermo un momento perché mi metta comoda. Sollevo le anche con impazienza. *Non sono fragile, amico.* Ne ho bisogno. Me lo merito.

Jackson sbuffa e mi salta sopra, appoggiando tutto il suo peso sui pugni accanto alla mia testa.

È grande e incombe su di me.

Prima di poter controllare la mia reazione, mi irrigidisco e faccio uno scatto indietro. Ho bisogno di vedere l'uscita.

Sempre affondato dentro di me, fa ruotare i nostri corpi e io finisco sopra. Inspiro l'aria, i miei muscoli si rilassano.

Lui mi mostra i palmi delle mani, come a provare che non ha nessun'arma, poi li infila sotto al sedere. "Sei tu al comando, gattina."

Mi mordicchio il labbro perché ha sempre reso evidente che gli piace essere lui a comandare. E io *adoro* il suo essere dominante. Solo che non sopporto di sentirmi soffocare. Però stargli sopra mi piace, e le mie anche iniziano a muoversi da sole, dondolando sopra alla sua grossa e dura virilità. Spingo il pube in avanti, strusciano il clitoride contro di lui, strofinando sempre più forte e sempre più veloce.

Le sue labbra scoprono i denti e lo vedo stringere gli occhi, respirando sempre più affannosamente e rumorosamente.

Uno slancio di potere mi sfreccia dentro, innescato dalla consapevolezza che sto avendo su di lui un tale effetto. Mi incita ad andare avanti. Scivolo su e giù più veloce, le tette che mi rimbalzano davanti. Pianto le unghie nelle sue spalle, prendendolo più a fondo.

"Cazzo, gattina. *Cazzo*." La sua voce è un ringhio. Il suo volto si contorce. Le sue mani si liberano dalla posizione che si era imposto e afferrano le mie anche. Gli sono grata di prendere il comando, perché ho i muscoli tremanti e al limite.

Mi spinge contro il suo sesso, su e giù, e poi grida, le anche che si sollevano dal letto, portandomi con loro, mentre lui mi tiene stretta e riesce ad entrare ancora più a fondo di quanto pensassi possibile.

Grido anche io, i muscoli che si contraggono attorno al suo enorme sesso, risucchiandolo in uno slancio continuo che va oltre il mio controllo.

Senza fiato e tremante, cado sopra di lui, fondendo il mio corpo con il suo, affondando il viso nel suo collo.

Lui stringe le sue braccia forti attorno a me e mi tiene vicina. Questa volta non c'è paura. Solo soddisfazione da medaglia d'oro.

"Baciami, piccola."

Giro la testa e lui cattura la mia bocca, baciandomi aggressivamente, facendomi sentire denti e lingua, possedendomi.

Sì. È così che mi piace. Jackson che tiene il comando.

Mi dona un senso di casa. Di appartenenza.

Il suo sesso si gonfia dentro di me. Oh Signore. È davvero già pronto per il secondo round?

Sbuffa. "Sarà meglio che ti levi da sopra di me, gattina, o ti lancio sul letto e ti scopo fino a farti perdere i sensi. E probabilmente sei già indolenzita."

Sì. Mi sollevo da lui, dando un'occhiata al suo sesso per vedere se è ancora così grosso. "Jackson?"

Lui allunga una mano per afferrarlo e solleva la testa, incrociando il mio sguardo. "Il preservativo è venuto via!"

Arrossisco, come se avessi combinato qualcosa di sbagliato. Non sono stupida. Ho letto *Cosmo*. So che succede. E so anche che adesso sono a rischio di gravidanza.

Jackson prende il controllo della situazione, premendo le mie anche contro il letto e tuffando dentro le dita. *Benedetto momento imbarazzante, Batman.* Recupera il preservativo. "Merda. Scusa, piccola."

"Probabilmente è stata colpa mia," mormoro, tentando di rotolare di lato.

Lui mi prende per i fianchi e mi fa ruotare verso di sé, portandomi faccia a faccia con lui. "Ehi. Ci siamo dentro insieme. Qualsiasi cosa succeda. Non mi spiacerebbe se fossi tu a darmi un cucciolo."

Mi batte forte il cuore, ma sbuffo. "Un cucciolo?"

"Un gattino," si corregge lui rapidamente. "Mi piacerebbe un sacco se mi dessi una piccola gattina." Mi rivolge un sorriso disarmante.

Ruoto gli occhi al cielo. Almeno non ha detto 'Pago io per l'aborto', né è andato nel panico. Ma sì, questa è troppa roba da digerire tutta insieme. Ho appena fatto sesso per la prima volta. Due volte, perché la prima è stata una missione abortita. Poi un goldone mi si perde dentro. E ora potrei restare incinta dell'uomo che desidero da quando ero adolescente. Oh, e può pure darsi che abbia l'FBI alle calcagna.

Se potessi solo prendere una boccata d'aria e fare due buone ore di sonno, probabilmente riuscirei a gestire tutto.

CAPITOLO OTTO

 *ylie*

NON HO MAI DORMITO con un uomo in vita mia prima d'ora. Non avrei mai pensato che fosse una tale meraviglia. La sensazione di *adeguatezza* che mi sento addosso mentre sto accoccolata accanto al corpo di un uomo – non il corpo di un uomo qualsiasi, ma quello di *Jackson King* – con il suo braccio pesante abbandonato sui miei fianchi. Come mi sento protetta e al sicuro.

Non voglio che questa storia d'amore impossibile e a breve termine finisca. Ma la realtà mi chiama. Sono ricercata dall'FBI per i danni che ho causato all'azienda del mio amante. Quindi ok, nascondermi in casa sua non potrà funzionare a lungo.

I primi raggi di luce illuminano le finestre. Sento il sesso di Jackson che preme contro il mio fianco, inondandomi di un fresco slancio di desiderio.

Mi chiedo se sia un tipo da sesso mattutino, perché io lo sono *assolutamente*. Sì, fino a ieri ero una vergine, ma la mattina è il momento in cui preferisco masturbarmi.

Spingo il sedere contro il suo membro, che subito risponde allungandosi e scivolando fra le mie cosce. La grande mano di Jackson mi accarezza il fianco e si ferma su uno dei miei seni. Fa ondeggiare le anche, muovendo l'uccello duro in mezzo allo spazio tra le mie gambe e strusciandolo contro la mia fessura.

"Mmm, gattina. Questa passerina è ancora bagnata per me?" Mi stringe e ruota il capezzolo con due dita.

A quanto pare.

Mi pizzica il capezzolo, facendomi sobbalzare per il dolore inaspettato.

Mi porto una mano tra le gambe per spingere la punta del suo membro contro il mio sesso. Ondeggiando lentamente con il bacino, lo porto a strusciare contro il mio clitoride.

Lui geme e mi morde un orecchio. "Mi vuoi dentro di te, bambola? Vuoi che ti svegli con una bella scopata questa mattina?"

"Sì," dico con voce roca. Ruoto le anche in modo da portare il suo sesso verso il mio ingresso.

"Cazzo, piccola, non ho il..." Scivola dentro di me. Io fremo di piacere e i miei muscoli si stringono attorno al suo membro.

Un preservativo. Già.

"Ops," dico.

Il respiro di Jackson si fa più affannoso. Mi tiene le anche e spinge con forza dentro di me. So che dovrei fermarlo, dirgli di mettere un preservativo, ma è... così... bello.

"Tiralo fuori prima di venire," gli dico.

Lui emette un verso di frustrazione. "Adesso mi fermo," dice, ma continua a spingere dentro di me con forza crudele e deliziosa. Le sue mani sui miei fianchi stringono tanto da poter lasciare dei lividi, il suo inguine sbatte contro le mie natiche.

"Jackson..." dico annaspando.

Mi spinge a pancia in giù e mi monta da dietro, tenendomi i polsi fermi sopra alla testa.

Grazie al cielo la claustrofobia non si presenta. Forse perché non ho la vista bloccata davanti a me. Sollevo il sedere verso di lui: la nuova angolazione è fantastica, ne voglio ancora, lo voglio tutto. Ogni posizione, ogni variazione, ogni ritmo.

Un inquietante ringhio animale sale dalla gola di Jackson, quindi giro la testa per guardarmi alle spalle.

E grido.

Grido a pieni polmoni e non smetto di gridare.

Perché Jackson è un fottuto vampiro. Le zanne sono spuntate fuori e i suoi occhi sono azzurri come il ghiaccio. Azzurri come il ghiaccio. Non verdi. Per niente. E il verso che sta facendo non è umano. Mi morderà e mi trasformerà in una vampira. Mi sembra di essere stata catapultata dritta in un film horror.

Come la claustrofobia, il mio terrore è una cosa viva. Nessun pensiero, solo pura paura alimentata dall'adrenalina.

Per fortuna le mie grida lo sorprendono e lo inducono a

tirarsi indietro quanto basta perché io possa districarmi e spostarmi da sotto di lui. Raccolgo i vestiti dal pavimento e corro al piano di sotto completamente nuda. A piedi scalzi.

Volo fuori dalla porta sul retro, infilandomi la maglietta dalla testa mentre corro. Pensavo che portasse al garage, ma devo essermi confusa: sono nel deserto che porta dritto ai piedi delle colline. Sento Jackson che mi sta chiamando, quindi scatto di corsa verso la montagna.

"Kylie!" grida Jackson. È uscito e sembra furioso.

Mi rendo conto adesso dei suoi tentativi di mettermi in guardia e dissuadermi. Sia lui che Sam avevano detto che non avrebbe potuto stare con me. Perché non ho ascoltato? Mi fermo un secondo per infilarmi la gonna in jeans, poi continuo a correre. Non arriverò lontano senza le scarpe. Qui sono tutte rocce e cactus e sento già male ai piedi. Mi volto per guardarmi alle spalle, ma Jackson non mi sta seguendo.

Grazie a Dio. Forse è tornato dentro per vestirsi. Poi una figura enorme appare in cima alla collina. Un lupo argentato. E sta venendo dritto verso di me.

Oh Cristo. Jackson non è un vampiro. *È un lupo.*

Non riesco a decidere se sia meglio o peggio. Anche i lupi mannari ti infettano con il loro morso e ti trasformano in uno di loro? O lo fanno solo i vampiri? No, i vampiri ti succhiano il sangue. Quindi sì. I lupi mannari ti infettano. Mi sento ancora incastrata in quel film dell'orrore, solo che sta diventando sempre più esagerato.

Il lupo mi è addosso in un batter d'occhio, ma non salta come ha fatto... *Cristo.* Era *Sam* quello che mi ha aggredito alla villa? Questo è sicuramente Jackson. Si vede dagli occhi di ghiaccio. Mi tocca la mano con il naso.

Stammi. Alla larga. Cazzo.

Lui si accuccia e piagnucola. È enorme. Il doppio di un lupo normale, con la pelliccia spessa e argentata. Un lupo bellissimo, ma decisamente letale.

Sbatto le palpebre ed è di nuovo un uomo, accucciato accanto a me. Nudo. "Ehi. Sei al sicuro. Non intendo farti del male, gattina."

"Non chiamarmi così!" La mia voce strozzata suona leggermente isterica. In genere sono una che si vanta per la sua capacità di non perdere il controllo, ma questa situazione mi ha scombussolata completamente.

Corro verso la cima della collina. Il lupo mi appare accanto. Trotterella al mio fianco come se avesse deciso di diventare il mio cagnolino da compagnia. "Vattene a casa," gli ordino, come se fosse un semplice cane pronto a rispondere ai miei comandi.

Ovviamente continua a trotterellarmi vicino.

Gli lancio un'occhiataccia. "Quindi sei un lupo mannaro? È questo il tuo grande segreto? E poi? Devi mordere qualcuno con la luna piena? Qualcosa del genere?"

Jackson – o meglio, il lupo – mugola ancora.

"Cosa vuoi da me?" dico in un singhiozzo.

Lui mi lecca un polpaccio, mentre continuo a muovermi.

"No!" grido. "Non mi toccare. Smettila di seguirmi. Vai. A. Casa." Un sasso si sposta sotto al mio piede e io cado piantando un ginocchio per terra, forte. Il dolore mi scorre in tutta la gamba. Stringo con forza gli occhi, cercando di ignorarlo.

Quando li riapro, Jackson ha ripreso di nuovo le

sembianze umane. Mi prende tra le braccia e mi solleva da terra.

"No," protesto. "Mettimi giù"

Lui scende serio dalla collina. "Sei ferita."

"Dentro quella casa insieme a te non ci torno." Il mio lato cocciuto è emerso, immune alla logica. Se lui è un pericoloso lupo mannaro che aspetta di trasformarmi, di certo non gli interessa dove io voglia andare.

E invece si ferma. Abbassa le spalle. "Ok, va bene." Inizia a correre verso la cima della collina a velocità incredibile.

Mi tengo stretta alle sue spalle. "Dove mi stai portando?" sussulto.

"Ho un cottage in cima alla montagna."

Ottimo. Mi sta portando in un posto ancora più remoto in modo da potermi trasformare. Solo che non ho più paura. Ora che l'orrore iniziale si è esaurito, il mio cervello sta ricominciando a ragionare.

"Jackson, cosa succede quando mordi qualcuno?"

"C'è un siero che riveste i miei denti. Lascia il mio odore sulla tua pelle."

"E mi trasformo in un lupo mannaro anche io?"

"*No.*" Continua ad avanzare a velocità supersonica, i piedi nudi e le falcate ampie che sembrano divorare la montagna. Non riesco a immaginare come possa non farsi male ai piedi. "Non tramutiamo le persone," dice con tono rigido, e mi rendo conto, leggermente divertita, che forse l'ho offeso.

"Ma sono in pericolo? Cosa fa il siero?"

Lui smette di correre e chiude gli occhi rassegnato. "Quando un lupo sceglie la sua compagna, la marchia con i denti. C'è un siero sulle sue zanne che lascia il suo odore per sempre su di lei, così gli altri lupi sanno che non possono averla."

Lo guardo a bocca aperta. Senza nessuna logica, avverto una pulsazione di desiderio tra le gambe.

"Tu volevi... marchiarmi?"

"*Non* posso," dice a denti stretti, riprendendo il cammino in salita. "Un'umana non potrebbe sopportare un morso del genere. I mutanti guariscono velocemente, ma un umano perderebbero sangue, magari morirebbe. I mutanti non si accoppiano con gli umani."

Una nube sembra portarsi sopra di noi. "Ah. Per questo Sam ha detto che non potevi stare con me."

"Giusto." Stringe i denti con tale forza che penso possano spaccarsi.

Vedo in lontananza un piccolo cottage. Quando ci arriviamo, Jackson prende una chiave da sopra la cornice della porta e apre. All'interno l'arredamento è semplice e comodo. Mi sistema su un divano, con la schiena appoggiata al bracciolo e le gambe sollevate su dei cuscini. La mia caviglia è raddoppiata per il gonfiore e anche il ginocchio è graffiato e livido.

"Vado a prendere del ghiaccio." Jackson scompare dietro l'angolo. Quando torna, si è messo addosso un paio di jeans e tiene in mano uno strofinaccio avvolto attorno a un pacco di ghiaccio. Si accuccia ai miei piedi e preme l'impacco freddo contro la mia caviglia.

"Mi spiace di essermi spaventata così."

Scuote la testa con impazienza. "No, anzi. Sono felice che tu lo abbia fatto. Ti avrei morso."

Fisso la mia caviglia che sta pulsando, incapace di guardare Jackson. "Be', lusingata. Credo."

Lui si lascia scappare una risata amara che non lo fa apparire per niente divertito. Quando si alza in piedi, si infila le dita tra i capelli come ha fatto ieri sera.

"Ora capisci. Sono pericoloso per te, Kylie."

Lo studio con gli occhi socchiusi. "Non ho paura del grande lupo cattivo."

I suoi occhi sembrano disperati. "Impara ad averne. Ascolta, devo andare in ufficio. Devo occuparmi degli agenti federali." Va a una vecchia scrivania e ne apre il coperchio. All'interno si accendono le luci di un router senza fili. Tira fuori un computer e me lo porta. "Puoi lavorare da qui. Oppure torno a prendere la macchina e ti porto giù dalla montagna."

"Qui va bene," dico rapidamente. Per qualche motivo, non sono pronta a tornare nella sua villa.

"Nella credenza trovi del cibo. Ti porto io le cose qui, così non ti devi alzare."

Si allontana e torna con una fetta di pane con burro di noccioline e marmellata, insieme a un barattolo di ostriche. "Vorrei poterti offrire un antidolorifico, ma i mutanti non ne usano."

Mutanti. Sto ancora elaborando la cosa, ma ora che sto capendo, questo lo rende ancora più affascinante e attraente. Non c'è da stupirsi che abbia sempre avuto una cotta adolescenziale per Jackson King. È un superumano.

"Mi spiace davvero tanto di aver dato di matto. Che imbarazzo. Vorrei che potessimo avere una seconda possibilità, e sarei del tutto tranquilla. Possiamo provare?"

Un sorriso riluttante gli incurva le labbra. "Come andrebbe?"

"Direi una cosa tipo *oh, sei un lupo mannaro. Che figata. Non dimenticarti il preservativo.*"

Un'ombra cala sul suo volto, forse al ricordo dell'intoppo con il preservativo. "Non vado bene per te," dice con tono definitivo. "Non… non può funzionare."

Qualcosa mi si stringe alla bocca dello stomaco. Vorrei prenderlo e dirgli che non ho paura, ma lui mi anticipa e preme le sue labbra contro le mie, ruotando sulla mia bocca con un'intensità che mi fa girare la testa.

Avverto la disperazione di quel bacio.

L'addio.

"Non mandarmi messaggi. Non voglio che nessuno ti rintracci tramite me. Torno stasera. Il prima possibile. Vuoi che ti mandi qui Sam a darti un'occhiata?"

Scuoto la testa, deglutendo e mandando giù la mia delusione. "No, sto bene. Continuerò a lavorare sul malware. Jackson?"

"Sì?"

"Perché non si sono messi in contatto con me, se mia nonna è ancora viva?"

Lui si acciglia. "Magari la tengono in caso debbano fare ancora leva su di te?"

Scuoto la testa. "No, hanno spifferato la mia storia alla stampa. È stato decisamente un attacco per incastrarmi."

Jackson mi tocca la spalla e giuro che sento la sua forza che si trasferisce in me, che mi scalda. "Non lo so, ma anche il mio istinto mi dice che è viva."

Mi bacia e si sfila i jeans. Ha ancora il sesso duro, tanto impressionante da farmi venire l'acquolina in bocca.

Questa volta lo guardo mentre si trasforma. C'è un luccichio nell'aria e poi lui cade a quattro zampe, sotto forma di enorme e bellissimo lupo. Oso allungare la mano per accarezzargli il pelo e lui mi lecca le dita, poi lecca la ferita sul mio ginocchio, ripulendola. Fa il solletico. Ricordo un dottore in Messico che raccomandava di far leccare da un cane una ferita che mi ero fatta alla mano, per farla guarire prima. Io e mio padre avevamo riso, canzonando la soluzione come medicina da Terzo Mondo, ma ovviamente in seguito avevo fatto una ricerca e avevo scoperto che c'era qualcosa di vero. Mi chiedo se la saliva di un lupo mannaro sia ancora meglio?

Accarezzo le sue orecchie setose. Vorrei affondare la mano nella sua pelliccia, ma lui si gira e trotterella verso la cucina. Sento il cigolio di quello che dev'essere uno sportellino per cani. E poi è sparito.

Quindi Jackson King è un lupo mannaro.

Ora capisco.

Sono sorpresa di quanto mi sento protettiva nei riguardi del suo segreto. Lavorerò ancora di più per sistemare tutto alla SeCure adesso che so che il brillante CEO dell'azienda è vulnerabile quanto me.

~.~

JACQUELINE

. . .

JACQUELINE APRE GLI OCCHI GRANULOSI, sbattendo le palpebre alla luce del mattino. Ancora nel deserto. Ancora sotto forma umana. Si mette a fatica in piedi e controlla l'angolazione del sole. Sta sorgendo sopra alla lontana catena montuosa, vale a dire i Catilina. Allora si trova tra le montagne di Tucson, dal lato occidentale. Probabilmente da qualche parte a Marana, dove i drogati di crack si preparano la metanfetamina.

Lei non è l'unica a sapere come cercare le cose online. La sua Minette pensa che lei sappia solo fare la zuppa...

Minette.

Si incammina verso est. L'andatura è impacciata all'inizio, ma dopo una dozzina di passi, la coordinazione torna ad essere quella di sempre. Il suo udito sensibile scorge il rumore di auto in lontananza. *Dieu merci.* Peccato che sia tutta ricoperta di sangue. Se ferma una macchina, sarà difficile dare delle spiegazioni, messa com'è.

Se solo riuscisse a tramutarsi.

Si mette a terra carponi e chiude gli occhi, imponendosi di trasformarsi. Il problema è che non si è tramutata abbastanza negli ultimi anni. Per restare agili, i mutanti devono cambiare forma secondo la chiamata della natura. Un mutante che mantiene per troppo tempo le sembianze animali, dimentica come diventare umano e viceversa. Vivendo con Minette, la sua nipote ibrida che non ha mai dato segni di essere una mutante, non ha avuto la possibilità di correre libera ogni volta che ne aveva voglia. Soprattutto quando si nascondevano in città. Adesso – debole, affamata e ferita – è ancora più difficile risvegliare quella magia.

Ricorda. Ricorda com'è. Pensa alla prima volta che si è

trasformata durante la pubertà, alla gioia di fare le corse con sua sorella nella campagna francese. *Ecco*.

La magia luccica attorno a lei. Si ferma per tirarsi via i vestiti insanguinati in modo da non doversene liberare a fatica dopo la trasformazione. Ora: restare nascosta da occhi umani mentre corre verso il centro. Almeno ricorda la strada.

Garrett le ha mostrato una mappa del loro territorio dal lato occidentale, una volta. Il suo branco corre nel Parco Nazionale dei Saguaro, nella parte ovest. Vicino al centro e alla sua sede. Tutto quello che deve fare è seguire il letto del fiume Santa Cruz in direzione sud.

~.~

Jackson

Entro in ufficio come un cazzuto gladiatore. Ogni dipendente che mi vede mi lancia un'occhiata e distoglie lo sguardo. Anche gli umani sanno sottomettersi quando il dominatore è a caccia di sangue.

"L'FBI è con il signor Anderson, signore," dice Vanessa, indicando l'ufficio del direttore finanziario. C'è anche Luis dentro. Questo già lo so per le quindici telefonate mentre venivo qui in macchina, ma le rivolgo un rapido gesto di assenso.

Nessuno della SeCure ha ammesso di aver lasciato

trapelare le informazioni su Kylie, che potrebbe significare che lei ha ragione: sono stati i suoi ricattatori. Anche se pure i ricattatori potrebbero trovarsi qua dentro.

Non posso cancellare la spinosa consapevolezza che in questo attacco ci sia dell'*altro*, oltre a ciò che abbiamo visto finora. Un hacker si prenderebbe la briga di rapire una vecchia signora e incastrare qualcuno per meno di un milione di numeri di conti correnti? Forse. Ma è stata una mossa rischiosa. Non so quanti soldi siano riusciti a incanalare, ma hanno avuto poco tempo. Li abbiamo fermati ieri.

Entro nell'ufficio di Anderson e prendo una sedia. I componenti del mio team esecutivo stanno sudando. Questa è una pressione molto maggiore del solito, e non è ancora finita.

Luis ha dato ai federali la cartella di Kylie e sta annuendo, d'accordo con qualcosa che gli stanno dicendo.

Guarda verso di me. "Signor King. All'FBI hanno il loro team infosec e vorrebbero mettere i loro esperti della sicurezza al lavoro sul nostro sistema."

Annuisco. "Bene. Fate vedere loro la falla e tutto quello che abbiamo fatto per rattopparla."

Uno degli agenti si alza in piedi e mi porge la mano. "Agente speciale Douglas."

Gli stringo la mano. "Jackson King."

"Signor King, mi hanno detto che lei stava facendo domande su Kylie McDaniel prima dell'attacco informatico. Ha dei motivi per sospettare di lei?"

Scelgo la via della verità. Se Douglas è abbastanza furbo, seguirà la mia logica. In caso contrario, non saremo in bancarotta più di prima. "A dire il vero, mi stavo chiedendo come fosse stata assunta in questa posizione. L'idea era che fosse una hacker, ma non c'è niente sul suo curriculum a indicarlo. Stavo cercando di capire chi l'avesse indicata per questa posizione e perché."

"Pensa che abbia un alleato all'interno?"

Scrollo le spalle. "Forse. C'è qualcosa che non quadra in questa faccenda, ed è più di una hacker ventiquattrenne che da ragazzina si faceva chiamare Catgirl."

"È associata da tempo alla cerchia dei ladri giustizieri. Potrebbe trattarsi di un attacco organizzato proveniente da quella direzione."

Osservo l'uomo che ho di fronte. Sembra acuto. "Signor Douglas, vorrei condividere con lei alcune informazioni in privato."

I membri del mio team sembrano indignati, ma mi alzo e vado alla porta, sapendo che Douglas mi seguirà. Lo porto al mio ufficio e gli metto in mano il pacchetto che Kylie mi ha portato la notte prima che tutto questo avesse inizio.

"La signorina McDaniel si è consegnata a me dopo aver ricevuto questo," gli spiego.

Douglas sfoglia le carte, assimilando rapidamente le informazioni. "Però ha installato lo stesso il codice. Da questo ufficio, da quanto ho capito."

Mi massaggio la fronte. "Sì. L'ho portata nel mio ufficio il giorno dopo e le ho chiesto di decodificare il malware da un computer scollegato dalla rete."

"E lei ha sfruttato l'occasione per caricarlo nel suo."

"Sì."

"Quindi cosa pensa sia successo?" Solleva e mi mostra il pacchetto. "È stato uno stratagemma per entrare nel suo ufficio? Per risparmiarsi la fatica di dover scavalcare le varie protezioni?"

Scuoto la testa. "No. Più tardi si è messa in contatto con me per dirmi che sua nonna era stata rapita e presa in ostaggio. La nonna non è stata liberata dopo l'installazione del virus, quindi lei ha offerto il suo aiuto."

"Come si è messa in contatto con lei?" mi chiede con tono secco.

Qui la questione si fa rischiosa. Di certo non voglio che si mettano a cercare Kylie a casa mia o attorno a me. "Mi stava aspettando nel parcheggio."

"La hacker che ha fatto crollare il suo sistema la stava aspettando nel parcheggio, e lei non ha chiamato la polizia? C'è decisamente qualcosa che non quadra in questa storia, signor King. Cosa c'è che non mi sta dicendo?"

Il bisogno di proteggere Kylie mi stringe lo stomaco in una morsa di rabbia. Non rispondo.

"Oh, capisco. C'è qualcosa tra lei e la signorina McDaniel, è così?" La nota di sdegno nella sua voce non passa inosservata. "Mi hanno raccontato che voi due siete rimasti intrappolati nell'ascensore insieme il suo primo giorno di lavoro. Pensa che sia stata una coincidenza?"

Un piccolissimo dubbio mi punzecchia. Possibile che Kylie abbia orchestrato una cosa del genere? Perché? Per avvicinarsi a me? Per sedurmi?

Ma no, il suo terrore in quell'ascensore era reale. Nessuna donna claustrofobica sceglierebbe un ascensore come scenario per le sue mosse di seduzione.

Cammino avanti e indietro nel mio ufficio, infilandomi le mani in tasca.

"Allora, l'ha incontrata nel parcheggio e le ha offerto il suo aiuto. Lei cos'ha fatto?"

"L'ho lasciata andare." Sto evitando di guardare Douglas e fisso invece la grande finestra. Mentire non è il mio forte, e non mi piace il disonore di cui sono pregne le menzogne. Però farei qualsiasi cosa per proteggere la mia compagna.

Cazzo. Non la mia compagna. Non può essere la mia compagna.

"Stronzate. Dove si trova, signor King?"

Le mie dita si stringono i due pugni. "Sta cercando di trovare sua nonna," rispondo bruscamente.

Lui mi fissa per un lungo momento. "Ok," dice alla fine. "Seguiremo questa pista."

Separo a fatica i miei denti che stanno serrati come una morsa.

"E quando lei sarà pronto a dirmi dove trovare la sua misteriosa Catgirl, io la starò aspettando." Getta sulla mi scrivania un biglietto da visita. "Lì trova il mio cellulare."

Annuisco.

Prende il pacco. "Va bene se questo lo prendo io?"

Sono sorpreso che mi chieda il permesso, ma probabilmente è solo una forma di cortesia.

"Sì. Mi faccia sapere cosa scopre sulla nonna."

Lui si ferma mentre va verso la porta. "Sto lavorando per lei, signor King?"

Mi schiarisco la gola. Essere servile non è nella mia natura, quindi per oggi sono due. Una volta per Kylie, una volta per lui. "Per favore."

Il barlume di un sorriso gli piega le labbra. "La terrò aggiornata."

Quando esce, sprofondo nella mia sedia. L'alfa in me vuole ululare e spaccare tutto.

La luna è piena. La mia azienda è sotto attacco. La mia femmina è in pericolo. Un'umana conosce il mio segreto, il che significa che per la legge del branco devo trovare una soluzione. E mentre le nuove informazioni in possesso di Kylie – ora che sa il motivo per cui non possiamo stare insieme – avrebbero dovuto interrompere la nostra relazione, il mio lupo non la smette di vederla come una dannata compagna.

~.~

GINRUMMY

IL PIANO SI STA DISPIEGANDO. Kylie ha hackerato la SeCure e ha installato il codice. Quella parte ha funzionato. Come anche la fuga di notizie alla stampa in modo da mettere l'FBI sulle sue tracce. A lui non interessa che l'FBI la trovi o meno. Gli basta averli depistati, in modo che non trovino lui.

Mr. X ha detto di essersi occupato della nonna. Lui non ha chiesto cosa intendesse dire. Era chiaro.

Il tempo di lanciare la minaccia e il ricatto successivi. Si muove sulla sua sedia, a disagio, il caldo sempre più pressante sotto al colletto. Ci sono agenti federali in tutto l'edificio e tutti stanno parlando dell'incontro privato tra King e uno degli agenti.

Cosa diavolo significa? Cosa può avere da dire King all'agente, senza poterlo condividere con il suo team esecutivo?

La cosa non gli piace.

Ha passato tutta la mattina a rispondere alle stesse domande su Kylie per quattro volte a diversi agenti. Ora dovrebbe dare loro accesso al sistema della SeCure in modo che i loro addetti all'infosec possano fare le loro indagini.

Lui non ha niente da nascondere. Kylie ha caricato il malware, lui non ha lasciato impronte o IP da nessuna parte.

Controlla il telefono. C'è un messaggio di Mr. X.

Adesso faccio la chiamata a King.

Sente il tic di un nervo nella guancia. Questa è la parte del piano di Mr. X che va oltre la cyber-sicurezza e i numeri delle carte di credito.

Stanno lavorando per far crollare l'intera azienda. Il furto di carte di credito è stato un diversivo dalla reale infezione all'interno dei dati di backup, che ha garantito al team di X la possibilità di cancellare ogni registro custodito dalla SeCure. Quindi non sarà poi molto chiedere alla SeCure un bonifico di cinquecento milioni di dollari per riavere indietro i suoi file. Se andrà a buon fine, sarà l'attacco informatico più grande della storia. Altrimenti, si accontenteranno del mezzo miliardo che hanno già rubato con la transazione delle carte di credito.

~.~

Kylie

AL CREPUSCOLO, zoppico fino alla doccia per darmi una lavata prima che Jackson ritorni. Non si è fatto sentire per tutto il giorno e ho una voglia matta di vederlo. Di toccarlo. Il mio corpo è indolenzito per il sesso e per la corsa sul pendio della montagna, ma tutto quello a cui riesco a pensare sono le mani di Jackson sul mio corpo, lui che mi prende con maniere rudi, come vuole, mordendomi e marchiandomi come sua. È come se la luna piena avesse fatto effetto anche su di me.

I graffi sul mio ginocchio sembrano vecchi di una settimana, e non di poche ore. Mi sa che alla fine la saliva di lupo *è* meglio della bava di cane.

Ho passato la giornata ad hackerare diversi siti di società di credito per ottenere i dati delle carte rubate. Secondo la mia stima sono stati prelevati più o meno cinquecento milioni di dollari nelle ventiquattr'ore prima che i proprietari venissero avvisati e le carte bloccate. Dev'essere andato tutto in automatico. Usando i conti commerciali rubati ai piccoli venditori, hanno addebitato importi a caso, inferiori a poche migliaia di dollari, su ogni carta di credito. Anche questo suggerisce che il colpevole sia un interno, qualcuno che avesse un'idea dei dati che avrebbero trovato e come sarebbero stati configurati, per poter programmare in anticipo una formula così complessa.

Senza alcuna notizia da parte di Jackson – sebbene i suoi motivi siano ben chiari – ho una sensazione di vuoto. Lui pensa di non poter stare con me. Vuole – e questo l'ho capito bene – ma crede che mi farebbe del male.

Io però non ho paura. Si è tirato indietro quando ho urlato. Si è messo accucciato a terra, anche quando stavo scappando. Ha molto più autocontrollo di quanto crede. E io non ho paura di essere marchiata. In effetti, l'idea mi emoziona. Forse è per questo che gli uomini comuni non mi sono mai interessati. Avevo bisogno di un superumano.

Voglio sapere tutto della sua vita da mutante. Com'è, come funziona. Cosa succede con la luna piena. Che è stanotte.

La porta del bagno si apre e si richiude e i battiti del mio cuore accelerano. Attraverso il vetro opaco della doccia vedo la sagoma larga di Jackson. "Jackson?"

Un momento dopo, lui fa scivolare la porta della doccia. È nudo, la sua erezione ancora più pronunciata di questa mattina. I suoi occhi azzurri brillano. Le mani sono chiuse a pugno, l'espressione del viso adombrata, furiosa. Affamata.

Prendo fiato. "Jackson?" La mia voce trema.

Entra nella doccia con me. Mi aspetto in parte di vedere delle lunghe zanne quando apre la bocca e mi irrigidisco, insicura se gli permetterò di marchiarmi o no.

"È dalla prima notte che sei venuta a casa mia che ho voglia di scoparti nella doccia." La sua voce è bassa e roca. "Pensi che non abbia visto come ti toccavi attraverso quel vetro satinato?"

Un brivido di puro desiderio mi scorre dentro, tendendo l'interno delle mie cosce, facendomi piegare le dita dei piedi.

Lui mi prende per i polsi e mi ruota, mettendomi di fronte alla parete della doccia. Mi tocca con fermezza, ma anche rispetto, mentre preme i miei palmi contro le piastrelle. "Nuova regola," mi mormora all'orecchio. "Non toccare quella bella fighetta senza il *mio* permesso. Capito?"

No, non capisco, ma sono troppo eccitata per parlare.

"Ho bisogno di sentire un *sì, signore*."

"Sì, signore." Le parole mi scivolano fuori dalla bocca prima che mi renda conto che le sto dicendo. L'eccitazione esplode nel mio corpo di fronte a tanta autorità.

"Sai perché?" La sua voce è come un brontolio sussurrato nel mio orecchio.

"N-no."

Allunga una mano e la posa sul mio monte di Venere, facendo scivolare due dita lungo la mia fessura bagnata. "Questa passerina appartiene a me. Sono io che devo farla godere. *Lavoro mio*. Intesi?"

Oh, santa libidine. Le mie gambe tremano dal desiderio. Non posso fare altro che gemere per dimostrarmi d'accordo.

"Brava ragazza." Mi ricompensa massaggiandomi il clitoride con il polpastrello del dito.

Sento piegarsi le ginocchia, ma non importa, perché lui mi avvolge un braccio attorno alla vita e mi tiene su mentre mi penetra con due dita. Spingo indietro la testa e la appoggio sulla sua spalla, chiudo gli occhi, persa nell'estasi delle sue carezze e della sua eccitazione.

"Mi hai lasciato con tutta la voglia addosso questa mattina, gattina."

Gemo di piacere mentre strofina la base del palmo contro il mio clitoride.

"Adesso mi toccherà punirti."

"Sì," dico con voce ansimante. *Puniscimi. Scopami. Tienimi come un tuo giocattolo.* Voglio che Jackson mi possieda. Che mi marchi. Non importa se farà male.

Lui leva la mano dal mio sesso e io sbuffo delusa. "Culo in fuori, bambola."

Obbedisco immediatamente, spingendo il sedere indietro, pronta alla punizione.

Lui lo schiaffeggia e io grido. L'acqua lo fa bruciare molto di più, le piastrelle fanno riecheggiare lo schiocco del suo palmo contro la mia pelle. Sculaccia l'altra natica e poi ripete la sequenza: destra e sinistra. Mi sento in paradiso, la cacofonia di sensazioni: l'acqua della doccia, il dolore delle sculacciate, il piacere del contatto con le sue mani. Tutto si fonde insieme e mi porta sempre più vicina all'orgasmo.

Jackson geme. "Santo cielo, adoro sculacciarti. Dovrei usare una cintura per lo stato in cui mi hai lasciato oggi." La sua voce è un profondo brontolio che sembra entrarmi nel corpo attraverso ogni poro.

Non sentendomi controbattere, continua: "Adesso ti scopo così forte, gattina, che poi non riuscirai a camminare. Così ti ricorderai di chi è questa fica."

Gli lancio un'occhiata furtiva da dietro la spalla, guardando le sue zanne. Il suo atteggiamento dominatore è eccitante, ma anche molto sopra le righe stasera. Non sono sicura che abbia il controllo della situazione. Quando sposto il peso, il dolore alla caviglia pulsa.

Jackson si piega in avanti e mi prende la gamba ferita da sotto la coscia, sollevando il ginocchio e portandolo verso la parete rivestita di piastrelle. Il suo corpo preme contro la mia schiena, la punta del suo membro che spinge contro la mia apertura. "Tutto bene, piccola?" Mi sfiora l'orecchio con le labbra mentre mi parla.

Se possibile, mi sento ancora più bagnata. Ha tutto sotto controllo. Mi sta proteggendo. Come ha sempre fatto, fin dall'inizio.

"Sì," rispondo ansimante.

"Abbassa le mani e guidami dentro."

Obbedisco, mi porto una mano tra le gambe aperte e guido il suo uccello verso il dolce punto del mio ingresso.

Lui entra, mi dilata, mi riempie un delizioso centimetro alla volta. La posizione è così eccitante, il suo dominio così estremo, che mi sento come la star di un film porno. Jackson emette un suono di soddisfazione alle mie spalle e poi spinge di colpo verso l'alto. "Prendimi tutto," ringhia.

Grido. È il genere di dolore giusto: profondo e delizioso. Il suo uccello mi allarga, colpisce la parte frontale del mio passaggio a ogni veemente spinta.

"Oh, Dio," gemo.

"Non ancora, piccola." Sembra che stia parlando a denti stretti. Si sorregge tenendo una mano sulla parete della doccia accanto alla mia testa e continua con i suoi colpi ritmati dentro di me.

Il bisogno mi avvinghia da dentro. "Ti prego."

"Oh cielo, piccola. Mi stai implorando? Continua a

implorare, cazzo. Me lo fai venire così duro, tutto per te, gattina."

Le lacrime mi pizzicano gli occhi. Ho un disperato bisogno di mollare. La gamba che mi sostiene trema così visibilmente che è una meraviglia che mi stia ancora sostenendo. "Jackson, ti prego, ti prego," lo imploro.

Un suono inumano gli sale dalla gola e io resto impietrita. Mi scopa così forte e fino in fondo da farmi vedere le stelle. Un altro ruggito esplode contro le pareti della doccia e Jackson spinge ancora più a fondo, sollevandomi dai piedi, infilzandomi con il suo membro duro. Mi afferra alla vita, sempre tenendo il mio ginocchio sollevato con l'altra mano.

Mi tengo stretta a lui, l'orgasmo che mi vortica dentro in una serie di tremiti e pulsazioni, fino a che finisco esausta e indolenzita dal piacere. Per tutto il tempo mi aspetto il morso, ma non arriva.

Non riesco a decidere se mi sento delusa o sollevata.

"Mi prendi il cazzo così bene, bambola." Le sue labbra sono di nuovo vicino al mio orecchio, la sua voce roca, bassa e seducente. "Apri gli occhi e guarda dove sei."

Ho ancora gli occhi chiusi? Pare di sì. Permetto alle mie palpebre di sollevarsi. Ho ancora il naso verso le piastrelle della doccia, il corpo muscoloso di Jackson premuto contro la mia schiena.

"È un posto stretto, non credi?"

Il mio cuore ha un fremito. È un posto molto stretto. E l'uscita è bloccata. E io non sono minimamente spaventata.

Mi lascio sfuggire una risata. "Sì."

Lui mi mordicchia l'orecchio. "Ce l'hai fatta." Esce delicatamente da me e mi fa ruotare piano. I suoi occhi sono ancora azzurri e i suoi denti sembrano più affilati del solito, ma è chiaramente Jackson l'uomo, non il lupo.

"Non ho paura quando sono con te." È vero. Neanche un briciolo di claustrofobia.

Lui scuote la testa. "Non dovrai più avere paura. L'hai superata."

Non sono sicura di condividere tutta questa sua fiducia in me. Questa è una situazione speciale. La prossima volta probabilmente non ci sarà un maschio divino che mi scopa di brutto facendomi dimenticare la paura. Ma sono davvero felice che se ne ricordi. Si preoccupa per me.

Gli sorrido. "Forse dovremmo fare un po' più di pratica per esserne sicuri."

Un'espressione di agonia gli vela il volto. "Non sono sicuro di farcela. Ho bisogno di uscire e andare a correre. Altrimenti finirò con il legarti al letto e scoparti per le prossime otto ore. E questo, se sei fortunata e io non perdo il controllo."

E mi morda. Mi marchi come sua.

Nuova eccitazione si sprigiona nel mio sesso. Non mi sono mai sentita tanto desiderabile in vita mia. Sì, so di avere un corpo sexy e a volte l'ho anche usato a mio vantaggio. Ma questo lato animale di Jackson, questo suo folle non-posso-starti-vicino-senza-aver-voglia-di-scoparti mi fa sentire come Elena di Troia. O la più irresistibile delle sirene.

Lui si leva il preservativo ed esce dalla doccia per andare a buttarlo. Quando esco anche io, apre un asciugamano per me. Non si limita a porgermelo, ma aspetta che io mi avvicini e me lo avvolge attorno al corpo. C'è una certa familiarità nel suo gesto, come se fossimo una coppia di lunga data, ormai abituata alle piccole dolcezze della nostra routine. Di colpo lo voglio con forza: voglio restare e avere Jackson King nella mia vita quotidiana. Come mio branco.

Ma lui ha già detto che non può succedere. Deve accoppiarsi con un'altra mutante. Non con me.

Il dolore di questa realtà quasi mi acceca. Mi giro in modo che non me lo legga in faccia. Devo salvare Memé e andarmene dalla città. Mi sento lo stomaco schiacciato dai sensi di colpa per essermi anche solo messa a pensare a un uomo mentre lei è scomparsa.

Sì, trovare Memé e andarmene dalla città è l'unico finale possibile per questa storia. Prego solo che sia ancora viva. Lei è l'unica *casa* che ho.

~.~

Jackson

NON SO COME SONO RIUSCITO A SCOPARE Kylie senza marchiarla. I denti erano scesi, le zanne imbevute di siero, ma in qualche modo ho tenuto a bada il lupo. Perché dovevo. Per proteggere la mia femmina.

Sì, ho appena fatto il dito medio al mal di luna. Dovrebbero darmi una medaglia per aver preso la femmina con la quale il mio lupo desidera così ardentemente accoppiarsi, senza morderla. Ma ora il mio corpo ha assoluto bisogno di trasformarsi. E non so cosa succederà dopo che avrò dato piena libertà alla mia bestia.

Mi avvolgo un asciugamano attorno alla vita e vado verso la porta sul retro, dove blocco il grande sportello per cani. L'ultima cosa che voglio è arrivare qua dentro di corsa sotto gli effetti della luna piena e aggredire Kylie.

"Non lasciarmi entrare se sono a quattro zampe," le dico.

Mi ha seguito fuori, anche lei con l'asciugamano avvolto attorno al corpo. Mi viene in mente che potrebbe realmente avere bisogno di abiti puliti da mettersi – sono tre giorni ormai che usa i miei vestiti o la sua gonna in jeans con la solita maglietta – e mi sento uno stronzo per non averci pensato. Problema minore confronto alla scomparsa di sua nonna. Lei sgrana gli occhi, ma annuisce con coraggio. Niente di cui sorprendersi. La mia piccola ladra hacker che rubava dipinti da milioni di dollari a dieci anni.

Da qualche parte sulla montagna Sam ulula, chiamandomi perché vada a correre con lui. "Devo andare. Chiuditi dentro e non aprire. Capito?"

Un altro cenno di assenso.

La stringo e le do un bacio impetuoso, le nostre bocche si fondono, le lingue si intrecciano con tale eccitazione da farmi scendere ancora le zanne. Mi ci vuole un immenso sforzo per staccarmi da lei, trasformarmi e correre via nella notte.

~.~

Kylie

MI SVEGLIO SENTENDO degli ululati subito fuori dal cottage. Quel suono angoscioso mi fa venire la pelle d'oca. Un lupo.

Guardo l'orologio: le quattro di mattina. Mi sono addormentata nel grande e comodo letto in quella che penso essere la camera matrimoniale, subito dopo che Jackson se n'è andato. E ora pare che sia tornato. Ma è a quattro zampe, il che significa che non posso lasciarlo entrare.

Tonfo. Sembrava un corpo lanciato contro la porta sul retro. Sta cercando di entrare. Scivolo fuori dal letto e zoppico fino alla cucina, sul retro del cottage. Non indosso nient'altro che una delle magliette di Jackson, che ho trovato nel comò. Sbircio fuori dalla finestra e vedo Jackson, nella sua forma di gigante lupo argentato, che si lancia contro lo sportello per cani sprangato.

Il lupo nero – deve essere Sam – appare dietro di lui e gli mordicchia le zampe posteriori.

Jackson si volta verso il lupo più piccolo e lo attacca. I due rotolano a terra e i loro orribili versi riempiono l'aria. Sembra più di un gioco. I denti di Jackson schioccano e Sam risponde con un gemito che sembra di dolore.

Jackson ancora una volta corre e lancia il suo enorme corpo contro la porta. Sta davvero tentando di buttarla giù come fosse il lupo dei tre porcellini. Il fatto che non pensi di trasformarsi e usare la maniglia mi fa capire che non ne è capace. Ed è per questo che mi ha detto di non lasciarlo entrare.

Mi sento percorrere da un brivido che non ha niente a che vedere con la fresca aria di montagna.

Quindi cosa sta tentando di fare Sam? Cerca di proteggermi? Di tenere Jackson alla larga? Parrebbe proprio così, perché il lupo più piccolo si avvicina ancora a Jackson, mordicchiandolo e correndo via prima che lui possa morderlo a sua volta. Vedendo che Jackson lo ignora, Sam ripete l'azione.

Questa volta Jackson si muove più velocemente e riesce a mordere un fianco di Sam. Il lupo guaisce dolorante e la mia mano scatta sulla maniglia della porta. Devo fermarli prima che Sam si faccia male. Ma non sono un lupo. Cosa ne so io di come si ferma una lotta tra lupi? Forse sono solo dei giochi da luna piena.

Ma no. Jackson continua a stare sopra a Sam anche quando quest'ultimo rotola e gli offre la pancia. Il grosso lupo argentato si lancia sulla sua gola. Io grido e allo stesso tempo Sam si trasforma in forma umana.

"Jackson." L'urgenza nel tono di voce di Sam mi spaventa.

Santo Dio, se le mandibole di Jackson si chiudono sulla gola di Sam in sembianze umane, lo ucciderà? Volo fuori dalla porta: devo aiutarlo.

Lo sguardo color ambra di Sam si posa su di me, allarmato. *"No!"*

Jackson ruota e balza sul gradino del pianerottolo disegnando un unico incredibile arco in aria. La sua spalla mi colpisce al fianco e mi sbatte contro la porta.

"Ohi."

Sam si ritrasforma in lupo e fa un salto molto simile,

agile, atterrando sopra a Jackson e facendolo cadere dai gradini. I due si azzuffano.

Trattengo un grido. La logica e il buon senso mi dicono che dovrei correre dentro e chiudere la porta, ma non posso permettere che Sam resti qua fuori e venga ferito, o peggio, per colpa mia. *Non posso.*

"Jackson!" grido, per distrarlo.

Lui solleva la testa di scatto con un ringhio furioso e si lancia ancora una volta contro di me.

Sam si muove più velocemente, saltando in aria e atterrando tra noi. Ancora una volta riprende le sue sembianze umane e porta la mano sulla maniglia. Entra.

Anche Jackson si trasforma e sbatte Sam contro il muro, premendogli con forza un avambraccio contro il collo, soffocandolo. I suoi occhi sono azzurro ghiaccio, spaventosamente inumani. "Stalle. Alla. Larga."

Sam alza le mani in segno di resa. "Sei... un pericolo," dice con voce strozzata.

Per un momento penso che Jackson ucciderà Sam, ma il colore dei suoi occhi inizia a tendere verso il verde. Lascia andare il giovane, che annaspa e si porta le mani alla gola. Un rivolo di sangue scende dalla sua gamba, dove prima è stato morso.

"Sam." Jackson pronuncia la singola sillaba con voce roca e pregna di rammarico. "Cazzo. Grazie. Scusa."

"Tutto ok?" chiede Sam, che è strano, dato che è lui quello ferito. Ma so che sta chiedendo se Jackson ha ripreso il controllo.

"Sì." Jackson mi afferra un braccio, mi ruota e mi dà un colpetto al sedere. "Entra, femmina. Ti avevo detto di non aprire la porta."

Le farfalle si alzano in volo nella mia pancia al pensiero che potrebbe esserci una punizione.

"Vuoi che resti?" chiede Sam mentre io entro come mi è stato detto.

"No, sono tornato. Grazie, fratello." C'è solennità nel modo in cui parla, come se stesse pronunciando un giuramento o qualcosa del genere. Comincio a capire i loro ruoli nel branco e questa nuova consapevolezza mi dà un brivido.

Jackson entra, il membro eretto che dondola mentre lui cammina. È uno spettacolo incredibile da vedere: selvaggio, sa di pino e terra e aria notturna. I suoi muscoli gonfi pulsano mentre mi solleva e mi porta su una spalla. Ha un'espressione cupa. Famelica.

"Jackson. *Jackson*. Stai bene?"

Mi porta in camera da letto e mi rimette in piedi. "Non lo so. Dimmelo tu. Va bene disobbedirmi?" Con un gesto rapido e impetuoso mi strappa la maglietta di dosso. Mi infila una mano tra i capelli e mi tira la testa indietro.

Mi sento incredibilmente eccitata, e un pelo spaventata, perché non è proprio Jackson. C'è una fame feroce nei suoi occhi, una violenza controllata subito sotto la superficie.

Mi fa divaricare i piedi. "Apri le gambe."

Obbedisco.

Mi da una manata in mezzo alle gambe, uno schiaffo punitivo al mio sesso. "Di più."

Allargo ancora le gambe. Lui dà un'altra manata proprio lì, sempre tenendomi ferma la testa con la mano tra i capelli.

"Rispondi alla mia domanda. Va bene disobbedirmi?"

Sarei sul punto di dirgli di rallentare un poco, di assicurarsi che sia un gioco e non una cosa reale. Ma a quanto pare non voglio farlo, perché il mio sesso fradicio sta bramando le sue mani e "N-no," è l'unico suono che mi esce dalle labbra.

Un altro schiaffo. Un altro ancora. Fa male e mi fa godere al contempo. *Slap. Slap.* Continua a schiaffeggiare le mie parti intime. Mi tremano le gambe e mi chiedo se potrei venire solo per delle sberle alla passera.

Non arrivo a scoprirlo. "Cattiva," mormora nel mio orecchio. Il suo grosso palmo mi palpa il sedere. Non sembra minimamente arrabbiato. Nella sua voce sento solo eccitazione. Seduzione. Muove un dito tra le mie natiche e preme contro l'ano.

Sussulto sorpresa, stringendo le natiche imbarazzata.

"Dovrò scoparti il culo per questo."

Mi lascia i capelli e fa il giro del letto, gettando il cuscino al centro.

Le mie povere gambe tremolanti mi sorreggono a malapena e sento un continuo sfarfallio nello stomaco. "Jackson, non penso..." Mi interrompo, fissando la sua enorme erezione. *Non. Se. Ne. Parla.* "È troppo grosso. Non penso di poterlo prendere."

Lui esce dalla stanza e sento una cupa risata. Quando torna, ha in mano una bottiglia di olio d'oliva presa in cucina. "Oh, lo puoi prendere, piccolina. Ne prenderai ogni singolo centimetro. Questa è la tua punizione. Quando disobbedisci, gattina, lo prendi nel culo."

Mi sembra un'idea orribile. Un'idea orribile, meravigliosa e terrificante. Ma non riesco a rifiutare. Il mio corpo è completamente succube, pervaso dall'ardente desiderio di essere punito.

Mi schiaffeggia il sedere. "Piegati in avanti sul cuscino. Adesso farò mio questo tuo corpicino sexy."

Dalle labbra mi esce un verso simile a un miagolio, ma mi trovo a obbedire, barcollando verso il letto e chinandomi sul cuscino. Gli presento il mio sedere come un dolce su un vassoio.

Sento un cupo ringhio di approvazione da parte sua. Mi guardo alle spalle e lo vedo cospargersi l'uccello con una generosa dose di olio d'oliva, che poi fa gocciolare anche tra le mie natiche.

M si mette sopra, spalmandosi il membro di olio con una mano e messaggiandomi con l'altra il sedere, tutt'attorno all'ano.

"Ci sono delle conseguenze quando disobbedisci al tuo alfa." Spinge la cappella dell'uccello contro il mio ano e aspetta.

Mi stringo al contatto, ma un secondo dopo i miei muscoli cedono. Non appena mi sono rilassata, Jackson spinge in avanti, penetrando il mio buco stretto.

Lancio un grido appassionato.

Lui resta fermo, mi dilata, aspetta che mi calmi. L'attenzione che dimostra mi rassicura che tutto è sotto controllo, quindi cedo, imponendo al mio pavimento pelvico di rilassarsi. Lui spinge più a fondo e la dilatazione si fa più intensa, poi si rilassa ancora.

"Ecco. Questa è la cappella. Sono dentro, bambola. Ora prendi il resto."

Gemo, ma lascio che tutti i miei muscoli si rilassino, inarco un po' la schiena e aspetto.

"Brava ragazza," borbotta lui, accarezzandomi la pelle del fianco con una mano.

Il premio mi manda dentro una scarica di calore e mi inarco di più.

"Proprio così, piccola. Prendilo come una brava ragazza, e quando avrò finito bacerò quella fica pronta per me." Comincia a muoversi dentro e fuori, dandomi un tremendo senso di urgenza ogni volta che mi riempie.

Ho il culo completamente riempito dal suo membro, ma sento il mio sesso tragicamente vuoto. Mi porto una mano in mezzo alle gambe per rimediare alla situazione. La mia carne è gocciolante, gonfia come non mai, anche per le mie dita che così bene la conoscono.

Jackson ringhia e mi afferra il polso, tirando via la mia mano. "*Mia*. Cosa ti ho detto sul toccarti la fica? Solo io posso essere padrone di questa dolcezza." Copre il mio corpo con il suo, portando una mano davanti e posandola sul mio monte di Venere. È proprio quello che mi serve. Il mio corpo inizia a fremere.

"Jackson." Il grido roco non sembra neanche la mia voce. "Jackson, ti prego."

"Proprio così, bambola. Implorami." Prende velocità, sbattendo contro il mio sedere mentre con le dita mi scopa da sotto. Mi gira la testa per il desiderio, sono drogata di lussuria. Il cottage ruota e si inclina.

"Jackson!" La stanza si riempie di grida appassionate, che devono essere le mie.

Un ringhio e un ruggito le interrompono e Jackson spinge a fondo. Afferro le sue dita spingendole nel mio sesso, sempre più a fondo mentre vengo anche io, i miei muscoli interni che si stringono, l'ano che si chiude attorno alla sua enorme verga.

Lui lo tira fuori di colpo, vacillando indietro, e io mi giro vedendo quello che già so che vedrò. Zanne.

Si leva il preservativo e lo butta. Poi viene verso di me.

~.~

Jackson

Se non prendo Kylie a sufficienza, muoio. Ho bisogno di possederla in ogni modo. Diavolo, ho quasi ammazzato Sam là fuori. Il mio lupo ha sentito l'odore di Kylie nel cottage e aveva una necessità assoluta di entrare. Quando Sam ha cercato di interferire, il lupo ha pensato che mi stesse sfidando per lei. Meno male che si è trasformato, cazzo, o il mal di luna mi avrebbe preso di certo.

Anche adesso, il fatto che abbia appena avuto un orgasmo non allevia neanche un po' il feroce bisogno che ho dentro di me. Prego che se continuo a prenderla, a darle piacere, a scoparla, il mio lupo sarà abbastanza soddisfatto da non marchiarla.

Tiro fuori i cuscini da sotto il suo perfetto culo a forma di cuore e la faccio ruotare. Le allargo le ginocchia. Mi tuffo con la bocca in mezzo alle sue gambe, leccando e succhiando come se ne andasse della mia vita.

Inizialmente lei è abbandonata, le ginocchia che

cadono verso l'esterno, ancora indolenzita dopo il suo orgasmo. Ma quando passo la lingua sul suo clitoride, infila una mano tra i miei capelli e si lascia scappare un debole gemito. Non mi fermo. Ha un sapore paradisiaco. Banchetto con i suoi succhi, la divoro. Le strofino il clitoride, succhio e mordicchio le labbra.

Lei mi tira i capelli e dei gridi rochi le escono dalla gola. È incredibile: il modo in cui mi si concede, così pronta a ricevere tutto il piacere che devo riversarle addosso. Il suo corpo inesperto è infinitamente reattivo. La penetro con due dita, trovo il suo punto G sulla parete interna e lo lavoro fino a che i tessuti si induriscono e raggrinzano.

"Jackson. *Jackson*. Ti prego. Non ce la faccio più." Stringe le ginocchia attorno alla mia testa.

La penetro sia con la lingua che con le dita, poi torno a succhiarle il clitoride, spingendo le tre dita dentro e fuori fino a farla venire per la terza volta questa sera, il suo canale che si stringe e poi si rilassa mentre lei si lascia andare a un lungo gemito appassionato.

Vorrei che potesse bastare. So di aver già sfinito la mia piccola umana. Bellissima e preziosa femmina.

Mi metto seduto sul letto e la tiro a me, facendola mettere a cavalcioni del mio grembo. Il suo odore mi riporta ancora in modalità animale. Sculaccio il suo bel culo, forte e veloce. "Cristo, gattina. L'odore della tua eccitazione mi fa impazzire. Ti sento sempre quando sei eccitata. L'ho sentito quel primo giorno in ascensore, dopo che ti ho toccato."

Lei geme e capisco che le sto facendo male, ma la cosa non sembra fermarmi. È così dannatamente bello sculacciare quel suo bel culo, e i piccoli versi che fa alimentano la mia frenesia ancora di più. Il mio lupo inizia a ululare.

La sculaccio fino a farle il sedere rosso.

"Scusa!" grida lei, e io passo una mano sotto alle sue natiche, giocherello ancora un po' con il suo clitoride. Continuo a sculacciarla, eccitato dal modo in cui il suo culo si appiattisce e poi si rigonfia sotto ai miei colpi.

"Non ho bisogno delle tue scuse. Ho solo bisogno della tua sottomissione. È l'unico modo per tenere a bada il mio lupo ed evitare che ti marchi."

Lei si struscia contro la mia mano, irrorata dai succhi che gocciolano dal suo sesso.

"Ti piace, bambola?"

"*No... sì... ohhh,*" dice ansimando. "Troppo. È troppo, Jackson. Non ce la faccio più."

La sposto dal mio grembo, ma non mi posso fermare. "Dentro di te," ringhio. La sollevo carponi sul letto e spingo giù la parte superiore del suo corpo, premendole il viso contro le coperte. In qualche modo, miracolosamente, ricordo di infilarmi un altro preservativo. Lo metto e spingo subito dentro alla sua eccitazione bagnata. Le mie zanne si fanno più lunghe, un ringhio mi sale dalla gola.

Non marchiare. Scopa e basta.

Accoppiati, ringhia il lupo.

Scopa. E basta.

Ho le palle che sbattono contro di lei, il cazzo che scivola dentro e fuori dal suo stretto canale. In questa posizione mi prende tutto, mi prende fino in fondo. Mi tremano le cosce, le palle si fanno più sode.

Lei geme e piagnucola, le sue grida parlano di pietà e

passione allo stesso tempo. Ha la fica ancora bagnata e vogliosa. Generosa in questa dura scopata.

Scopa e basta scopa e basta scopa e basta. Non. Mordere.

Vengo ancora, con un ringhio. Le grida di Kylie si uniscono al mio verso e anche lei raggiunge l'orgasmo, strizzandomi l'uccello con la morsa dei suoi muscoli, succhiandomi fuori altro sborro ancora. Fremo, brividi di freddo e di caldo che mi pervadono il corpo come una febbre.

A Kylie sfugge un singhiozzo mentre scivolo fuori da lei. Butto il preservativo e mi arriva una zaffata di sale. *No.* Una lacrima le scivola dal naso.

L'odore subito mette a cuccia il mio lupo, che piagnucola e si ritira. Lo stordimento indotto dal desiderio si dissolve. *Oh cielo, la mia femmina. L'ho ferita?*

"Piccola, piccola, piccola," dico con tono preoccupato e premuroso. La raccolgo tra le braccia e la stringo al petto. Mi siedo sul letto. "Sei ferita?"

"Ferita no… solo devastata." Infila la testa sotto al mio mento, il suo corpo floscio abbandonato contro il mio.

"Dimmi che stai bene," la imploro.

Lei mi bacia il collo. "Sì. Sto bene. Ti amo."

Resto immobile e lei si irrigidisce, rendendosi probabilmente conto di cosa le è uscito dalle labbra. "Cioè…"

"Shh. Non osare rimangiarti quello che hai detto," la avviso. Le prendo il viso con la mano e le giro la testa per guardare i suoi caldi occhi castani.

"Ti amo." Non dico *Ti amo anche io*, perché non voglio che suoni meno serio di quello che ha detto lei. Lo pronuncio come fosse un piccolo giuramento. Non so come cazzo farò a far funzionare le cose con un'umana, soprattutto se ogni luna piena sarà così, ma devo assolutamente provarci, questo è certo. Non rinuncerò a lei per niente al mondo.

E questo significa che devo eliminare tutte le minacce alla mia femmina.

"Kylie, devo sapere cos'è successo al Louvre."

Lei sbatte le palpebre sorpresa e cerca di allontanarsi. Vedo la sua ritirata emotiva dispiegarsi letteralmente davanti ai suoi occhi.

"Non scappare," le ordino. "Guardami. Devo sapere."

"Perché?"

"Ti nascondi da allora. E ora ti hanno sgamata. Sei in pericolo?"

Lei scuote la testa. "Non per i prossimi sette o forse addirittura dieci anni."

"Raccontami."

"È stato il collega di mio padre nel furto. Un doppio-gioco. Mio padre aveva in mente di restituire il dipinto al suo legittimo proprietario: parenti della famiglia ebrea a cui era stato rubato durante la guerra. Non appena si sono impossessati del dipinto, lui ha pugnalato mio padre e ha preso la tela. Non sapeva che c'ero anch'io. Non ha mai saputo che ci fosse un testimone. Sono rimasta nascosta come precauzione. Ho pensato che se avesse saputo dove trovarmi, mi avrebbe voluta morta. Ma, cosa strana, è stato vittima di un bel numero di cyber-attacchi nel corso degli ultimi anni, incluso uno che gli ha rubato prove sufficienti per mandargli alle calcagna l'FBI." La mia piccola guerriera coraggiosa mi sorride. "Quindi per ora sono al sicuro. Fino a che non uscirà di galera e verrà a cercarmi."

Ringhio. *Non basta.* Giuro di eliminare del tutto la minaccia. Ma almeno so che per ora da quella direzione è al sicuro.

Kylie alza il mento. "E tu? C'è qualcuno che ti vuole morto?"

Mi massaggio la fronte. "Forse. Se tornassi a casa, probabilmente verrei sfidato."

"Perché?"

Improvvisamente mi fa male la testa. Appoggio la mia fronte alla sua. "Non vuoi saperlo, piccola."

"Io ti ho detto la mia, tu mi dici la tua." La sua voce è decisa, la sfida chiara negli occhi. La mia femmina è decisamente alfa.

"Ho ucciso il mio patrigno." L'unica persona a cui l'abbia mai detto prima è Sam, anche se può darsi che Garrett lo sappia, se mai ha fatto delle ricerche sul mio passato.

A suo credito, Kylie non si scompone, non mostra alcuno stupore. Mi tocca il volto. "Cos'è successo?"

"Era il capobranco. Alfa. Uno stronzo di prima categoria. Picchiava regolarmente mia madre. Non nel modo in cui i lupi fanno di solito per stabilire il loro dominio. La prendeva a pugni."

Kylie impallidisce ma resta zitta.

"Una volta l'ha fatta finire in ospedale. I mutanti guariscono in fretta, quindi ti dà la misura di come l'avesse conciata." I ricordi mi tornano alla mente. La vista di mia madre pesta e insanguinata sul quel letto d'ospedale. *Non tornerò, Jackson,* gli aveva detto. *Non tornare neanche tu.*

"Non è guarita. Posso solo immaginare che non volesse farlo. O che lui l'avesse pestata così di brutto in

testa da far sparire anche la sua capacità di trasformarsi."
Avevo solo quattordici anni. Un'età sufficiente da avere la
voglia di combattere contro mio padre, ma troppo piccolo
ancora per fermarlo. "È morta tre giorni dopo. L'ho guar-
data scivolare via così. E…" La gola mi si secca. Non le
voglio raccontare questa parte.

Lei mi accarezza un braccio, ascoltando. Aspettando.

"L'ho ucciso."

"Come?"

"Non chiedermi questo, piccola. Non voglio che pensi
che sia…"

"Me lo puoi raccontare," mormora lei. "Non cambierà i
miei sentimenti per te."

Come no.

"Sono corso a casa dall'ospedale. Probabilmente avevo
le zanne allungate come stanotte. Avevo iniziato da poco a
trasformarmi e avevo poco controllo dell'animale dentro di
me. Mi ha sentito ringhiare ed è uscito di casa. È rimasto
fermo lì come un figlio di puttana, con le mani sui fianchi.
Cosa c'è? mi ha detto con un ghigno. *La mammina ti ha
mandato a cercarmi, ragazzino? Sta ancora facendo finta
di non guarire?*

"Uccidere un mutante è difficile. In genere ci si riesce
con un proiettile alla testa. O tagliandogliela. C'era un'accetta piantata in un ceppo di legno. L'ho presa e ho cominciato ad avanzare verso di lui. Ho detto qualcosa tipo *È
morta, schifoso pezzo di merda* e poi ho fatto roteare
l'ascia. Ho immaginato che mi avrebbe fermato. Magari
addirittura ammazzato. Avevo già cercato di lottare contro
di lui ed ero sempre finito malconcio e sanguinante.

"E invece è rimasto fermo mentre avanzavo verso di

lui. Probabilmente lo shock nel sapere che l'aveva uccisa. Dopo il colpo si è trasformato, ma era troppo tardi. È morto pochi secondi dopo."

Kylie ha il respiro leggermente appesantito, ma mantiene il volto impassibile. "Wow. ... Intenso. Mi spiace, Jackson. Mi spiace che tu abbia dovuto vivere una cosa così." Sbatte le palpebre e mi guarda con i suoi grandi occhi pieni di comprensione.

Non orrore.

Il sollievo mi pervade. Allevia la pesantezza che porto nel petto da quel giorno in cui mia madre è morta. Aver condiviso il mio terribile segreto con Kylie mi ha sollevato parte del fardello dalle spalle.

"E poi cos'è successo, allora? Te ne sei andato? Hai un'identità sepolta come la mia? Sei ricercato per omicidio da qualche parte?"

"Sì, me ne sono andato. Non ho perso la mia identità. Nessuno è mai venuto a cercarmi. Non è stata fatta nessuna denuncia alla polizia, ma io vengo da un posto remoto del Nord Carolina, dove l'intera città era abitata da mutanti, sceriffo incluso. Gli affari dei mutanti in genere vengono mantenuti tra i mutanti."

"E non sei mai tornato?"

Scuoto la testa. "Mai. Ho lasciato lì un fratellastro molto più giovane di me. Mi odio per questo. Ma l'intero villaggio era costituito dalla famiglia allargata del mio patrigno. Di sicuro si saranno presi cura di lui. Di questo almeno avevo la certezza."

"E hai preso Sam con te per compensare."

Inarco le sopracciglia in risposta alla sua ipotesi. "Già, immagino che sia così."

Spinge la testa sotto il mio mento e mormora sommessamente. Non posso credere che sto facendo le coccole. Con un'umana. E niente mi è mai sembrato più giusto in vita mia.

Le accarezzo i capelli. "Non permetterò che ti succeda nulla, gattina." Anche se significherà proteggerla anche da me stesso.

CAPITOLO NOVE

 *ylie*

JACKSON MI SVEGLIA la mattina dopo infilandomi una maglietta dalla testa e prendendomi tra le braccia. "Vieni, dolcezza. Ti riporto a casa mia." Mi porta fuori dal cottage e saliamo nella sua auto. "Non c'è abbastanza cibo buono per te quassù. E poi voglio Sam nei paraggi in modo che possa proteggerti se dovesse succedere qualcosa."

Gli rispondo con un verso di soddisfazione che mi sale dalla gola. Adoro essere portata in braccio come se non pesassi niente ed essere posata così delicatamente sul sedile dell'auto. Jackson mi allaccia addirittura la cintura. Quand'è che il grosso lupo cattivo è diventato così dannatamente dolce?

Si mette al posto di guida e scende dalla montagna, lanciandomi di tanto in tanto delle occhiate preoccupate. "Come ti senti questa mattina?"

Mi stiracchio, ancora indolenzita dopo il sonno. "Bene. Tu?"

Lui posa una mano sulla mia coscia e sale fino al mio sesso nudo, sfiorando delicatamente la mia pelle sensibile con le dita. "E questa dolce passerina? Troppo indolenzita?"

Arrossisco un poco sentendo che la mia passera è l'argomento della conversazione prima delle otto di mattina. "Un po' indolenzita, sì," ammetto. "Ma non mi lamento. Quello di ieri sera è stato il sesso più eccitante della mia vita."

Jackson si schiarisce la gola e sul suo volto l'orgoglio si mescola all'incredulità. "Due giorni fa eri vergine."

"E allora? È stato comunque eccitante."

"È stato fottutamente *atomico*. Piccola, voglio che tu sappia che non ho mai fatto sesso in questo modo con nessuna femmina prima, umana o lupa."

Sorrido sentendo il tono serio che ha adottato.

Spinge verso l'alto il bordo della mia maglietta – sua in realtà, ma comunque quella che sto indossando – e scopre così il mio sesso nudo. "Allarga quelle belle cosce, bambola. Ho bisogno di vedere il tuo cuore rosa."

Il respiro si fa più affannoso, ma apro le gambe. Lui mette una mano sul mio monte di Venere. "Ti ricordi di chi è questa?"

Arrossisco.

"È mia. E se sono stato troppo duro con lei, hai il diritto di tenermi un po' il broncio, gattina. Lascia che la baci meglio quando torno a casa stasera."

Il pensiero mi fa indurire i capezzoli e contrarre in mezzo alle gambe. Nella mia mente aleggia l'immagine di noi come una specie di coppia sposata degli anni Cinquanta. Sono la sua sensuale moglie-gattina che aspetta che lui torni a casa da una dura giornata al lavoro. Gli offro da bere e gli allento la cravatta prima di fare il broncio e dirgli di leccarmi la fica come premio per avermi sbattuto troppo forte la notte precedente.

Ok, mi sto decisamente eccitando troppo. E c'è del lavoro da fare. Lavoro serio.

Jackson entra nel suo garage e insiste per portarmi dentro in braccio. "Hai la caviglia dolorante e sei senza mutande."

Rido. "Quindi questi sono i due requisiti per farsi portare in braccio?"

"Giusto. Adesso tieni a freno il sarcasmo o dovrò occuparmi di quel tuo bel culetto prima di andare in ufficio. È dolorante anche quello?"

Mi porto la mano sulle natiche nude e le accarezzo. "No." Non so decidere se esserne felice o delusa. Mi fa accomodare sul divano. "Senti, non ti ho detto una cosa che è successa ieri. Ho ricevuto una chiamata dal ricattatore, con la voce robotizzata. Si è identificato come Catgirl. Ha detto di avere installato il codice di corruzione per cancellare tutti i dati di backup della SeCure. Mi ha ordinato di fare un bonifico di cinquecento milioni di dollari entro oggi a mezzanotte, se li rivoglio indietro."

Mi metto a sedere con la schiena dritta. "Dimmi che hai le informazioni di backup salvate da qualche altra parte." Ma certo che le ha. Lui è Jackson King, il genio della cyber-sicurezza.

"Sì. Triplo salvataggio. Neanche il mio team dell'infosec sa come." Ammicca con le sopracciglia, e capisco che è convinto che la minaccia sia venuta dall'interno.

"Allora, cosa gli hai detto?"

"Gli ho detto di andare a farsi fottere."

Rido. "Credo di aver usato le stesse identiche parole."

Sorride con gli occhi e mi dà un bacio in cima alla testa. "Ho sistemato tutto. Volevo solo che lo sapessi. Non contattarmi. Stai alla larga dal tuo telefono, altrimenti ti rintracceranno qui."

Ruoto gli occhi. "Sì, sì, sì. La predica falla al coro, bello mio. Io potrei scrivere un manuale su come nascondersi o scomparire."

Lui annuisce con riluttanza. "Ok. Assicurati di mangiare e riposarti di più."

È troppo bello per essere vero. Mi piace troppo. La vocina pratica che mi risuona da un angolo della testa mi dice di non abituarmici troppo. Di non fidarmi. Ha già chiarito che non può stare insieme a un'umana. E io non posso certo starmene nascosta a vita nella villa di uno dei 500 uomini elencati su Forbes.

Devo cercare di riflettere con chiarezza, sistemare questa situazione e poi sparire. Non ha importanza quanto sia stato bello il sesso con lui. Quanto vorrei che Jackson King mi facesse sua e mi marchiasse e mi tenesse con sé. Non può succedere.

Non succederà.

Prendo delle fette tostate e un po' di caffè e mi metto al lavoro. Inizio aprendo l'antica piattaforma di messaggistica parigina preferita da Memé. Io e Memé avevamo concordato di comunicare qui se mai fosse successo di finire separate o se fosse capitata la necessità di doverci contattare a vicenda. Abbiamo stretto questo accordo anni fa, e me ne sono dimenticata fino a ieri notte. Spero che la sua memoria sia migliore della mia. Ricerco la sua identità fasulla e clicco per inviarle un messaggio. Anche se la comunicazione è privata, mantengo criptiche le mie parole.

Ti sto cercando. Possiamo vederci?

Spero che si ricordi.

Da qui apro la piattaforma DefCon. Il luogo d'incontro degli hacker. Il luogo dove anni fa mi sono lasciata scappare che ero riuscita ad hackerare la SeCure. Qui qualcuno deve avermi incastrato. E ora che me ne rendo conto, il malware ha risvegliato qualcosa nella mia memoria. Se riesco a trovare la conversazione che mi pare di ricordare, potrei avere in pugno il mio hacker.

~.~

GINRUMMY

C'è qualcosa che non va. Si dovrebbe sentir parlare di più della minaccia dei ricattatori. Dovrebbero essere tutti frenetici e ansiosi alla ricerca di un modo per decodificare il virus. Lui sa che la SeCure non ha altri backup di sicurezza. È lui che si occupa di questa merda.

E anche i pagliacci dell'FBI dovrebbero essere concentrati su questo.

Questo significa che Jackson King non ha detto a nessuno della chiamata. Perché no, cazzo?

Spinto forse da nostalgia, apre la piattaforma DefCon. Sarebbe interessante vedere se qui stanno parlando dell'attacco informatico alla SeCure. Probabilmente qualche idiota si sta vantando di essere stato lui.

Trova un messaggio diretto nella casella DefCon. Da parte di Catgirl.

Sente il battito cardiaco accelerare mentre lo apre.

GINRUMMY,

Ho bisogno di parlare con te. Di persona. Vediamoci al parcheggio dell'aeroporto di Tucson all'una. La struttura coperta della fila 7.

~Catgirl

IL SUO CUORE batte al triplo della velocità. Sa, senza la minima ombra di dubbio, che questo incontro sarebbe un errore enorme. Dovrebbe dire all'FBI che in qualche modo sa che potrebbero trovarla lì. E se lei presentasse agli agenti materiale sufficiente per infangarlo? Meglio dirlo a Mr. X.

Ma questo pensiero non lo convince. Adesso non ha alcun dubbio che ucciderebbero Kylie come hanno fatto con sua nonna. E anche se dovrebbe essere contento di lavorare con un'organizzazione capace di sistemare le cose e chiudere i conti, non ha abbastanza stomaco per fare anche questo passo.

Catgirl significa qualcosa per lui. Anche se la cosa non è reciproca. Anche se il significato che lei ha per lui è per lo più nella sua testa. Non vuole rinunciare a questa fantasia.

Cosa vuole dirgli? Perché vuole incontrarlo? Il fascino di ogni sua mossa, ogni pensiero lo aggancia come l'amo di una lenza, lo attrae. Come funziona quella mente brillante? Sta programmando un contro-ricatto?

Gli ha chiesto un incontro all'aeroporto di Tucson. Significa che sta per lasciare la città? Se così fosse, la lascerà andare. Le permetterà di scomparire e nascondersi di nuovo, portandosi via i sospetti per il crimine che lui ha commesso. Magari vuole solo fargli sapere che lei sa.

O magari vuole ucciderlo.

No. Non pensa che Catgirl sia un'assassina. Ha dei principi. Standard morali molto elevati. Ricorda le lunghe discussioni che hanno avuto in passato su ciò che è giusto e ciò che è sbagliato. Più tardi si è reso conto che doveva trattarsi di un retaggio derivatole dall'attività dei furti a scopo di giustizia perpetrati dai suoi genitori.

Allora cosa vuole da lui?

Dannazione. La tentazione di incontrarla sovrasta la sua razionalità. La necessità di sapere, di vedere un'ultima volta la bellissima hacker si infiltra nel suo essere, lo risucchia nel buco nero delle cattive decisioni.

Ha una pistola. La porterà all'incontro, in caso lei tenti qualche mossa. E non avviserà nessuno, né l'FBI né Mr. X, per il momento.

Meglio prima capire quale sia il suo gioco. Poi deciderà come reagire.

~.~

Jackson

AL LAVORO È ancora un incubo di relazioni pubbliche. Sto in teleconferenza con il consiglio per la maggior parte del tempo, e molti di loro richiedono le mie dimissioni. Il prezzo delle nostre azioni è sceso e ci sono minacce di persecuzione legale.

Tutto quello che posso pensare è *andate tutti a farvi fottere*.

Non me ne frega davvero un cazzo del prezzo delle azioni della SeCure, né della possibilità che il consiglio mi licenzi. La mia mente è concentrata su un'unica cosa. Scoprire chi abbia incastrato Kylie.

A parte me, cerco di ricordare chi della SeCure sapesse che Catgirl aveva hackerato la SeCure otto anni fa. *Luis.* Alcuni membri del team dell'infosec al tempo. Chi erano? Stu?

No, lui al tempo non lavorava qui. Ma perché mi è saltato in mente?

Ricordo il colloquio di Kylie. Quanto lui fosse ansioso di farla assumere. In quel momento avevo pensato che avesse a che vedere con la sua bellezza, le tette da Batgirl.

E se fosse stato Stu a orchestrare l'assunzione? Lui può essere stato capace di scrivere il codice che ha infettato il sistema: è un programmatore dannatamente bravo e probabilmente un altro hacker trasformato in professionista della sicurezza informatica.

Sento un brivido che mi sale fino alla nuca e mi alzo in piedi. Devo scambiare un paio di parole con lui.

Come se i miei pensieri l'avessero convocato, scorgo la sua figura allampanata dalla finestra, mentre si dirige verso la sua auto. Il fremito di poco fa non mi ha abbandonato, quindi vado alla porta e prendo le scale scendendo al parcheggio a velocità da mutante. La sua auto va verso i cancelli. Corro alla mia Range Rover e salgo. Tutto quello che posso fare è non far stridere i copertoni mentre mi lancio all'inseguimento, ma il buon senso vince e mantengo una distanza di sicurezza. Guida a lungo. Non è un rapido appuntamento per pranzo. È un viaggio di tre quarti d'ora in auto verso la parte meridionale della città.

Anche se non ho nessun motivo apparente, il mio istinto mi dice di continuare a seguirlo.

Parcheggia al Park 'n Save all'aeroporto di Tucson, vicino a una struttura coperta. Abbassa il finestrino come se si stesse preparando a uno scambio di droga. Il mio istinto scatta in stato di alta allerta. Tutto questo non è normale. Qualsiasi cosa stia facendo è fortemente sospetta.

Resto indietro di qualche auto, parcheggio a una certa distanza da lui e resto in macchina. Anche lui resta dentro. Un ringhio mi sale alla gola mentre il mio lupo si prepara al pericolo.

Resto impietrito, però, quando una motocicletta familiare mi sfreccia davanti e si ferma accanto alla sua auto.

La moretta con le gambe lunghe sta divinamente a cavalcioni della moto di Sam. *Cosa cazzo ci fa Kylie qui?*

Il dolore mi penetra nel petto come un chiodo battuto
sul coperchio di una bara. Lo trafigge e mi lascia senza
fiato, annaspante.

Tradito.

Ha sempre lavorato con Stu? Un forte ruggito mi
risuona nelle orecchie, mi assorda. Il mio corpo rimane
indolente, pietrificato mentre tutti i pezzi vanno al loro
posto. Lei e Stu stanno lavorando insieme a questa cosa.
Sono stato così stupido da credere a tutte le sue bugie. Una
rinomata ladra, una rinomata hacker. L'ho *vista* installare il
malware nel mio sistema, e non mi sono reso conto che si
stava prendendo gioco di me? Mi ha preso per le palle.

Cosa diavolo c'è che non va in me? Stavo ragionando
con il cazzo e non con il cervello, ecco cosa. Ho lasciato
che un paio di gambe sexy e due tette da Batgirl mi pren-
dessero per il naso. Che idiota del cazzo.

Guardo come uno zombie mentre lei si leva il casco e
smonta dalla moto. Vi si appoggia, incrociando le braccia
sugli stessi seni che ho così adorato appena ieri notte.

Non riesco a distinguere cosa si stiano dicendo. Anche
se il mio udito da lupo potesse sentire le loro voci attraverso il finestrino, il tornado che ho nella testa mi impedisce di concentrarmi

Mi sento debole, come se mi avesse legato con catene
d'argento, la criptonite dei lupi mannari. La forza mi esce
da sotto i piedi, trasuda fuori dall'auto come fosse sangue.

Il tradimento mi impasta la bocca, riveste la mia vista
di un filtro rosso. Il buio ricade su tutti: il roseo futuro
insieme a Kylie che stavo tentando con tanto impegno di

realizzare. Oscura il tempo che abbiamo passato insieme, infanga la mia fiducia nel mio stesso istinto.

Come se fossi tornato adolescente, ricoperto del sangue del mio patrigno, mi intorpidisco. Mi spengo.

~.~

Kylie

"Intendi spararmi con quella cosa?" chiedo, guardando Stu attraverso il finestrino aperto della sua macchina.

Ha in tasca una pistola che tiene puntata contro di me. È pallido e il sudore gli imperla la fronte. "Cosa vuoi, Catgirl?"

"Mia nonna. Dov'è?"

Qualcosa che assomiglia a compassione gli balugina sul volto. "Giusto. Hanno preso tua nonna. Mi spiace, non lo so." Si massaggia la fronte con la mano che non tiene la pistola. "Non avevo idea che avrebbe fatto una cosa del genere."

Lo stomaco mi si contorce dalla nausea. "Di chi stai parlando?"

Lui scrolla le spalle come se stessimo bevendo un caffè e parlando di codici o di quello che pensiamo del capo. "Il tipo si fa chiamare Mr. X. È tutto quello che so."

Le mani mi si fanno appiccicose e mi sento ondeggiare

sui piedi. "Hai appena fatto crollare la migliore società di carte di credito del Paese lavorando per un tipo che si chiama Mr. X? Lo hai incontrato?"

Un lampo di dubbio vela per un momento il volto di Stu, poi lui lo nasconde. "È da più di un anno che siamo in contatto. Ha versato una buona caparra fiduciaria sul mio conto estero."

"Conto estero, eh?"

"A prova di hacker, Catgirl."

Questo lo vedremo. Lo inchiodo con il mio sguardo più sprezzante. "Devi essere piuttosto fiero di te stesso per esserti arricchito incastrandomi."

Di nuovo un lampo di rammarico sembra passargli sul viso. "Vattene dalla città, Catgirl. Puoi ancora scappare. Non ti troveranno mai. Sei imbattibile in questo. È uno dei motivi per cui ti ho scelta. Non starai peggio di prima. Nasconderti e farti delle nuove identità è quello che sai fare meglio."

Devo essere pazza, perché effettivamente comprendo la sua logica. "Devo sapere dove si trovi mia nonna."

"Mi spiace, non lo so proprio, ma… non starei qui ad aspettare." Di nuovo, sembra quasi dispiaciuto per me. "Vattene dalla città, finché puoi."

Lancia un'occhiata alla sua pistola. È stato folle da parte mia venire qui disarmata, ma dovevo solo vederlo in faccia e sentire dalla sua bocca quello che aveva fatto. Mi sta dicendo che mia nonna è morta. Le mie mani iniziano a tremare, non sono sicura che sia per rabbia o per lo shock. Ad ogni modo ora non c'è niente che io possa fare. Soprattutto visto che Stu ha una pistola e io no. E poi la violenza fisica non è mai stata nelle mie corde. Io sono da sempre quella dei cyber-attacchi. Se pensa che i suoi soldi se ne staranno tranquilli nel suo conto estero, sta fottutamente delirando.

Annuisco. "Ok."

La sua espressione pare sollevata. "Ok? Lascerai la città?"

Scrollo le spalle. "Che scelta ho?"

"Bene." Alza il finestrino e lo guardo inserire la marcia e partire. Vorrei lanciargli il casco di Sam addosso al cristallo posteriore, inseguirlo e trascinarlo fuori dalla sua auto, schiacciargli un piede contro la gola fino a che non mi dirà dove trovare Memé, ma sono inerme. Proprio quando ho visto mio padre assassinato e non potevo fare nulla per salvarlo. Non ho fatto nulla per salvarlo.

Mi sono sempre chiesta se le cose sarebbero andate in modo diverso se quella notte avessi seguito il suo collega invece di nascondermi come una bambina terrorizzata. Aveva già pugnalato mio padre, ma magari avrei trovato un modo per ammazzarlo. Sarebbe stata la cosa più onorevole da fare? Invece di nascondermi e seguirlo poi di soppiatto? In modo vergognoso?

Ora sto facendo la stessa cosa. Sto permettendo a Stu di andarsene, praticamente dopo aver ammesso che Memé è stata uccisa.

Il rumore di una portiera che sbatte mi fa sussultare. Mi volto a guardare e mi si chiude la gola quando vedo la figura che sta venendo a grandi passi verso di me, l'espressione buia e furiosa.

Jackson.

La sua grande mano scatta in avanti e mi prende per la gola.

"Jackson," dico con voce strozzata, ora pervasa da vera paura. I suoi occhi sono azzurri come il ghiaccio, inumani.

Come se avesse colto il mio terrore, qualcosa cambia di colpo nella sua espressione. La furia scivola via, sostituita da qualcosa di molto più crudo e spezzato.

"Bene." Porta il suo volto esattamente davanti al mio. "Quindi hai sempre lavorato con Stu. Mi hai preso per un deficiente, vero?"

"No," sussulto. "Hai capito male. Sono venuta…"

"Taci." Mi dà un leggero scossone. Con il mio peso tirato su per il collo, mi solleva in punta di piedi. "Mi basterebbe stringere un attimo per schiacciarti la gola." C'è una netta minaccia nella sua voce, un tono che non ho mai sentito prima. Mi terrorizza. "Oppure potrei spezzarti il collo." Ricordo che questo è l'uomo che ha perso il controllo del suo lupo e ha ammazzato il suo patrigno con un'accetta. Che corre selvaggio e va a caccia sulla montagna. Non è estraneo alla violenza. "Quale preferiresti?"

"No." È difficile parlare con quelle dita che in parte impediscono all'aria di entrarmi nei polmoni, il panico schiacciante che mi pervade, dato che questo senso di soffocamento assomiglia molto alla claustrofobia.

Le lacrime mi salgono agli angoli degli occhi.

Le sue narici si dilatano e di colpo lascia la presa, uno sguardo inorridito in volto. Si passa le dita tra i capelli. "Vattene da qui. Levati da davanti ai miei occhi prima che ti faccia del male. Non sei al sicuro con me."

"Non sto lavorando con Stu," dico con voce roca, la gola dolorante per la stretta delle sue dita.

Lui si lancia di nuovo contro di me e mi copre la bocca

con la mano. "Basta bugie da questa bella boccuccia. Basta bugie. *Vattene.*"

Mi prende il casco dalle mani e me lo infila sulla testa. Lo allaccia addirittura. Tira il cinturino in avanti e mi stampa un bacio sulle labbra.

Gemo contro la sua bocca, la speranza ardente che lui resti con me, che mi ascolti. E invece emette un verso roco staccandosi da me e neanche mi guarda in faccia.

Un bacio d'addio.

Merda.

Ecco cos'era. Mi dilania.

Se ne va a grandi passi senza aggiungere una parola di più.

Apro la bocca per chiamarlo, per spiegare, ma le lacrime mi strozzano la voce, subito seguite dalla rabbia necessaria per proteggermi dalla ferita che ho appena subito.

Un cuore spezzato.

Avrebbe dovuto lasciarmi spiegare. Perché concedermi per tutto il tempo il beneficio del dubbio e poi scegliere di credere – *ora* – che io sia contro di lui? Ora, quando sono perdutamente innamorata di lui? Ora, quando allontanarmi da lui mi è ugualmente doloroso quanto separarmi da Memé?

Con le lacrime che mi rigano le guance, salgo a cavalcioni della moto di Sam e parto. Non ho nessun posto dove andare, nessuna pista da seguire. Stu aveva ragione. Dovrei andarmene dalla città finché ancora posso.

Perché allora preferirei piuttosto tagliarmi un braccio?

~.~

Jackson

Mentre guido tornando verso l'ufficio, mi ci vuole un bel po' per rendermi conto che il mio telefono sta suonando. Guardo lo schermo.

Garrett.

Dato che il tipo non mi chiama spesso e che si tratta di affari dal lupo, rispondo. "Pronto, sono King."

"Sono Garrett. Senti, sai niente di una femmina che si chiama Kylie?"

La mia vista appannata e il ringhio che mi risuona nelle orecchie svaniscono e la mia attenzione si fa affilata e precisa come la lama di un rasoio.

"Cosa c'entra?" chiedo bruscamente.

"La *conosci*?"

Aspetto, le dita che si stringono attorno al volante, pronte a strapparlo via.

"Una mutante gatta anziana si è presentata qui questa mattina con diverse ferite di arma da fuoco, inclusa una alla testa che avrebbe dovuto ammazzarla. Per un giorno non è riuscita a trasformarsi, ma alla fine si è trascinata da me, disorientata e gravemente disidratata."

"Mutante gatta?" ripeto, il mio cervello che schizza in venti direzioni diverse.

"Sì. Jacqueline Dumont. La conosci?"

"Cos'ha a che vedere con Kylie?" chiedo a denti stretti,

l'impazienza che mi dilania, anche se già conosco la risposta.

"Dice di essere sua nonna. Pensa che Kylie lavori per te e che sia nei guai. È la donna che è su tutti i giornali per l'attacco informatico alla tua azienda?"

"Cazzo. Sì. Dov'è adesso... la vecchia?"

"Da me."

"Arrivo subito."

"È sotto la mia protezione," mi avvisa Garrett.

"Non ho intenzione di farle del male." Sto praticamente gridando nel telefono, poi lo getto sul sedile del passeggero.

Il centro è solo poche uscite più avanti. Seguo le strade che dovrebbero essermi familiari, ma è come se stessi attraversando una nuova città. La mia mente si gira e rigira la nuova informazione. Kylie ha realmente una nonna. A cui hanno sparato più volte. Se non fosse stata una mutante, sarebbe sicuramente morta.

E cavolo, la nonna di Kylie è una mutante gatta? Anche Kylie? Non è possibile. La sua paura quando mi sono semi trasformato era reale. Ma come fa ad avere una nonna mutante e non sapere niente dei lupi mannari?

Un altro pensiero si insinua nella mia mente, pieno di fremente eccitazione. Kylie ha sangue di mutante. Ecco perché il mio lupo voleva accoppiarsi con lei. E questo significa che probabilmente sarebbe sopravvissuta.

Ma quella è acqua passata. Kylie ha appena incontrato Stu, dandomi prova che per tutto il tempo è sempre stata in combutta con lui.

Solo che adesso che questa nuova informazione mi ha ridestato dal mio intontimento, il dubbio inizia a farsi largo. È possibile che ci sia un'altra motivazione alla base del suo incontro con Stu?

Parcheggio davanti all'appartamento di Garrett ed esco dall'auto, entrando rapidamente nell'edificio e prendendo l'ascensore. Mi fermo al piano di Garrett ed esco. L'odore di mutanti mi colpisce: lupo e, sì, il distinto odore di felino femmina.

Busso alla porta e uno dei compagni di appartamento di Garrett apre, mettendosi rispettosamente di lato per farmi entrare. L'anziana donna è sul divano, pallida e malata. Ha indosso una delle magliette del lupo, decisamente troppo grande per lei.

Quando entro, si mette a sedere, gli occhi che brillano, dorati. "Dov'è?" Parla con marcato accento francese.

Socchiudo gli occhi. Non ho l'abitudine di rispondere alle domande di chiunque, soprattutto se è una persona che ho appena incontrato.

"Jackson, ti presento Jacqueline," dice Garrett, apparendo dalla cucina.

"Sento il suo odore su di te. Dov'è Minette?" chiede Jacqueline.

"Non conosco nessuno che si chiami Minette."

Fa un gesto di impazienza con la mano e cerca di alzarsi, ma è ovviamente troppo per lei. Ricade sul divano. "Mia nipote Kylie. Dicono che lavori per te. È nei guai."

Prendo una sedia dal tavolo della cucina e la metto vicino al divano, sedendomi. "Kylie è nei guai, sì. Ha rubato centinaia di milioni di dollari dai miei clienti."

"Pfft." Agita la mano spazientita. "No, non è vero. Sono stati questi uomini." Indica il punto al lato della testa dove devono averle sparato. I capelli stanno ricrescendo e la pelle si sta richiudendo, ma ha avuto una fortuna sfacciata a non morire.

Il muro che ho eretto negli ultimi quaranta minuti trema, come scosso da un terremoto.

Questo è il momento: o continuo a credere a Kylie e alla sua storia come ho fatto dall'inizio, o resto attaccato alla mia nuova atroce consapevolezza che mi abbia tradito.

Se Kylie era in combutta con Stu, non ci sarebbe un'anziana signora francese distesa su un divano con ferite di proiettile sul corpo, o no? Un'anziana signora che assomiglia in modo pazzesco alla mia piccola hacker. Gli zigomi alti sono inconfondibili, insieme a qualcosa della sua bocca.

Il che significa che... *ho fatto un errore terribile.*

Per la seconda volta in un'ora, il mio cuore va a scatti. Si ferma. Riparte con un battito nuovo.

Santo cielo. Ho cacciato Kylie mandandola ad affrontare i suoi nemici da sola.

Imperdonabile. Deglutisco a fatica. "Dimmi cosa ti è successo."

Lei sbatte le palpebre dei suoi grandi occhi dorati, come se stesse giudicando se valga la pena di raccontarmi la sua storia. Probabilmente passo il test, perché inizia a parlare. "Degli uomini sono venuti a casa mia. Erano di diverse nazionalità. Un irlandese e un americano. Due tedeschi, stando al loro accento."

Mi piego in avanti, seguendo il suo racconto.

"Stavo tornando dalla spesa. La macchina di Minette era lì, ma le luci non erano accese. Mi hanno preso di sorpresa: stavano aspettando in casa. Mi hanno drogata prima che potessi trasformarmi e combattere."

Che sorpresa sarebbe stata per gli uomini se la vecchia signora si fosse trasformata in un gatto gigante e li avesse aggrediti. Peccato che non ne abbia avuto la possibilità.

"Come hai fatto a fuggire?"

La donna geme e le sue mani espressive vanno al suo volto. "Mi hanno tenuta sedata, non sono mai riuscita a ribellarmi perché ogni volta che mi svegliavo, loro mi piantavano un altro ago nel collo." Si massaggia un punto sotto all'orecchio sinistro. "Poi mi hanno portata nel deserto e mi hanno traforata di proiettili. Devono aver pensato che fossi morta quando se ne sono andati lasciandomi lì. Grazie al cielo erano troppo pigri per prendersi la briga di seppellirmi." Con notevole sforzo fa ruotare le gambe e posa i piedi sul pavimento, mettendosi seduta per guardarmi in faccia. "Ora ti ho raccontato la mia storia. Dimmi dove trovare la mia Minette."

Mostra la stessa ferrea determinazione che ho imparato a riconoscere in Kylie, e mi fa male il petto.

Mi passo una mano sul viso. "L'ho appena mandata via. Credevo mi avesse tradito."

Gli occhi di Jacqueline si posano sul mio volto e deve vedere la mia disperazione, perché il suo sguardo si accende di qualcosa che assomiglia a comprensione. "Vuoi bene alla mia Minette?"

Annuisco. Come ho potuto fare un errore del genere? Il lupo sapeva, ha sempre saputo. Avrei dovuto fidarmi del mio istinto. Per distrarmi dal dolore lancinante che mi ha aperto a metà il petto, le chiedo: "Che tipo di gatto sei?"

"Una pantera."

"Kylie non lo sa?"

"*Non*. La mia Minette non si è mai manifestata. Sua

madre è morta quando era ancora una bambina e lei è rimasta lontana da me durante la pubertà. Suo padre sapeva che doveva contattarmi se avesse visto segnali di mutazione, ma non è mai successo. Mi sono ricongiunta a lei dopo la morte di suo padre, ma non ha mai avuto bisogno di me. Non fino a questo momento." Mi scruta e non sono sicuro che si riferisca agli uomini che l'hanno incastrata o a me.

"È mezza o quarto?"

"Mezza. Sua madre era letteralmente la gatta ladra."

Sento un brivido sulla pelle. *Mezza mutante.* Non c'è da stupirsi che il mio lupo la voglia.

Compagna.

Non intendevo dirlo a voce alta, ma devo averlo fatto, perché gli occhi di Jacqueline brillano di curiosità. "Sa di te?"

"Sì. Ha visto i miei denti quando il mio lupo ha sentito il desiderio di marchiarla."

La vecchia donna si sposta e, anche con la sua ovvia fragilità, i suoi movimenti evocano la grazia di un gatto. "L'hai marchiata, lupo?"

Immediatamente mi sento come un giovane adolescente che subisce il terzo grado da parte dei genitori della sua fidanzatina. La mia risposta è tinta di vergogna. "No. Ma l'ho spaventata."

Gli occhi di Jacqueline luccicano in quella maniera spettrale che è unica dei gatti. Non riesco a decifrare la sua reazione.

Scivolo verso il bordo della mia sedia. "Jacqueline, vieni alla mia villa. Ti proteggerò e possiamo trovare Kylie insieme."

"*Non*." Non esita neanche. "Non sarò la tua esca per mia nipote. Sono al sicuro qui. Se Kylie desidera vederti, si metterà in contatto con te. Nel frattempo, Garrett mi proteggerà."

Il cappio che ho al collo si stringe. È come se la donna già sapesse che non merito di rivedere Kylie. Ho mandato tutto all'aria: l'ho messa in pericolo, non mi sono fidato della femmina che si era messa nelle mie mani così tante volte.

Mi lascio scappare una sommessa imprecazione, non per Jacqueline ma per me stesso. Scrivo il mio numero di cellulare su un biglietto da visita e glielo porgo prima di alzarmi in piedi. "Ti prego di contattarmi se la senti. Dille che mi spiace e che ho fatto un errore. Farò qualsiasi cosa sia possibile per aiutarvi. Troverò un modo per sistemare le cose con lei.

~.~

Kylie

MOLLO LA MOTOCICLETTA di Sam in centro e butto un occhio nel No-Tell Motel sulla Miracle Mile, un posto dove si può pagare una stanza in contanti e prenotare anche a ore. Alla TV in camera sta girando un porno. Bello. Atmosfera ideale. Spengo e tiro fuori il mio portatile.

Sto morendo dalla voglia di perdermi a codificare. No, sto morendo in generale. È dalla morte di mio padre che non mi sento così perduta, così distrutta. Al tempo Memé era l'unica cosa che mi spingeva ad andare avanti. Se adesso non ho neanche lei…

No. Non posso pensare così. Il mio istinto mi dice che è ancora viva, e mi fido che sia così. È una tipa tosta, anche se anziana.

Quindi il mio nuovo piano è di trovare Memé e lasciare la città. Ma il vuoto che questo piano porta con sé, anche se mi vede riunita a Memé, mi fa sentire sempre più rarefatta ed effimera, come se fossi un fantasma. Aver lasciato che Jackson creda il peggio di me è insopportabile. Una parte di me lo odia per non essersi fidato di me: dopo quello che abbiamo fatto ieri notte, pensa che mi sia presa gioco di lui?

Ma forse è per questo che ne è rimasto tanto ferito. Non è tipo da fidarsi tanto facilmente, e certo non di molti. Ieri sera ha condiviso con me la sua tragedia più profonda. Avermi vista con Stu deve essergli apparso come il peggiore dei tradimenti. Ma anche se lo capisco, la ferita profonda lasciata dalla sua mancanza di fiducia non mi fa meno male. Prima, all'aeroporto, mi ha frantumata in un milione di pezzi.

Comunque, devo sistemare le cose. Non gli lascerò credere di aver distrutto tutto il lavoro di una vita. Di averlo derubato.

E anche se non me ne fregasse niente di Jackson e della SeCure, devo farla pagare a quei fottuti stronzi per avermi coinvolta nel loro avido piano. Stu compreso.

Mi metto al lavoro seguendo la pista dei soldi. Anche

l'FBI alla fine dovrebbe essere in grado di seguirla, ma quando arriveranno a farlo, il denaro sarà stato deviato altrove da tempo.

Devo hackerare l'accesso a cinque diverse banche, cosa che mi richiede il resto del pomeriggio, ma ho la pista in pugno.

Bingo.

Mi lascio sfuggire una malvagia risatina da strega mentre rimando i soldi al primo posto da cui sono stati prelevati e inverto ogni transazione. La maggior parte di quei conti sarà bloccato o momentaneamente sospeso. Saranno stati emessi nuovi numeri. Ma il punto è che il denaro è stato per il momento bloccato mentre le banche cercano di capire dove metterlo.

Prendi questo, Mr. X. Prendi questo, Stu. Incastrare Catgirl è stato il vostro errore più grosso.

La luce è più tenue e faccio una pausa, dando un'occhiata alla vecchissima piattaforma dove potrei trovare un messaggio di Memé. Con uno slancio di gioia, vedo che nella mia casella c'è un messaggio.

Minette, sono con amici. Chiamami al 520-235-5055.

Mi batte forte il cuore. Non oso usare il mio telefono, ma aggancio immediatamente una linea vocale online e compongo il numero. Risponde una voce maschile. "Pronto."

Per un momento resto immobile, non sapendo con chi sto parlando, né se sia sicuro.

"Pronto?"

"Posso parlare con Jacqueline?"

"Ah. Stava aspettando la tua chiamata." Non dice altro,

ma subito arriva la voce di Memé. "Minette! *Dieu merci*. È sicuro parlare?"

"Sì. Dove sei?"

"Sono con il branco di lupi di Tucson. In centro."

Per un momento mi ripeto le sue parole nella testa mentre il cervello tenta di capire. "Hai detto branco di lupi?"

"*Oui*. Scusa, non te l'ho mai detto, Minette. Sono una mutante, una gatta. Anche tua madre."

Ho avuto troppe sorprese oggi per poterle digerire tutte. La mano mi cade floscia al fianco. "Co-cosa?"

"Dove sei, Minette?"

Minette. Il francese per gattina. Mi ha sempre chiamata così perché... *lei è una gatta*. La mia mente vortica come se stesse scendendo ruzzolando da una montagna di nuove informazioni. "Mia mamma?" dico con voce roca.

"Sì, anche la tua *maman*. Ecco perché questo lupo è attratto da te. Dove sei, tesoro mio?"

"Poco distante dal centro. Sei ferita? Cos'è successo?"

"Mi hanno ferita, ma starò meglio molto presto."

I miei motori finalmente iniziano a rombare. "Dobbiamo subito andarcene dalla città." Mi alzo in piedi e prendo il mio zainetto di pelle.

"Sei sicura?" La voce di Memé ha un che di suadente, ma non riesco a decifrarne il motivo. "Il tuo lupo è appena stato qui. Ha detto che è dispiaciuto e che vuole darci una mano."

La stretta che sento al petto si allenta, lasciando spazio al sollievo, seguito però a ruota dalla rabbia. Sento crescere la mia consueta testardaggine. Non può pensare di fare questo tira e molla come pare e piace a lui. Gli faccio mentalmente il dito medio. Non è il mio cavaliere con l'armatura scintillante. Sono io quella che gli ha salvato il culo. Intendo attenermi al mio piano di invertire le transazioni monetarie e risarcire i milioni prelevati, per poi andarmene da questo posto.

Se Jackson vorrà implorare il mio perdono quando tutto sarà finito, magari potrei anche pensarci. Vedremo.

"Dammi l'indirizzo dove trovarti, Memé." Deve aver passato il telefono al suo proprietario, perché la voce dell'uomo di prima mi dice velocemente l'indirizzo di uno dei pochi condomini multipiano di Tucson, in centro. Poi si schiarisce la gola. "Tua nonna ha anche bisogno di vestiti nuovi quando vieni a prenderla."

Odio i brividi che mi si formano sulla pelle delle braccia all'udire le sue parole. "Le porterò dei vestiti," gli assicuro.

Considero le mie opzioni. Sono senza un mezzo, dato che ho già mollato la motocicletta di Sam. Potrei aspettare un taxi. Potrei chiamare un Uber e pagare con una carta di credito con una delle mie nuove identità. Ma per qualche motivo voglio fare questa cosa senza infrangere la legge. Non so, forse devo provare che non sono la criminale che tutto il mondo crede.

Casa mia è a qualche chilometro da qui. I vestiti di Memé sono lì. L'FBI starà sorvegliando la zona. E il presunto Mr. X? Probabilmente anche lui.

Dannazione. Ho una valigia già pronta sul letto. Sarebbe fantastico poter fare un salto lì e prenderla insieme ad alcune cose per Memé. Forse quello che mi serve è una distrazione.

Chiamo un taxi e aspetto che arrivi. Poi denuncio un furto violento in corso nella casa di fronte alla mia.

Mi lascio scaricare dal taxi a un isolato di distanza da casa mia e imbocco il vicolo secondario, approfittando della copertura offerta dal buio della notte. Si sentono le sirene avanzare da diverse direzioni verso la casa dei miei vicini. Salgo di soppiatto i gradini sul retro e uso la chiave nascosta nella bocca della rana di ceramica in giardino.

Dentro casa c'è qualcosa che non va. Sono entrate delle persone. Non so come faccio a dirlo, ma ne sono sicurissima. Ma non è una sorpresa. Di sicuro la polizia ha già perquisito il posto. Mi muovo al buio senza accendere nessuna luce. Prendo la mia valigia e mi sposto nella camera di mia nonna. Sento il rumore della sicura della pistola un attimo prima che una mano mi copra la bocca e un duro oggetto metallico mi colpisca alla nuca.

~.~

Jackson

NON MI SONO MAI SENTITO TANTO IMPOTENTE in vita mia. Ho mandato tutto all'aria con Kylie, la mia società sta finendo nel cesso e io mi trovo nel mio ufficio, dopo mezzanotte, a camminare avanti a indietro, incapace di trovare una strategia che possa sistemare le cose.

Ho detto all'agente speciale Douglas dei miei sospetti

riguardo a Stu, anche se non ho voluto riferirgli dell'incontro con Kylie. Non avevo neanche alcun modo per raccontargli della nonna di Kylie. In qualche modo dubito che avrebbe accettato senza battere ciglio una cosa come 'Ho visto la vecchia, ma è saltato fuori che è una mutante, quindi i proiettili non le hanno fatto niente'.

Il mio telefono suona.

Garrett.

Rispondo con un brusco: "Sono King."

"Jacqueline aspettava l'arrivo di sua nipote qui ore fa. La vecchia gatta pensa che sia successo qualcosa."

Mi sento gelare e impreco a voce alta, tanto alta da far tremare le finestre.

"Lo so, amico."

"Da dove arrivava? Qual era il piano?" chiedo.

"Non ha detto dove si trovava. Ho provato il numero da cui ha chiamato, ma suona e poi si scollega. Ha detto che sarebbe venuta subito e mi ha chiesto l'indirizzo. Le ho detto di portare dei vestiti per Jacqueline perché i suoi sono diventati un disastro con il sangue. Erano più o meno le sette."

Mi trasformo parzialmente, il mio lupo desideroso di uccidere. Lotto per reimpossessarmi del lato umano, ma la mia voce esce come un puro ruggito. "Vado ad annusare a casa sua. Sentiamoci dopo." Riattacco senza neanche aspettare la sua risposta.

Maledico l'edificio del mio ufficio per essere così lontano dalla casa di Kylie. Vorrei trasformarmi immediatamente e correre lì, ma non oso sprecare tempo prezioso. Guido, le mani che quasi strappano il volante. Ci sono due agenti federali seduti in un furgoncino dall'altra parte della strada, che piantonano la casa. Do un colpetto alla portiera del furgoncino quando ci passo accanto a piedi, poi mi dirigo verso la porta d'ingresso. Sento una varietà di odori, maschi umani. Niente di nuovo. Faccio il giro della casa con un fortissimo desiderio di trasformarmi, ma non oso farlo. Va bene così. Il mio naso umano funziona comunque molto meglio dell'olfatto di buona parte degli umani. Dalla porta sul retro mi arriva una zaffata di Kylie. Odore *fresco*. Provo a ruotare la maniglia e la trovo aperta.

Il suo odore è facile da seguire, dentro a una camera, ma quello che mi terrorizza è l'aroma di un maschio umano. Non Stu. Qualche altro uomo. E polvere da sparo.

Cazzo.

Kylie è finite nei guai. *Dannazione a lei.* Perché diavolo si è arrischiata a venire qui? Avrebbe dovuto pensarci.

Esco sbattendo la porta alle mie spalle, annuso la brezza della sera, cercando di capire dove l'abbia portata. Davanti alla casa non c'era nulla, l'avrei sentito. E poi i federali avrebbero visto. Colgo una traccia di entrambi gli odori nel vicolo, poi tutto scompare. Dev'esserci stata un'auto in attesa.

Cristo in croce, non poteva andare peggio di così. Prendo il telefono e chiamo Garrett, spiegandogli quello che ho trovato.

Cristo santo. Se le succede qualcosa, qualsiasi cosa, dilanierò la gola di tutti gli uomini che anche solo *sospetto* possano sapere qualcosa.

Per la centesima volta mi maledico per non essermi fidato di lei. Per averla mandata da sola incontro al pericolo.

Kylie. La mia gattina. Lì fuori, da sola, in mortale pericolo.

Alzo la bocca verso la luna e quasi non riesco a trattenere un ululato di rabbia e angoscia.

~.~

Kylie

SONO nel bagagliaio di un'auto, le mani legate dietro alla schiena con del nastro adesivo, un altro pezzo di nastro sulla bocca. Mi sto strozzando nella mia stessa saliva. Il mio respiro è annaspante, frenetico, ma le narici sono sigillate e faccio fatica a incamerare aria.

Davanti agli occhi vedo danzare le stelle. Il bagagliaio ruota.

Non spingermi a palparti un'altra volta.

Devo essere svenuta, perché sento Jackson che mi parla. Evoco la sensazione delle sue mani che premono con fermezza contro il mio sterno.

Il mio respiro si rilassa un poco, rallentando il suo incedere verso il soffocamento.

Immagino Jackson disteso accanto a me nel bagagliaio, le sue grandi mani che mi stringono, i palmi che spingono contro il centro del mio petto.

Innesco il tuo riflesso della calma.

Lascio che il sollievo mi pervada come è successo

nell'ascensore. Il senso di sicurezza che provavo con Jackson vicino a me. Il senso di appartenenza, di casa.

Certo, so che sarebbe meglio che me ne dimenticassi, ma se in questo momento illudere me stessa con il ricordo di Jackson King mi può essere di aiuto, allora è bene che lo faccia.

L'auto percorre un tratto in ghiaino e poi rallenta e si ferma. Mi irrigidisco, preparandomi a lottare. I miei piedi scattano fuori non appena il bagagliaio si apre, ma lo stronzo riesce a schivare il colpo e mi dà un pugno in faccia. Il dolore mi esplode dalla guancia, sbriciolando la poca concentrazione che avevo raccolto.

Le forze mi abbandonano, sento la nausea salirmi dallo stomaco, la disperazione mi assale.

Il tipo mi scaraventa fuori. Siamo in una sorta di magazzino. Mi trascina all'interno, dove sono riuniti diversi altri uomini, incluso Stu che se ne sta chino su un computer appoggiato su un tavolino pieghevole. "Guardate chi si è fatta vedere a casa sua," dice il mio aguzzino con voce biascicante.

Lancio un'occhiata torva a Stu, che ha il fegato di mostrarsi inorridito dalla mia apparizione.

"La prima fottuta cosa giusta in questa giornata di merda," risponde un tizio con marcato accento britannico. "Falla sedere qui." Calcia da sotto il tavolo la sedia accanto a Stu. "Qualcuno ha invertito le transazioni delle carte piratate. Stu ci sta lavorando sopra, ma quanto volete scommettere che questa piccola hacker c'entra qualcosa con questa faccenda?"

Vorrei dire che ha dannatamente ragione, ma non sono un'aspirante suicida.

Mi spingono a sedere sulla sedia e io guardo lo schermo da dietro le spalle di Stu. Lui mi lancia un'occhiata, staccando gli occhi per un secondo dal computer. Sul suo volto c'è disperazione. E paura.

A quanto pare Stu ha fatto il passo più lungo della gamba. Dovrei essere gongolante, e invece non mi sento felice per la sua miseria. Il fatto che il cattivo che mi è per metà alleato sia nei guai con loro non mi è molto di aiuto.

"Che ne dite se le tagliamo le dita? Le impediamo permanentemente di continuare la sua carriera di hacker." Il suggerimento viene dalla piccionaia: uno dei quattro uomini appoggiati a delle casse, che fumano sigari e parlano.

"Taci. Se le tagli le dita, non potrà sistemare questo casino." Accento Britannico viene verso di me.

"Peccato che già abbiamo ammazzato la vecchia. Sarebbe stata utile come arma di convincimento, adesso," dichiara un altro dalla piccionaia.

Io cerco di restare indifferente, nonostante il terribile pulsare alla guancia, dove il tipo di prima mi ha tirato il cazzotto. Mi atteggio come se fosse il mio primo giorno al lavoro, non come se mi avessero appena rapita e minacciata. Incrocio una gamba sopra all'altra e mi chino verso Stu. "Allora, che sta succedendo?"

Accento Britannico mi prende per i capelli e mi tira la testa indietro con tanta forza da farmi sbattere i denti tra loro. "Sei stata tu a invertire le transazioni?"

Io lo guardo con la mia espressione più caparbia. "Perché dovrei aiutare la SeCure? Jackson King pensa che io sia la responsabile di tutto questo."

Lui mi dà uno schiaffo, riaccendendo il dolore al livido sulla guancia. "Fallo rientrare nel sistema," mi ordina.

Agito le dita legate dietro alla schiena. "Avrei bisogno delle mani libere," dico con voce melodiosa.

"Niente dita. Fallo dandogli istruzioni."

Dannazione.

Ignoro Accento Britannico e sposto la mia attenzione su Stu. "Ok, dove sei?"

Sta tentando un attacco diretto alla SeCure, cosa che entrambi sappiamo non funzionerà. Mi viene in mente che forse non si sta sforzando tanto. Forse ha visto il suo destino. Probabilmente si sbarazzeranno di lui non appena finirà il suo lavoro.

Accento Britannico mi tira ancora i capelli. "Aiutalo."

Permetto alla mia rabbia di affiorare. "Ok, stronzo. Sai niente di pirateria informatica? Nessuno conosce mai l'accesso. Si va per tentativi. Si continua a provare e riprovare, fino a che non si fa qualche progresso. Se devo aiutare Stu, avrò bisogno del mio computer e delle mie dita. Stare qui a guardare da dietro le sue spalle non fa che rallentare le cose."

Accento Britannico – lo chiamerò AB – guarda Stu, che scrolla le spalle. "Ha ragione."

Sperare che mi diano il mio computer è troppo, ma l'uomo mi leva il nastro adesivo dai polsi e mi spinge davanti alla faccia un altro portatile. Nonostante stia ancora indossando la minigonna che ho da giorni, appoggio una caviglia sul ginocchio per fare da supporto e apro il dispositivo.

È tutta la settimana che sono all'interno del sistema di Jackson dal suo computer, ma ho lasciato una porta aperta per me, che è il modo che ho usato per trasferire i fondi oggi. Non ci entro adesso. Vado al firewall come sta facendo Stu.

"Lo sta facendo?" chiede AB.

Stu guarda verso il mio schermo. "Sì."

Li ignoro tutti, le mie dita volano sui tasti e imposto dei programmi di rivelazione automatica password.

Non appena distolgono lo sguardo, inizio un attacco a Verizon, che è il modo che ho usato per fare la telefonata a Memé prima. Stu guarda verso di me e io apro la finestra, continuando a muovere le dita. Trattengo il fiato.

Lui guarda per un momento di più e so che mi ha visto. Aspetto che il martello cali.

Non succede niente.

"Sapete una cosa, con Kylie che ci lavora, non avete neanche più bisogno di me. Non farei che rallentarla." Stu chiude il suo portatile e si alza in piedi.

Il rumore della sicura di una pistola ci pietrifica tutti e due. AB – che ad ora credo essere Mr. X – punta la canna di una pistola alla tempia di Stu. "Sei sicuro di volermi far credere che non abbiamo bisogno di te?" Il suo tono di ghiaccio mi manda una scarica di brividi lungo la schiena.

Penso che Stu si sia quasi pisciato nei pantaloni e lo sento emettere uno strano rumore stridulo. Si siede e riapre il suo portatile. Gli do comunque credito, perché contro-batte. "Mi stai minacciando? Non ti devo niente. Zero."

"Mi hai appena detto che tutto quello che mi serve è lei."

"E come fai a sapere se sta accedendo alla SeCure o al fondo pensione di tua madre?"

Mr. X fa roteare la pistola e la sbatte contro la tempia

di Stu con sufficiente forza da farlo cadere a terra con uno sbuffo di dolore.

Sussulto, più per il rumore del metallo contro l'osso, ma anche per il patetico ammasso che Stu è diventato sul pavimento.

Promemoria per me stessa: qui sono sola. Niente di nuovo, comunque.

Cambio ancora schermata, inserisco il numero che ho memorizzato per chiamare Memé e mando un messaggio.

Serve aiuto. In magazzino, 10-15 minuti di macchina da casa mia. Toyota Corolla rossa parcheggiata davanti. Targa DCR 583.

Chiudo l'interfaccia e torno alla schermata principale.

Memé mi aiuterà. Sono stata una stupida a tornare alla casa, ma può ancora darsi che riesca a sopravvivere. Soprattutto ora che hanno bisogno di me da viva.

Tutto quello che devo fare è guadagnarmi tempo...

~.~

Jackson

QUASI FACCIO un buco nel pavimento dell'appartamento di Garrett a forza di camminare avanti e indietro. C'è anche Sam. Sono le due del mattino, ma nessuno dorme. Jacqueline sembra più pallida e consumata rispetto a oggi pomeriggio: la paura che prova per Kylie l'ha fatta invecchiare di altri dieci anni. La conforterei, ma mi sento pronto a buttare giù l'edificio.

Un ding del telefono di Garrett ci fa girare tutti a guardare. Lui legge il messaggio ad alta voce. All'istante tutti i suoi uomini si alzano in piedi. È la prima volta che provo una sensazione di calore nei confronti di un branco, forse la prima volta da sempre. Ma questa solidarietà, questo sostegno: è una cosa da cui mi sono tagliato fuori.

Non mi inganno pensando che lo stiano facendo per me. È chiaro che vogliono tutti bene alla vecchia signora. E poi sono eroi allo stato brado. Garrett ha un esercito di ventenni giovani e feroci. Guerrieri, pronti a difendere il loro branco.

"Non può voler dire molti posti. Ci sono dei magazzini a South Kino, e altri a sud del centro, dall'altra parte della ferrovia." Apre una mappa sul suo telefono e me la mostra, tenendo il telefono orizzontale, in modo che tutti possano vedere. "Ci dividiamo. Se qualcuno trova qualcosa, chiama gli altri. Nessuno entra da solo, chiaro?" Garrett grida ordini e per una volta l'alfa in me non fa una piega. La sua mente è più lucida della mia al momento. Gli sono grato per aver preso il comando della situazione.

"Jackson e Sam, prendete questi isolati a est di Kino."

Annuisco ed esco dalla porta senza neanche aspettare che finisca di dividere le aree.

Kylie ha bisogno di aiuto, e vado dritto a cercarla. Guidiamo fino alla zona industriale e percorro lentamente strade e vicoli, cercando la Corolla. Passano trenta minuti. Quarantacinque. Il nodo nel mio stomaco è così stretto che arriva a legarmi anche la gola.

Il mio telefono suona.

"L'abbiamo trovata. 738 North Toole."

Non mi curo neanche di rispondere al messaggio di Garrett. Schiaccio il piede sull'acceleratore e scatto dall'angolo del vicolo facendo volare in aria uno spruzzo di ghiaia. Arrivo a destinazione in due minuti e mezzo. Spengo il motore prima di arrivare all'edificio e mi metto nell'ombra. Lì c'è già una motocicletta con uno dei soldati di Garrett. Altri tre si fermano dietro di me, tutti silenziosi e cauti. Tipi svegli, gli uomini di Garrett.

Ci leviamo i vestiti e ci tramutiamo.

~.~

Kylie

Sento qualcosa fuori, ma nessun altro sembra notarlo. Spero sia la cavalleria, ma non oso sperare troppo. Graffi contro la porta di metallo, e tutti e cinque gli uomini portano le mani alle loro armi.

"Shh… cos'è stato?" sibila Mr. X.

Io mi alzo in piedi. "Ehi, devo pisciare," annuncio a voce alta. "Dov'è il bagno?"

"Siediti su quella cazzo di sedia."

Mi metto a camminare verso di lui. Forse ho mangiato delle pillole della stupidità, che ne so. Forse sono solo sicurissima che siano arrivati i rinforzi. Sottovaluto di brutto la pericolosità e il grilletto allegro di questi uomini.

Il tipo mi punta la sua pistola al petto. Stu – come un pazzo – salta davanti a me e si becca la pallottola nel momento in cui sento lo sparo rimbombarmi nelle orecchie. Lo vedo cadere, vedo la vita che gli scivola via dagli occhi.

Dannazione. Stu è appena morto per me.

Ovunque scoppia il caos, mentre la porta metallica del garage si apre di schianto e un branco di lupi giganti si riversa dentro.

Le pistole sparano. Sopra le terribili esplosioni, sento i guaiti dei lupi che vengono colpiti, e le grida di uomini attaccati dalle mandibole schioccanti delle bestie.

Anche se di lupi argentati ce ne sono tanti, il mio è inconfondibile. Enorme. Maestoso. Feroce. Nello stesso momento anche lui mi vede e questo gli costa un momento di distrazione. Uno degli stronzi mira e spara.

"No!" grido, e mi tuffo davanti a lui. Il dolore mi attraversa, entra davanti ed esce dietro. Fiamme incandescenti di calore. Cerco di continuare a correre verso Jackson, ma il mio corpo si piega e cade a terra. La soddisfazione mi riempie: per una volta non me ne sono stata a guardare la morte di qualcuno che amo. Stu mi ha salvata, e ora io ho salvato Jackson.

E sì, amo Jackson. Lo so con assoluta chiarezza. Lui è la mia salvezza. La mia casa. È il mio passato e il mio futuro. Il mio ora.

Jackson mi salta oltre, disegnando in aria un agile arco di cinque metri, e dei suoni gorgoglianti mi riempiono le orecchie. Non guardo, perché so che ha appena dilaniato la gola dell'uomo che mi ha sparato.

Poi è qui, accanto a me. Sta sopra di me, proteggendo

il mio corpo caduto con il suo. Leccandomi la faccia e mugolando.

Un terribile formicolio mi pervade il corpo intero. Lampi di dolore mi colpiscono con violenza. La vista si fa circoscritta, ma in qualche modo più acuta. I suoni diventano più forti, gli odori più pungenti. Poi vedo nero e allo stesso tempo le mie cellule sembrano dividersi. Nello stesso istante sono il nulla e il tutto.

Benedetta vita ultraterrena,

Batman. Sono appena morta.

Non mi sembra giusto. Ho appena trovato Jackson. Mi sono permessa di ammettere il mio amore per lui. Credevo potessimo stare insieme.

La mia vista si schiarisce ancora, e con essa tutto il dolore torna con brutale intensità. Cerco di annaspare, ma l'unico suono che mi esce dalla bocca è un ringhio sommesso.

Ringhio?

Jackson brilla e si trasforma. Il suo volto umano giusto davanti al mio. Sbatte gli occhi per trattenere le lacrime, ma non sembra triste. I suoi occhi sono carichi di meraviglia. "Ecco fatto, gattina. Ti sei trasformata. Mi hai mostrato la te-pantera."

La me-pantera?

Abbasso lo sguardo su quattro enormi zampe nere.

Benedetta trasformazione, Catgirl.

Jackson mi accarezza il muso. Mi liscia la pelliccia. "Starai bene, piccola. I mutanti guariscono dalle ferite di proiettile." Mi rivolge un sorriso commosso. "Grazie al cielo. Ti sei trasformata. Ce l'hai fatta, piccola."

Dal petto mi sale un bellissimo verso vibrante. Le

fusa. Mi fa sentire di più il dolore per la ferita dello sparo, ma so istintivamente che è un bene. Mi sta guarendo.

Jackson continua ad accarezzarmi muso e orecchie, fissandomi in completa adorazione.

In vicinanza si sentono risuonare delle sirene.

Un lupo abbaia, un suono forte e acuto. Sembra un ordine.

Jackson mi prende in braccio e corre fuori. Io guardo alle sue spalle, fissando il corpo privo di vita di Stu. Un uomo che alla fine ha riequilibrato la bilancia della giustizia. Diventando nella morte un eroe, anziché un criminale. Qualcosa nella sua azione ha sistemato ben più di questa fottuta situazione. Sembra quasi la redenzione anche per la morte di mio padre. Come se l'universo me lo dovesse. No, come se l'universo mi stesse dando prova che c'è ancora del bene. Che posso fidarmi di altro oltre alla famiglia.

Diavolo, tutt'attorno ci sono persone – mutanti – che sono venute qui per aiutarmi. Mutanti che neanche mi conoscono.

Sam è vicino alla Range Rover e si sta infilando un paio di jeans mentre ci avviciniamo. Apre la porta del sedile posteriore per il suo fratello di branco e Jackson sale, sempre tenendomi stretta. Sam sale alla guida e avvia il veicolo, partendo senza accendere i fari. Il suono delle sirene si fa più forte.

Appoggio la mia testa pesante sul grembo di Jackson e chiudo gli occhi, il dolore ancora troppo forte. Lui continua ad accarezzarmi la pelliccia e a mormorare sommessamente, e io credo – no, lo so, senza ombra di dubbio – che finalmente, per una volta in vita mia, tutto andrà finalmente bene.

~.~

Jackson

I PRIMI RAGGI di sole fanno capolino da dietro le montagne quando Sam ferma l'auto nel mio garage.

Seguendo i miei ordini, si è fermato a prendere Jacqueline. Sapevo quanto fosse preoccupata sua nonna, e viceversa. Voglio che Kylie abbia tutto il supporto di cui ha bisogno, soprattutto considerando che questa è la sua prima trasformazione. Anche se la mutazione si è resa necessaria per la sua sopravvivenza, potrebbe non sapere come riacquistare le sembianze umane quando arriverà il momento.

La porto dentro. Sam cerca di portare Jacqueline, ma la vecchia gatta insiste per camminare da sola, appoggiandosi pesantemente a lui. Le sistemiamo tutte e due nella camera degli ospiti di sopra. Jacqueline si trasforma e si accoccola accanto al corpo di Kylie, facendo le fusa e donandole così vibrazioni necessarie alla guarigione.

Mi siedo accanto al letto, il cuore in gola, le dita che si muovono sulla pelliccia nera e liscia di Kylie.

È fottutamente magnifica. Un'enorme pantera nera con gli occhi dorati. Davvero meravigliosa. È la prima volta in vita mia che qualcosa ha davvero senso. Era ovvio che il mio lupo scegliesse questa incredibile femmina. È tutto ciò che avrei mai potuto desiderare in una compagna: forte, brillante, bella. E una mutante.

La mattinata prosegue come un treno in corsa: il mio telefono suona di continuo, una chiamata dopo l'altra. Esco dalla stanza in modo da non disturbare Kylie, poi do ordini e rilascio dichiarazioni al telefono a Luis, a Sarah delle relazioni pubbliche e al direttore finanziario della SeCure. Il denaro è stato recuperato, tutto. Dico a Luis di far rendere credito alla SeCure per l'operazione, perché so, senza ombra di dubbio, chi è il responsabile. La mia dipendente numero uno, Kylie McDaniel.

Quando torno nella stanza, Kylie respira in modo regolare e rilassato, le sue ferite già rimarginate.

"Pare che tutto il denaro sia tornato al suo posto. Sei stata tu vero, bellezza?" mormoro, accarezzandole la guancia. Lei preme contro la mia mano.

"Puoi ritrasformarti, gattina? Riportare qui Kylie?"

Il grosso felino sgrana gli occhi. Come temevo, non sa come fare.

"Quando Sam ha tentato di perdersi sul versante di un monte in California, gli ho spinto un piede contro la gola e gli ho ordinato di trasformarsi. L'animale può prendere il sopravvento, se stai per troppo tempo lontana dalla forma umana. Ti dimentichi chi sei."

Jacqueline si trasforma e si riveste. Mormora a Kylie in francese. Qua e là colgo qualche parola che capisco. "Trova" e "tranquilla" e "ricorda". Non so se per i felini sia diverso, quindi sono felice che Jacqueline sia qui a dare una mano.

Kylie si muove inquieta. Apre e chiude gli occhi, le zampe si flettono, mostrando enormi artigli affilati. Rotola e si alza in piedi sul letto. Rotola ancora sul fianco.

Jacqueline parla ancora, un costante flusso di istruzioni.

Kylie artiglia il letto, strappando lenzuola e coperte.

"Torna da me, gattina, voglio baciarti," mormoro.

Ruota i suoi occhi dorati verso di me e i nostri sguardi si incontrano. Sembra che nessuno di noi due stia respirando. Finalmente l'aria attorno a lei brilla.

"Ecco fatto, piccola," la incoraggio, ma il bagliore svanisce. "C'eri quasi. Riprova. Ho bisogno di baciare quella tua bella bocca."

L'aria brilla di nuovo e Kylie appare, pallida, ma ancora più bella di quanto ricordavo.

"Piccola." Mi lancio su di lei e la avvolgo in una coperta, stringendola poi tra le mie braccia.

"Dov'è il bacio che mi hai promesso?" dice con voce roca.

"Porta dell'acqua!" ordino a Sam, che se ne sta sulla soglia, appoggiato allo stipite della porta. Lui scompare all'istante.

"Ebbene?" mi chiede lei.

Non mi trattengo. Mi impossesso della sua bocca con tutta la ferocia che c'è dentro di me. Il bisogno di possedere, riscuotere, marchiare, accoppiarmi con lei mi scorre dentro come in un torrente. Il bisogno di *punirla* per essersi beccata una pallottola che doveva colpire me. Il bisogno di mostrarle il mio amore, il mio affetto, la mia promessa di essere presente la prossima volta. Di non abbandonarla come ho fatto questa volta. Separo le sue labbra con la mia lingua, la intreccio alla sua. Sbatto la mia bocca contro la sua, chiedendo sempre di più, prendendo tutto. È come se la stessi bevendo. Divorando.

"Mi spiace tantissimo," dico con voce roca quando alla fine ci separiamo, tutti e due bisognosi di respirare. "Non permetterò mai più che ti allontani da me. Non ti lascerò mai. È una dannata promessa."

Lei sorride debolmente, e io mi ricordo della sua fragile condizione di salute. Sono colpito da improvviso senso di colpa per averla baciata con tanto slancio.

Sam torna con l'acqua e io afferro il bicchiere per porgerlo alla mia compagna. "Cavolo, amico. È così che intendi comportarti per tutta la gravidanza?"

Tutti nella stanza restano immobili e io mi rigiro nella testa le sue parole.

Gravidanza?

Cristo. *Sì.* L'odore di Kylie è cambiato. La vittoria mi colpisce in pieno come una meteorite. Il mio lupo fa un doppio salto mortale all'indietro e si mette a fare il moon-walk attorno a Kylie agitando il pugno in aria. *È incinta del mio cucciolo.* Il mio *cucciolo.*

Jacqueline si copre la bocca. "*Mon Dieu,*" sussurra, poi si lancia verso di noi, parlando velocemente in francese e facendo la chioccia attorno a Kylie.

Lo stupore della mia gattina sboccia nei suoi occhi umidi.

La stringo contro il mio corpo, il mio lupo ferocemente protettivo anche se non ci sono minacce presenti. "Ecco perché ti sei trasformata, gattina. Il DNA del mio lupetto ha accelerato il processo."

Lei ride attraverso le lacrime. "Sono incinta? Come

fate a saperlo? Siete sicuri?"

Jacqueline, Sam e io annuiamo tutti e tre. "Il tuo odore è cambiato, piccola. Sei incinta." Sento le lacrime pungermi gli occhi.

Jacqueline e Sam hanno la grazia di uscire silenziosamente dalla camera, chiudendosi la porta dietro.

"Gattina, ho saputo che eri la mia compagna dal momento in cui sei entrata in quell'ascensore. Ho bisogno di te. Sei l'unica persona di cui mi sia fidato, l'unica in cui abbia creduto. Da sempre. Potrei giocare con te adesso, fingere di offrirti la scelta di essere la mia compagna o no, ma il fatto è che sei mia. Se scappi, ti seguo. Se ti nascondi, ti trovo. Quindi, ti prego, facilita le cose per entrambi e dimmi che resterai."

Kylie arriccia le labbra e fischia. "Credo sia la peggiore dichiarazione che abbia mai sentito."

Non posso fare a meno di sorridere. "È un sì?"

Lei mi guarda a lungo, tanto che smetto di respirare e devo sforzarmi per non innervosirmi. "Sono ancora incazzata con te per non avermi creduto."

Le accarezzo la guancia. "Lo so. Ho fatto un casino. Ma ti prometto che passerò il resto della mia vita a rimediare. Tu e tua nonna governerete la mia fottuta vita."

I suoi occhi si annebbiano ancora e lei appoggia la sua fronte alla mia. "Pensavo fossi tu quello a cui piace comandare."

"Mmm hmm. Sì. Sempre. Puoi sopportarlo?"

"Sì." Questa volta non ha esitato e io quasi crollo per il sollievo. "C'è solo un piccolo problema."

Le mie spalle si irrigidiscono. "Che cosa?"

"Sono ricercata dall'FBI."

"Sistemerò tutto," le prometto. "Garrett è rimasto al magazzino per sistemare i corpi in modo che sembri che Stu e i suoi scagnozzi si siano ammazzati tra loro. A te verrà dato tutto il merito per il recupero del denaro. Non ci pensare più." Non posso impedire alle mie mani di continuare ad accarezzare la sua pelle morbida, scivolando sotto alla coperta che la avvolge per toccarle i seni. "L'unica cosa di cui ti devi preoccupare è crescere il nostro piccolo."

Lei reclina indietro la testa, offrendomi di nuovo la sua bocca. E io la prendo, quasi non credendo che sia realmente mia.

"Quand'è che mi marchierai?" La sua voce è roca, priva di paura.

"Non appena ti sarai ripresa, bambola. Subito dopo aver fatto rosso questo bel culo per esserti presa il proiettile al posto mio."

Lei struscia il sedere contro il mio grembo. "Sai che sarai sempre il mio eroe." Mi tocca il viso. "Non potevo starmene ferma a guardare mentre ammazzavano un'altra persona che amo."

Il mio cuore mi si stringe nel petto. "Mi ami?"

Lei ride con quella sua voce roca che mi fa impazzire. "Ti amo, lupo. Te l'ho già detto una volta."

"Non mi dà fastidio sentirlo ancora una volta."

"Ti amo, ti amo, ti…"

La faccio tacere con un bacio, placando la sua bocca con la mia, strofinando le sue labbra, unendo le nostre lingue. "Ti amo, gattina. Ora sei a casa."

Lei lascia cadere la testa indietro e chiude gli occhi. "Sì," sospira. "Tu sei la mia casa."

EPILOGO

$\mathcal{U}$n mese dopo

Kylie

"TIRA SU QUELLA GONNA, bambola. Fammi vedere cosa c'è ad aspettarmi quando torniamo a casa." Il mio compagno non è diventato neanche un pelo meno autoritario da quando mi ha marchiato. Il nostro tragitto insieme dall'ufficio a casa dopo il lavoro è diventato solo uno dei tanti piaceri del lavorare per Jackson King. Pranzare insieme è un altro di questi. E poterlo aiutare con il suo nuovo codice.

Lui mi fissa come un uomo che sta morendo di fame. Come se non mi avesse già scopato sopra alla sua scrivania dopo aver usato la stecca contro il mio sedere durante la pausa pranzo. Come se non avesse libero accesso a me ogni singola notte a casa.

"*Adesso*, gattina. Ogni secondo che mi fai aspettare ti farà guadagnare una cinghiata."

Ho già messo le mani sul bordo della gonna aderente, ma mi fermo subito, sorridendogli maliziosamente. "Ah, è così?"

Ora che sono passata al mio DNA da mutante, il mio corpo guarisce quasi all'istante, il che significa che Jackson può usare ogni forma di punizione desideri, e il dolore è solo passeggero. È un po' triste, a dire il vero. Perché ora non mi basta mai.

Jackson afferra la stoffa e mi spinge la gonna su fino alla vita, strappando il tessuto. Dà una sberla alle mie cosce per farle allargare. "Fammi vedere quello che è mio." La sua voce è robusta. Adoro sentirlo così, mezzo partito per il desiderio che prova per me. Ora che sa che sono una mutante, non ha paura di essere rude con me.

La scorsa luna piena, mi ha riportata nel suo cottage e mi ha presa in ogni posizione, da ogni angolo e orifizio. L'ultima volta avevo pensato che fosse insaziabile, quando aveva tentato di non marchiarmi, ma è venuto fuori che il fatto di avermi marchiata non mi assicura alcuna salvaguardia quando la luna è piena.

Non che mi sia mai lamentata.

Mi porto una mano tra le gambe e accarezzo il mio sesso. "Stai guardando questo?" dico con voce miagolante.

Lui risponde con tono imperioso: "Via!" ringhia. "Via le mutande, o te le strappo di dosso."

Mi sfilo le mutandine con movimenti ondeggianti e

sinuosi e poi gliele faccio penzolare davanti al viso mentre guida.

Lui le afferra, se le porta al naso e inala con forza, poi se le infila nel taschino. Indossa giacca a cravatta oggi, cosa che mi ha fatto stare bagnata tutto il giorno. Adoro vederlo con la sua tenuta da CEO, quasi quanto adoro vederlo in jeans e maglietta.

"*Questa*, bambola." Allunga una mano e la infila tra le mie gambe. "Apri di più quelle gambe. Ho bisogno di vedere la mia fica."

Tento di obbedire, ma non faccio comunque a tempo, perché le sue dita stanno già strusciando contro il mio clitoride e le mie pieghe bagnate, facendomi contorcere sul sedile mentre l'eccitazione mi pervade tra le gambe.

Il borbottante ringhio di Jackson riempie la Range Rover. Spinge un dito dentro di me.

"Jackson," dico sussultando. "Non mentre gu-guidi."

Lui scuote la testa e fa scivolare il suo meraviglioso dito dentro e fuori, riempiendomi il corpo di vorticante ed eccitante piacere. "Chi è che dà gli ordini qui, gattina?"

Gemo, mentre lui spinge il dito sempre più a fondo. Non so se sia in grado di guidare dritto. Sono accecata dal desiderio, il mio mondo si inclina e si scuote, scivolando su un lato e poi raddrizzandosi per andare a piegarsi dall'altra parte. "T-tu."

"Giusto, bambola."

Spingo il clitoride contro il palmo della sua mano, prendendo il suo dito più a fondo.

"Chi è il padrone del tuo orgasmo?"

Sollevo il pube per andare incontro alle sue spinte, stringendo i denti. "Tu! T-ti prego, Jackson!"

Lui ringhia. "Implorami, gattina."

Non ne sono proprio orgogliosa. "Ti prego, ti prego, ti prego, Jackson!"

Lui si china in avanti per cambiare angolazione e inserisce un secondo dito.

Sollevo le anche dal sedile, inghiottendo un grido un momento prima di venire.

"Giusto così, piccola. Vienimi sulle dita. Sarà il mio uccello che stringerai così quando verrai dopo, appena arriviamo a casa. Dopo la tua frustata."

Le mie cosce tremano mentre mi lascio ricadere sul sedile, molle e rilassata.

Jackson svolta nel vialetto di casa sua – di casa nostra, come continua a ripetermi. Ancora non riesco a credere a quanto siano ormai pienamente legate le nostre vite. Scendiamo dalla macchina e io mi sistemo la gonna. Jackson fa il giro dell'auto e mi spinge contro di essa. Mi prende il viso con una mano e lo tiene fermo per un fugace bacio bollente.

"So che quella passerina si sta ancora stringendo per me." Come faccia a saperlo, non ne ho idea, ma è vero. La mano che mi tiene il viso, scivola dietro la mia nuca. "Allora, andiamo, dentro, diamo un bacio a Memé e ceniamo. Ma quando ti do il segnale, tu scappi di sopra e ti levi tutto, eccetto questi tacchi alti così sexy. E voglio che mi aspetti con il culo alto e la faccia sulla coperta. Capito?"

Le strette che sento tra le gambe si fanno più intense.

"Sì, signore."

Lui sorride e mi accarezza il labbro inferiore con il pollice. "Brava ragazza. Andiamo."

In casa, l'odore del cibo paradisiaco di Memè è dappertutto.

"Ah, siete a casa," dice lei raggiante. Indossa il grande grembiule che le ha comprato Sam, con la piramide alimentare francese stampata sopra: pane francese, formaggio francese e quiche.

Jackson le dà un bacio sulla guancia. "Cos'è questo profumo delizioso, Memé?"

"Bistecca per i lupi. Salmone per i gatti. Riso, insalata e pane fresco per tutti quanti."

Sam entra dalla porta sul retro con un piatto da portata pieno di bistecche grigliate. "La sua carne, mademoiselle." Si inchina davanti a Memé e fa l'occhiolino.

Lei arrossisce come una scolaretta. Lei e Sam vanno davvero d'accordo. All'inizio Sam aveva suggerito di trasferirsi, ma io e Memé non ne volevamo sapere, e Jackson si è schierato dalla nostra parte.

"Voi siete il mio branco," ha insistito. "Tutti e tre. Ho bisogno di voi tutti in casa mia, dove posso proteggervi. E tu, Sam, ho bisogno di te qui in giro per proteggere le mie femmine quando non ci sono."

"Porta tutto in salotto," dice Memé a Sam ora, e ci fa segno di seguirlo. Cerco di sedermi sulla mia sedia, ma Jackson mi fa invece accomodare sulle sue gambe. Non si è ancora stancato di darmi da mangiare. È una sorta di privilegio da lupo.

Mentre guardo la mia piccola famiglia riunita attorno al tavolo, il mio cuore si gonfia così tanto che sono certa possa esplodere. Per quanto strano e improbabile sia il nostro branco, provo un profondo senso di appartenenza. *Questa* è la normalità che ho cercato per tutti questi anni.

Finalmente sono con quelli della mia specie, amata oltre misura.

A casa.

Vuoi sentire la proposta di matrimonio di Jackson a Kylie? Scarica la storia bonus gratuita di Kylie e Jackson, "Amore in ascensore" qui.

BONUS GRATUITE

*I*scrivetevi alla newsletter di Renee per ricevere scene bonus gratuite e notifiche riguardo a nuove pubblicazioni!

https://www.subscribepage.com/reneeroseit

L'AUTORE

L'autrice oggi bestseller negli Stati Uniti Renee Rose ama gli eroi alfa dominanti dal linguaggio sboccato! Ha venduto oltre un milione di copie dei suoi romanzi bollenti, con variabili livelli di erotismo. I suoi libri sono comparsi su *USA Today's Happily Ever After* e *Popsugar*. Nominata *Migliore autrice erotica da Eroticon USA* nel 2013, ha vinto come autrice antologica e di fantascienza preferita dello *Spunky and Sassy*, come miglior romanzo storico sul *The Romance Reviews* e migliore coppia e autrice di fantascienza, paranormale, storica, erotica ed ageplay dello *Spanking Romance Reviews*. È entrata cinque volte nella lista di *USA Today* con varie antologie.

Iscrivetevi alla newsletter di Renee per ricevere scene bonus gratuite e notifiche riguardo a nuove pubblicazioni!
https://www.subscribepage.com/reneeroseit

L'AUTORE

Lee Savino è una fra le migliori scrittrici di libri erotici 'smexy' al giorno d'oggi negli Stati Uniti. 'Smexy' nel senso di 'smart e sexy': storie sensuali ed argute. La puoi trovare nel gruppo Goddess in Facebook ed è possibile scaricare un suo libro gratuito su www.leesavino.com!

www.ingramcontent.com/pod-product-compliance
Lightning Source LLC
Chambersburg PA
CBHW031955120726
47898CB00002BA/486